乡村关系

吕润霞 著

苏州新闻出版集团
古吴轩出版社

图书在版编目（CIP）数据

乡村关系 / 吕润霞著．-- 苏州 ：古吴轩出版社，2021.10（2024.4重印）
（鸿儒文库 / 文轩主编．散文卷）
ISBN 978-7-5546-1713-7

Ⅰ．①乡… Ⅱ．①吕… Ⅲ．①散文集－中国－当代 Ⅳ．①I267

中国版本图书馆CIP数据核字（2021）第012327号

责任编辑：俞　都
见习编辑：万海娟
策　　划：崔付建　秦国娟
装帧设计：鸿儒文轩

书　　名：乡村关系
著　　者：吕润霞
出版发行：苏州新闻出版集团
古吴轩出版社
地址：苏州市八达街118号苏州新闻大厦30F
电话：0512-65233679　　邮编：215123
出 版 人：王乐飞
印　　刷：三河市华东印刷有限公司
开　　本：880mm × 1230mm　1/32
印　　张：11
字　　数：237千字
版　　次：2021年10月第1版
印　　次：2024年4月第2次印刷
书　　号：ISBN 978-7-5546-1713-7
定　　价：62.00元

自 序

时光凋零陨落，

仿佛蜡炬成灰

山川和树林

正当时，正当时。

诗人叶芝将搜集自爱尔兰斯莱戈和戈尔韦村庄的神话、传说汇集于《凯尔特的薄暮》一书，并饱含激情地用敏锐的眼光发掘出它们蕴涵的神秘美感，借此呼唤爱尔兰人对本民族传统的重视。有感于此。作为所有人物质和文化层面的“家乡”，其实正在当下和未来；而作为每个人心灵关照层面的“故乡”，或许已然远我们而去。故此，我愿忠实而又热情地书写我曾经听到、看到的关涉故乡、言及乡村的东西。我的感慨和信仰其实与曾经的农人相差无几。和农人种庄稼一样，我用这些文字编织着我的情感之袍，尽力用它来温暖自己，并试图为那些从精神上不肯忘记故乡的人们留下一本零星记忆的相册。

本作品集中有相当一部分文章是写过去的乡村，写几十年前的物语人事。我认为，任何时候，村庄都自有它的历史积淀和文化遗存，它不是一件落伍和废弃的机器，我们不能用对待过时的事物的方式冷漠地遗忘村庄。

万物有灵是村庄的哲学，崇尚万物有灵是一个写作者的信仰。土地生长着粮食，田野里草木葳蕤，集市上飘扬着喧闹的色彩。一个老庄院里，人的屋舍、狗窝鸡圈和牲口的苫棚大家庭式地挤挨杂陈；猫狗鸡猪和驴马牛骡亲友一般和谐共处。植物的本能是生长和成熟，动物的职责很单纯，人是最有思想和不断膨胀着欲望的动物，所以负担最重。而我所呈现的文字，都是这些村庄的事物赋予了它灵性。

时光消逝，记忆里的村庄消隐，生活愈来愈美好的气息正在对过去村庄的传承中漫延开来。生活是鲜活的，而文字总是枯燥的。所以我唯一的愿望，就是希望这些有着乡村印记的文字，能够因为乡村本身的价值而存在得长久一点儿。

是为自序。

二〇二一年三月

目录

Contents

第一辑　村庄记忆

第二辑　边走边吟

第三辑　风物人情

第一辑

村庄记忆

童话记

总有一天要勇敢长大，抬头看着刺目的阳光，合上书页忘记美好的童话。

——寂地

黑夜里的故事

我带着一股土腥气和着汗腥气钻进妈的怀里。妈也是一股土腥气，土腥气里有更浓的汗味儿。

每个窗眼上的剪花花成了黑色的影子，只有剪破成星形的那一眼纸窗在细细的风里吧嗒吧嗒地响。妈说，一扇窗不能把所有窗眼都糊住了，非得找一格剪破成个花花儿或洞洞儿。不然，家里再生下的娃娃身体不健全。我已经是老幺，前面有四个哥哥姐姐，听了妈的话，我很害怕，担心她刻意剪了窗洞是预谋着继续生好多娃，那样的话，我晚上就不能再一个人霸占着妈的乳房睡觉了。

有一颗星子在星形窗洞里偷窥了一眼。我微笑着看它，随之发现了另一颗星子，又一颗星子，都攒在星形的窗洞里。

“妈，妈，天上的星星是谁生下的？”

妈不假思索地说：“月亮生下的哟。”我有些不以为然，天上那么多的星子让一个月亮妈妈来生该多累呀？我想，要是星子是天空生下的，那么大的天空生那么多的星子，会不会轻松些呢？

院中央的老杏树上的几簇叶子也在星形窗洞里，冲着我影影绰绰地笑。

“妈，妈，树叶是谁生下的？”

妈笑了，摸了摸我的额头，说：“傻妞，树叶当然是大树生下的呀。”

我也笑了，幸福地钻进妈的胳肢窝，说：“妈，我是你生下的！”

妈又呵呵地笑，说：“不是的，你可不是我生的。你是我从牛粪里捡来的娃儿！”

我再一次跟妈急，一边钻出她的胳肢窝，一边扯着她的一只乳房嚷着：“胡说！你胡说！前一回，妈说我是从玉米地里拾来的，惹得我号啕大哭，妈才肯承认我是你生的。这回又成从牛粪里捡来的，我不要牛粪！我不要牛妈妈！”我的小脚就在妈的身上乱踢乱蹬，棉被在妈和我的身上团成了疙瘩。

再不敢闹了！妈说："嘘——狼外婆来了！"

妈用她挖过地的，拉过板车的，握过锨、镰刀和连枷的糙糙的一只手拍着我的肩头，一边悠悠地唱着：

咕嘟咕嘟颠颠，颠到外婆门前，

"外婆"出来赶狗，骑着花马就走。

"外婆"问娃娃："咋个不下马？"

娃娃说："这里不是外婆家。"

"外婆"问娃娃："说的什么话？"

娃娃说："你的屁股后面有条狼尾巴。"

我再不敢踢蹬，手心汗津津的，脑门上也沁出了汗豆子。我屏着气，让妈赶紧把木窗扇关了！妈一骨碌爬起来，吱嘎一声，将两扇门一样重的木窗扇合上了，又悄悄地说："赶紧关上窗，要不狼外婆来了！"一下子，星形的窗洞不见了，月亮妈妈生下的星子和大树妈妈生下的树叶，都叫木窗扇隔在了外面。不知怎么对付要来的狼外婆。

快盖好被子睡觉！妈把团成疙瘩的被子抖展了，替我掖好，接着凝神屏气地说："不然野狐君又要来了！"

妈说："从前有户人家，生了三个丫头片子，老大叫铁勺子，老二叫门关子，老三叫顶针子。每次妈妈到地里干活，总是一而再，再而三地嘱咐丫头们关好门，看好家，妈妈很快就会回来。有一天妈妈正在嘱咐丫头们，可没想到她的话被躲在门前大树后面的野狐君听见了。野狐君一心想着要吃掉这娘儿几个。妈妈一出门，孩子们就照着妈妈的意思赶紧把门从里面闩上了。野狐君偷偷跟在妈妈后面，半路上等到没人烟的地方，突然冲上去把妈妈吃掉了，然后换上妈妈的衣服，装扮好后又折了回来。'铁勺子，开门来，妈妈回来了！'野狐君学着妈妈的声音喊起来。铁勺子刚准备开门，透过门缝看见了一条长长的尾巴。吓了一跳，就朝着外面喊：'你不是我妈，我妈穿的红，戴的红，红土洼里滚一滚，还是红。''我是你的妈妈，我不是你妈，又会是谁呀？哎！门关子，开门来，妈妈回来了！'门关子也看见了好长好长的尾巴，她也喊道：'你不是我妈，我妈穿的绿，带的绿，绿草地里滚一滚，还是绿。''我是你的妈妈，我不是你妈，又会是谁呀？哎！顶针子，开门来，妈妈回来了！'顶针子也看到了长尾巴，就朝着外面喊：'你不是我妈，我妈穿的青，戴的青，青水池里滚一滚，还是青。''哎呀，你们几个这是要气死妈妈了！'野狐君气哼哼地说，半天没了动静。过了一会儿，又朝门缝里说：'顶针我娃，你把手手伸出来，妈妈买了串漂亮的手链，别告诉两个姐姐，让妈妈先给我娃你戴上。'小丫头一听，高兴极了，趁两个姐姐不注意，一下子把手从门缝里伸了出去。野狐君见状，一口……"

"别讲啦别讲啦！"我几乎要吓哭了，黑灯瞎火地摸上去，用一只土腥气和着汗腥气的手紧紧捂住妈的嘴，妈不吭声了。用她挖过地的，拉过板车的，握过锨、镰刀和连枷的糙糙的一只手，轻轻摩挲着我汗津津的身子，说："女儿，真要睡觉了，妈干了一天的活，乏得厉害，明天一早还要给玉米地里放水哩。”

妈抚摸着我，我的身子放松了些，又朝妈的怀里偎了偎。

妈用她挖过地的，拉过板车的，握过锨、镰刀和连枷的糙糙的一只手一边嗒、嗒地拍着我的肩头，一边又轻轻地唱开了：

嗷娃娃，睡觉觉，
睡得醒来要馍馍。
馍馍呢？老鼠叼去了。
老鼠呢？进窝啦。
窝呢？草堵啦。
草呢？牛吃啦。
牛呢？拉到山上放去啦。
山呢？雪盖啦。
雪呢？化水啦。
水呢？和泥啦。
泥呢？泥墙啦。
墙呢？猪娃拱倒啦。
猪呢？杀着吃肉肉啦……

白天的世界

天亮了。

太阳金灿灿的，把一切照得没了秘密。天上的星子不见了，狼外婆不见了，野狐君不见了，妈的故事里的狐仙鬼怪统统藏起了尾巴。

白天，妈妈们一头扎进庄稼地里，她们的孩子成了麦子、玉米、洋芋、胡麻和葵花。家家的小孩，也都成了田野的孩子。

春天的响声从小河传到了每一根柳条。柳树泛青的时候，柳枝被我们折下来，拧个柳笛，咪咪地吹。柳树长出毛芽了，再折几枝，编个帽子戴头上，在地埂间分成敌我双方打仗。漫山的野毛桃花绽放的时候，桃花叫折得一束一束的，有的被插在各家的空酒瓶里，有的被随手扔到了各处。只有杏花开的时候，我们舍不得折，成天在杏树上吊着，一天一天巴巴地瞅着，等着花蔫了，花谢了，就有麻子大的杏娃娃从枯皱的花瓣里探出来。我们就盼这个，把这小得可怜的杏娃娃掐了，丢进嘴里，用舌尖拱到牙尖上，轻轻一咬，几乎没感觉到什么，杏子就在嘴里不见了，舌尖上只留下一丁点的涩。这杏娃娃总是长着。一天一天，我们一边吃着，杏娃娃一边长着。直到有一天，杏娃娃长得比白豌豆大了，里面那个白白的水核，有了苦丝丝的味儿。

“到孵鸡娃的时候了。”马三娃若有所思地说。

“我们要当鸡妈妈了。”骆狗娃高兴地应和。

说这话的是两个男娃。家家的小鸡都是母鸡孵的。我们要孵的鸡娃，不分男女，都可以孵的。

各回各家，在各自妈的针线笸箩里偷来了新棉花。不多，指头肚大的一团。

各给各褪杏核。在摘的半兜子青杏里，找两个最大的，小心翼翼地咬开，褪出囫囵的两个白核儿，用撕成薄片儿的棉花把每个嫩杏核包好，包得匀匀的、圆圆的，最后塞到两个耳朵门子里——不管男娃女娃，我们统统做起了鸡妈妈，开始孵鸡娃了。

但我们总不能像鸡妈妈那般耐心，不会只一门心思地孵蛋。马三娃说：“打‘土匪’继续！我和骆狗娃、李家强、李家宝、张国柱一派，当‘解放军’；吕满斗、刘二蛋，带上三个女娃子，是‘匪帮’马家队伍。‘解放军’先到大堡子里藏着，等马家队伍从堡垣的盘盘路上来，双方便开始战斗。”

吕满斗和刘二蛋不依，嫌有三个女娃子拖后腿，又当“土匪”，心里不美。马三娃姓马，当马家队伍不是更合适嘛！马三娃不得不妥协一步，给“解放军”里换去了两个女娃。战斗终于打响了！

我们围着先前老地主张家的大堡子开火，“解放军”在又高又厚的堡墙上四处侦探，马家队伍在堡子墙根下迂回包抄，半空中的土坷垃嗖嗖地飞，半山上一股一股的土尘打着嚣张的旋子。

等到伤兵满地、兵乏马困，大家在大堡子根下歪成三两堆躺下，刘葡萄忽然大呼小叫着：“我们的鸡娃！”

坏了，我们这才想起孵鸡娃的事，立马在各自的耳蜗子里掏——每个人的棉花蛋在开火时差不多掉光了，除了我从右耳蜗里掏出一只潮乎乎的棉花蛋。大家都攒上来，土腥气、汗酸味和臭脚味一起扑了过来。大伙儿眼睛都不眨一下，瞅着我找宝似的剥开那个棉花蛋——出来啦！出来一只变成黄色的、蔫蔫的、柔柔的杏核，没有鸡娃！

从来没有孵出一只鸡娃来，但我们不死心，年年到青杏大过白豌豆的时候，照样在耳蜗子里用棉花团包了白杏核孵鸡娃。孵啊孵，孵了一年又一年。啥时候停止的，没人记得。

五六月份的时候，山坡上这儿一簇那儿一簇的，一种极好看、极艳丽的花要开了。狼毒花，我们叫它狗蹄子花。花不多，忽然间在旱地上、路边上冒出来一捧。花未开的时候，一嘟噜一嘟噜的花骨朵，颜色深红，像火柴头攒成了一个又一个红嘟嘟的圆球。到小小的花瓣完全绽开了，花反倒变成了白色。这狗蹄花真是好看，我们不知道为什么驴牛不吃、猪鸡不理这些漂亮的花，只是觉得没有什么糟蹋它们实在太好了。

"到绊狗娃的时候了。"马三娃又若有所思地说。

"我们要绊狗娃了。"骆狗娃也高兴地应和。

每个人冲上去揪狗蹄花。是揪，不是拔。地硬实得像铁板，狗蹄花的根太牢实了，根本拔不出，只能齐着地面揪一把。攥在手里，一股一股的清香往鼻子里钻。

我们找了山坡上踩得最硬实、最平滑的路面，屁股朝天，噗噗地吹。塘土一垄一垄的，簌簌地飞。吹了半天，各人面前就有了白白净净的一块地面，干净得能晾凉粉。

扑、扑、扑。我们把揪来的狗蹄花的花瓣朝地，轻轻地绊。要绊出狗娃。过了一会儿，各人的狗蹄花里就绊出了比针尖大不了多少的虫末子，细细的、弱弱的，在白白净净的地面上走。

“狗娃狗娃出来。”

“狗娃狗娃出来。”

还是没有狗娃出来，那些被绊出的极小的虫末子，一直细细的、弱弱的，在白白净净的地面上走。

“这就是狗娃。”马三娃指着虫末子沉思了一会儿说。

“这就是狗娃吗？”骆狗娃这回没有应和。

我们都不甘心，宁肯承认马三娃说的，那些极小的虫末子，就是狗蹄花里绊出的狗娃。

只不过之后我们也从来没有追究过，那些村庄里动不动抬起一条腿，在墙上撒尿，到处乱嗅的狗娃里，是不是真有我们绊出的虫末子长大了变成的。

孵鸡娃和绊狗娃都太幼稚了，我们创造了别的乐子。

“我们要引新媳妇。”马三娃再一次若有所思地说。

“我们要生娃娃。”骆狗娃这次也有了自己的意见。

“我们立马引新媳妇。”三个女娃要瞅对象时，问题来了：多出来四个男娃。怎么办哩，大家一筹莫展。

“多余的男的当我们的娃娃。”刘葡萄最先想出了办法。

嗷的一声，男娃一致抗议。但没法子，我们仨女娃赶紧抢了自己喜欢的男娃当丈夫，剩下不招喜欢的被分派成了三家人的儿子。刘葡萄为了支持自己的办法，只好一下子认领了两个儿子。

既然都有这么大的儿子了，引新媳妇显然不合适，就变成了回娘家。何况已经有个大儿子了，不在乎多生几个娃。我们开始到葵花地里折叶子，三五片大叶子就足够了，窝成一个团，塞进三个小媳妇的褂子下面，媳妇们就都“怀上了”。向日葵叶子又焦又涩的味儿一阵一阵从布褂子的领口往上蹿。我们学着村庄里怀娃娃的婆娘的样子，故意把肚子朝天挺着，用一只手扶着小腰，一只胳膊让自家男人搀着。很受罪又很享受的样子。

转娘家总不能空手去吧。大丑子提议烙大饼，烙几块大饼给娘家带去。我和刘葡萄自然很赞成给娘家带些礼物去。

小媳妇便安排丈夫和大儿子去河边挖泥巴。有几个懒懒的不肯去，有的想到地埂背后尿一泡尿和个大饼算了。媳妇们嫌脏，不肯，只得商议一起到河湾挖泥巴。

河边的泥团黏黏的，不但能做成大饼，还能捏成蛇，捏成狗娃和鸡娃，每个人的作品都是奇形怪状的，在光溜溜的河滩上晾了一溜儿。我们一律光着脚丫，糊成了泥人，连睫毛上也在搔痒痒时被抹了泥，只剩两只眼睛眨巴着。有几个绊起了泥巴响炮，就开始比赛绊响炮了。转娘家的事又被忘到脑后。三个小媳妇忙着绊响炮，怀着的葵花叶子娃娃一直忘了取出来，葵花叶子的焦涩味儿就一直从领口往上蹿。

太阳跌进西边的云口，我们都累了，也有些腻烦，一个一个爬上河边最大的那棵榆树的枝枝杈杈。这棵大榆树不久前我们才爬过了的，天天在上面捋榆钱叶吃，嚼得满口的绿水。这才没多久，叶子就又密密麻麻地罩住了大榆树。

“坐船喽！”马三娃说，蹬着大榆树的身子开始摇起了他坐着的那根枝条。

“坐飞机喽！”骆狗娃又别出心裁了一回，蹬着大榆树的身子晃荡他坐着的另一根枝条，眯着眼在树叶的缝隙里仰望飘着云的天空，像看见了一架飞机正划开一道云浪汩汩地飞过，和我们折的纸鹞子一般大。

那时，哪怕是天尽头，只要有东西存在，就想去看一看，这是我们共同的癖好。大榆树上坐满了异想天开的娃娃，整个大榆树晃悠了起来。每个人都闭着眼睛，悠悠地摇，坐着我们每个人从来都没有坐过的船或飞机。每个人的心儿像划开了双桨，滑过了印满我们脚印的狗娃河，滑向了从未见过的大海。每个人的心儿像长了双翅膀，飞过了村庄老地主家的大堡子，飞过了印满我们脚印的山坡，一直飞向了山外，飞向了广袤的天空，飞向了没有边际的童话世界……

古今古

古今古，古今古，古今湾里打老虎，
老虎跳到崖岸底，吓得百雀羊猴乱窜起。
燕儿戴的红纱帽，雀儿勒的麻布衣，
老羊担的酒壶瓶，喜鹊喳喳飞过河。
狗娃河，狗娃河，狗娃河里狗娃多，
一群娃娃追狗娃，抱上狗娃子跑回去。

曾经，在大西北，像我家那样的一个小村庄，几乎无人知晓。铁锨、镰刀抓在手里的感觉从古到今一个样，好年成和坏年成一如既往地轮流出现。村民们平时一声不吭，只关注他们的活计，只操心老天爷的脸势。可谁知道呢，平日里深藏不露，一旦得空，他们个个都是讲古今的高手。所谓古今，就是一代一代流传下来的口述神话或者传奇故事。他们不识一个字，但讲述形形色色的故事的本领却不逊于专业的说书人。村庄里一茬一茬的孩子，就是在村民们的古今里一天天长大的。

我最早听到的古今，当然是我妈讲的。我妈讲得最多的，是野狐君和狼外婆。干了整整一天活，我妈每晚躺进被窝的时间总是相当晚，头一搭到枕头上就打呼。但我不放过她，一边抓着她的手使劲推拉，一边嚷着："讲古今讲古今！"我妈没办法，只好开讲：

"从前，有一只野狐君……"

"不行不行，不听野狐君，讲个别的！"

"从前，有一个狼外婆……"

"不行不行，不听狼外婆，讲个别的！"

我妈架不住我的吵闹，想了半天，终于讲了个好听的古今，叫《千里眼、长胳膊、大口娃和深眼窝》。故事蛮有意思的，我至今还记得清清楚楚：

很久很久以前，在静宁县以北的高界乡的继红村，有一座山叫阳㽘山。山上住着四兄弟，老大千里眼，老二长胳膊，老三大口娃，老四深眼窝。一天，老大千里眼在阳㽘山上举目向几千里外的天山望去，只见天山上有四头牛正在吃草。千里眼很高兴，马上叫来二弟长胳膊帮忙。长胳膊一伸长臂，就从天山上把四头牛抓了回来，又叫老三大口娃和老四深眼窝架起大锅煮牛肉。深眼窝最小，为人也最实诚，立刻开始烧锅。深眼窝烧啊烧，烧了好久。大口娃来了，问牛肉煮得怎么样了。深眼窝说："你自己尝一下吧！"大口娃捞起牛肉尝了一点儿，说还有点生，让深眼窝继续煮。深眼窝就又开始煮，又煮了好久，才叫大家来吃牛肉。长胳膊急忙在锅里舀，拿起瓢一看，只见汤不见肉。再舀，还是只有汤没有肉。千里眼和大口娃也舀几瓢，仍没肉。他们问肉到哪里去了，深眼窝说不知道。这时，大口娃想起自己尝的那点肯定是把四头牛给全吃了，也不敢告诉老大老二，眼珠子一转，就说肯定是深眼窝煮的时候偷吃了。老大老二相信了大口娃的话，认为是深眼窝干的。老二长胳膊本来就脾气火爆，抡起胳膊就朝深眼窝的眼窝子一拳捣去，但这一拳直到整个胳膊都伸进去也没打到底。那长胳膊的胳膊能从继红村的阳屲山一直伸到新疆的天山去抓牛，你想一下，那深眼窝的眼窝子有多深呢……

我对我们那个小村庄的喜爱，就是从我妈讲的古今里萌生的，是从很久很久以前庄子里曾有的千里眼、长胳膊、大口娃和深眼窝四兄弟开始的。但我妈讲得最多的还是野狐君和狼外婆的故事，用来吓我、唬我早早入睡，好让她能睡个安稳觉，第二天能精力充沛地干活。也就是从好多妈妈野狐君和狼外婆的古今里，我和村庄里的好多小孩子都开始变成了胆小鬼。

但让我们彻底变成胆小鬼的，则是叔父在除夕夜讲的好多鬼古今。听叔父除夕夜讲鬼故事的感觉，就像吃辣椒：越吃越辣，越辣越想吃。我们听叔父讲各种鬼故事，越听越害怕，越害怕越想听。

叔父坐在土炕的最上方的靠墙处，那是一家之主坐的位置。我们十个娃娃挤挤挨挨地围着叔父，围成一个大半圆，有侧身相互倚着的，有双膝跪着的，有半趴着托腮帮子的。为了让我们做好心理准备，叔父最先总会讲一个温和的鬼故事。叔父讲的所有温和的鬼古今里，印象最深的，是一个人卖鬼的故事。成年之后，我在中国鬼神志怪书《太平御览》中翻到了这个故事半文半白的版本。叔父连自己的名字都不认得，他的这个古今肯定也是小时候从父辈们那里听来的。古今古今，古今一代一代延续下来的，所以才叫古今吧。书是给文人们读的，只有像叔父一样的大老粗用他们自己的语言、自己的神情讲出来的故事，才叫古今。叔父当年讲的卖鬼的古今，比《太平御览》中《宗定伯卖鬼》的故事，更叫我喜欢。叔父总是慢条斯理地把我们写过字的小本子撕成长条，捏些烟叶，用大拇指和食指仔细地捻着、搓着，卷一根很紧致的旱烟，卟、卟，吸得极深极香。看到十个孩子都屏了气巴巴地瞅他，叔父这才摆开了架势。

“人都说，鬼吓人！你们说，鬼吓人不？”

“吓人！吓人！”

“不，鬼不吓人！鬼再吓人也没有人吓人，听着：鬼再鬼也没有人鬼，人会把鬼卖了，但是鬼不会！”

从前，有一个人赶夜路，遇见一个鬼，就问：“你是谁？”鬼说：“我是鬼。”鬼问：“你是谁？”人骗鬼，说他也是鬼。鬼问人干啥去，人说去赶集。鬼说他也去赶集，两个就一起赶路。走了一会儿，鬼提议相互轮换背着走，人很赞成。鬼先背人，走了一段路，嫌人太重，起了疑心。人说自己是刚死的新鬼，所以重。鬼信了，让人背他。人背着鬼，觉得鬼轻飘飘的，像一片树叶。人和鬼就这样一路换来换去的。快到集市了，人背着鬼，死死抓着不放。天亮了，鬼大叫着要下来，人不听，直接把鬼背到了集市上，鬼没办法，只好变成一只羊。人把鬼变成的羊很利索地卖掉了，用卖鬼的钱，赶了一个很阔气的集，高高兴兴地回家去哄娃娃和老婆……

叔父说，人都说鬼可恶，但人要是不去叨扰，鬼也不会故意伤人。可偏偏有些人要找起事来，连鬼也不放过。叔父继续说道：

从前，也是一个夜晚，有个人赶路。隐隐约约看见前面走着一个人。这个人觉得四周太过荒凉，有些害怕，就朝前面的人大声喊：“哎，等等！”

前面那人头也没回，声也没给，继续走他的路。

这人就有点生气，心里骂着，紧追了几步。前面的那人也随之加快了脚步，没让他追上。这人越发生气了，低声叨叨地骂，故意又放慢了脚步。前面那人也随之走得缓慢了。见前面的人一直在耍他，这人的怒火直往上冒。他猛然来了一个加速，呼呼呼朝前面的人奔去，且嘴里大骂着："什么东西，敢戏弄老子！"

前面的人叫撵上了。这人一把抓住前面人的一只胳膊，直接把他扯了个转身，才要质问，结果——

叔父顿了一下。屋子里十分寂静，我们只听见各自的心脏像鼓槌一样在砸，咚咚地响。我们知道，最危险的一刻来了！

只见前面那人转过脸来，却只是一团黑影——空的，没脸！

叔父悠悠地说，处变不惊地了说完了这个无脸鬼的古今。我们个个失魂变色，一时无法想象那不可思议的脸，也都顾不得关心古今里那个骂鬼的人是当场吓死的还是第二天慢慢死掉的。大半圆挤得越紧密了，每个人都下意识地往炕心钻，都不敢朝地上转脸，要是有谁猛咳一声，旁边的人立马会

“啊”地尖叫一声。而这一声尖叫，又会让我们全体“啊啊”地满屋子尖叫起来。总之，除夕夜，叔父讲述着一个比一个惊悚恐怖的鬼古今，着实吓破了我们所有娃娃的胆，一个大年夜硬是叫尿憋坏了。接下来的好多个晚上，我们都不敢轻举妄动。在黑夜里，我们要是一个人行动，老天爷，怎么办才好呢？如果我们想到厨房里去舀一马勺凉水喝，那蹲在黑乎乎的灶火门上的什么鬼说不定正等着我们。要是我们到茅厕里拉屎，那无头鬼和别的什么鬼就会从外墙上探望。要是我们到门外去游荡，路边荒渠里的白衣女鬼就会悠悠地飘上来，何况庄头大杏树背后还有个新来的鬼哩！啊！我们怎么办才好呢？我们没办法，直到过了好久，叔父的鬼古今的恐怖影子才从我们的记忆中慢慢淡去。我们又开始眼巴巴地盼望和想象，新的除夕夜，叔父又要给我们讲怎样吓人的鬼古今呢？

爱给孩子们讲古今的，还有村里的福财老汉，从我们记事起，他就是一个人。福财老汉是年龄很大的老老头了，腿脚不便，走路很慢，一摇一摇的。他住在阳屲山根底的庙旁边的一个土高房里——底下是窑，顶上是一座小小的土坯房。福财老汉总是乐呵呵的，不过我们从他的双眼中总能察觉一丝忧郁，这种忧郁几乎与快乐如影随形。实际上，他很有理由为生活发愁：一个人，老迈，耳背。但也许正因为如此，他总是讲些关于英雄的古今给我们听。

福财老汉是村里的五保户，不种庄稼，村里有救济的。成天背个背篼在村子各处拾柴棍烧。他有时靠在庙墙上晒太阳，那也恰好是给我们讲古今的时刻。他给我们讲的古今很多都是荡气回肠的，像薛刚反唐、薛丁山征西、杨家将等。我记得最牢的，是他给我们讲的门神爷的古今。以后每年除夕给家里贴门神时，我总是很高兴地就想起了福财老汉讲的古今。他说秦琼和尉迟敬德，把门很厉害。

唐朝时的皇上李世民，晚上睡觉，经常听到门外的石头瓦子乱飞，鬼魂号叫，非常害怕，就告诉了群臣。秦琼执着笏板禀奏说："臣平生杀人如切瓜，几个小鬼算什么！臣愿同敬德一起，侍立门外，镇压妖魔鬼怪。"皇上大喜，准奏。夜晚，秦琼和尉迟敬德两位英雄守卫在李世民的房门外，鬼怪们吓坏了，自此杳无踪迹。皇上这才心安，命人画了两位英雄的画像贴于左右门，小鬼们再也没敢造次。此后，秦琼和尉迟敬德这两位英雄就成了全天下人的把门人，给家家户户把门，从古一直把到今，还要一直把下去！

我们往往听得一本正经，福财老汉时不时寻开心，灵机一动，现场就篡改一个古今，直接扣在其中某个小孩的头上。有一次，他讲了个《秃舌找女婿》：

从前，有一户人家，生了五个女儿，分别叫菊花、兰花、梨花、杏花、桃花。个个长得跟花儿一样好看，就是说话都咬不清字，我们叫秃舌的。但是俗话说了，黑叫驴的屁多，秃舌的话多。

一日家里来了个相亲的英俊少年，要在五朵花中挑媳妇。少年郎来之前，五朵花的妈妈给五个女儿交代了一遍又一遍，说人家问什么话都只能笑，不能搭话，不然谁露馅了，少年郎看不上就别怪娘了。

五个女儿很听话地答应了。少年郎来了，问她们什么话，都只是抿着嘴笑，一个也不搭话。少年郎没法让她们开口，就想了个招儿，故意用火柴点燃了炕上的羊毛毡。

“羊毛单（毡）着了！”老大菊花急着喊。

“妈奢（说）叫你不要奢（说）话，你偏奢（说）！”老二兰花赶紧制止老大。

“她奢（说）你不要奢（说）！”

“她奢（说）你不要奢（说）！”

老三梨花和老四杏花接连制止，最后，只有桃花沉得住气，骄傲地笑话几个姐姐说：“看，我没奢（说）！”

福财老汉的古今还没讲完，我们一齐哄地笑了。原来，村里的桃花正好是姐妹五个，当然她的四个姐姐都没秃舌，只有她年龄小，有时咬字不清。古今听结束了，见我们都瞅着她笑，桃花半天才反应过来，一下子跳了起来，扑到福财老汉的身上，小手钻进他的胳肢窝，直挠他的痒痒。福财老汉呵呵地笑着，有些喘不过气来。那一刻，他的眼里飞出来的，全是快乐，没有忧伤。

村庄里给我们讲过古今的老人还有宋家奶奶。宋家奶奶也是一个人生活，老伴过世得早，十一个孩子都在外地，老奶奶常年一个人守着偌大的院子。其实讲古今并不是她的专长。我们喜欢围着宋家奶奶是因为她的儿女们总给她邮来好多好吃的，比如糖果、饼干之类的。身体很胖、行动不便的宋家奶奶，常常用这些零食吸引我们到她家大门口，一人一把给我们发东西吃。我们馋得慌，嘎嘣嘎嘣，几口就解决了，要作鸟兽散。宋家奶奶赶紧就说："乖蛮娃，都乖乖坐着，奶奶给你们讲个古今好不好。"宋家奶奶生怕我们逃走，就赶紧讲开了：

从前有座山，山里有个庙，
庙里有个老道讲古今。
讲的什么古今？
从前有座山，山里有个庙，
庙里有个缸，缸里有个锅。
锅里有个盆，盆里有个勺，
勺里有个豆，我吃了，你馋了，
我的古今讲完了。

这就完了，宋家奶奶的古今就这样讲完了。我们嗷的一声，大失所望，最终呼啦一下离开了，又只留下她一个人坐在门坡上，孤零零的。

宋家奶奶的孤独，就和她的古今一样，总是周而复始。

而所有的古今，总和村庄一起呼吸。村庄延续的记忆育有一女，就叫古今。村民们容许他们古今里的男人和女人，英雄和草莽，聪明人和傻瓜，妖魔鬼怪和神仙精灵们各行其道，很少用自己的观点挑剔他们，也不为他们辩解，只是乐此不疲、一代一代地复述给自己的后代听——当然，除了发些感慨之外，村民们偶尔也会添加些自己的愿望和想象，但都不伤及这些古今的精髓和古老。

要是我们的村庄能够万古长存，且村庄里一直居留着它的土著民，那么村庄里的古今也就会像不竭的河流一样绵延不绝、万古长青了。

老 庄

在城市，我们生活在各自的小圈子里，只能窥到世界的一部分。可在那前不久才消逝了的老庄里，却没有什么小团体，人不够多，又亲密得像一家子。所以，在老庄，你必然能领略整个世界。

平常日子

庄子里各个人家从梦里醒过来。东家西家的公鸡“吭吭哟——”“吭吭哟——”嚷了半个早晨。各个人家的门就刺哐哐拉开了。先是那些个头发蓬乱，趿拉着布鞋的妇人，斜提着各式尿盆，倚着门梆子左瞅右瞅，见没人影，就迅速倒在门前的一堆灰土上，再匆匆溜回。各个人家的门里随后飞出一群咕咕叫的鸡，一下子跑到巷子各处。接着又嗖嗖跑出一两只小猪，卷翘着尾巴在门前的灰土上东嗅西嗅。揉着眼的男孩直接站在门槛上撒尿，簌簌冒得很高；女娃蹲在门前的灰土旁大便，自家的小狗尾随其后，心不在焉地等着。头发已经收拾溜光的妇人则格扭格扭担着两只大木桶要到庄头吊水，她家的狗就撇下还在拉屎的小主人，摇着尾巴跟着妇人。

男人在妇人、孩子和鸡猪狗们动荡的间隙，已喝足了一罐茶，用老扫帚粗略地刷了刷驴牛身上的夜里睡觉时沾的草屑、粪土，开始套牲口了。只是套好了拥脖。套绳、臭弓之类的，先一应随便缠搭在驴牛的背上，这就扛了犁，提了鞭子，赶牲口出门。他才走了一会儿，烟瘾又犯了，取下早就卷好夹在耳根的旱烟棒，边走边狠狠地吸，舍不得吐出烟圈儿。已经干了不少家务的女人麻利地把装了馍馍的褡裢扔在背篼里或架子车上，紧赶慢赶，追上了先出门的男人。女人不是给男人拉牲口，就是撒种、铺粪，或者锄拔，啥时干啥活计，是季节和庄农说了算。

那些待在家里不用干活的老人和孩子，春夏里暖和时，日头一出来都不在屋里待。外面比屋子里温暖。还小的光屁股娃娃，不怕摔跤，只一个劲在庄子的东头西头上蹿下跳，没见得哪个划伤了脸或擦破了手，倒霉的是衣服，家里老大穿过的旧褂子，被扯得一片儿一绺儿。鼻涕所经的“沟渠”，不是干了的黑乎乎的鼻子，就是两条黄虫吸溜吸溜地出来进去，脸一律的泥污八糟。完全丧失了劳动能力的老人，从黑咕隆咚的老屋里出来，不是在自家门口，就是在庄口众人常聚的地方蹭着墙根晒太阳。白发苍苍的老人，嘴里并没有吃东西，却一直嚅动着嘴唇。他们之间大部分时间没有话说，只是看着眼前各家的鸡东啄一嘴西啄一嘴；要么看着趴在眼前打盹的猫儿狗儿，自己也跟着打盹儿，一个上午都在打盹儿。

地里的壮劳力干了大半晌才歇息，停下来啃馍。女人在各家的地埂边休息，边嚼干馍，边遥远地隔着地块或上下地埂与邻家地里的女人高声说话。男人们只喜欢凑到一起，卷一棒子旱烟低声嘀咕。家里那些不小了还没断奶的孩子，饿哭了，由大的连拉带扯到地里，一扑到他妈怀里，就扯开衣襟，抓出枯瘪的乳头，塞到嘴里狠狠地吸。当妈的被吸嘬疼了，一边轻轻捶着孩子的头，一边继续有一搭没一搭地闲聊。她们谈到化肥的价钱，谈到麦子和盐，谈到鸡和猪的瘟疫，谈到驴娃和牛犊子能卖多少钱。

休息好了接着干。直到人和日影并齐了，驴牛也乏了。

家家的午饭，不是玉米面蛋蛋就是浆水疙瘩，地里回来的女人只用笤帚疙瘩拍扫一下身上的土尘，洗了泥手就急着拌面烧火。饭很快就熟了，见不着多少菜星子，却是吸溜吸溜吃得香。

午间，男人们又休息得早，女人直到把人和牲口的肚子安顿妥帖，洗涮毕了，才爬上炕，把头撂在枕头上。

下午的各种活计，免了牲口，男人女人照样出工。拉粪散粪，给牲口铡草，给庄稼锄草，总有干不完的活。直干到日头跌进西山，才回家。

晚饭不是滚菜就是雀舌头面。等到饭熟，心急的婆娘、汉子一个又一个端着碗，三五个凑到门前去。碗空了，还在月亮地里喋喋不休，不肯进门。尤其是女人，用筷子打着碗边，丝毫没被一天的活计累着，叽里呱啦地说个不停。饿极的猪死命号叫，大长嘴几乎要把圈门拱坏了。

一些活计

各家有各家没完没了的磨人的营生。家家也都有非合伙不可的活计。

吊水就是件每天躲不过的烦人事。家家像是开水包子店的，天天吊水，吊了一担又一担。庄子里只有一口老井，就在庄头上。

吊水经常要排队，不管早晚。尤其是傍晚，大半庄的人赶趟儿，转坏了老辘轳。不光是为了节省时间，也是年轻气盛，那些愣头青往井里下桶时总放"跑辘轳"——用水卡子把桶梁卡好了，一松手，缠在辘轳上的井绳被水桶带着哒哒哒疯转，看得人头昏眼晕。十丈深的井，眨眼间"哐噹"一声，不知是桶打在了水面上还是碰在了井沿上，总之是到井底了。那愣头青一只手撸着井绳，左转一个大圆弧，右转一个大圆弧，叫桶"吃"到水里，再竖提几下井绳试试轻重，觉得差不多吃满水了，这才膀臂有力地搅动起辘轳来。格扭，格扭，几下子一桶满满当当的水吊上来了。有的人把吊水搞成了杂耍，难免有危险。有时辘轳转得飞快，晃动得厉害，桶梁上的水卡子就会松动或直接掉了，绳丢开了桶，噼里啪啦，桶掉井里了。有时“飞行”的水桶撞到井沿上，木桶会直接磕散伙了，铁桶的话，也磕得不成样了。耍二的愣头青悻悻的，蔫到一旁，等众人吊水歇火了，就让一两个朋友帮着把井绳拴到自个儿腰上，小心翼翼地下井去，打捞漂在水面或囫囵或散成片的残骸。水桶纵是不能用了，总得打捞上来。一个大小伙子，为着一只桶，回家免不了他老娘的一顿奚落，甚至被老娘顺手用灶火门前的黑火棍在他的壮腿子上打几下。可这小子总是没心没肺，重新箍好的木桶或新买的铁桶，下回吊水“跑辘轳”照样放得欢。

庄里的光棍汉老田，专爱给各家吊水的婆娘搭把手，总把自己的水桶一再移到那些婆娘的后边。但烟屎臭的男人从来插不了老田的队。婆娘们巴不得省些力气，跟老田说说笑笑的，一桶水轻轻松松吊上来了。哐哩哐啷的磕碰声，稀里哗啦的笑声，庄头上的老井边是庄子里常年最热闹的地方。天天吊水这烦人活，也就不显得过烦了。

除了单干，各家要与邻里合伙的，“辫庄农”是一桩。既辫牲口，也辫人力。驴也好，牛也罢，若是一家，非得养两头牲口才能降得住耕种的事儿，这样的话，养牲口会成大活计，又费草料。要是寒冬腊月驴牛只在圈里吃闲饭，更不划算。两家人辫庄农最好不过。各家只养一头牲口，到耕种时，田地差不多一样的邻里，两家牲口合一起，第一天给张家耕种，第二天轮李家。要是遇到雨水刚过，抢墒种田，辫庄农的两家人也会商量得很好，尽量让各家的庄农都不误墒情。

牲口像大姑娘的辫子一样辫一起了，劳力也是。给张家耕地时，李家的婆娘帮着拉牲口；李家耕地时，张家也一样出劳力。种田时，两家的男人女人一起上，帮着对家撒种、铺粪，或打土坷垃、磨地，一个也不闲着。辫庄农虽然一家的活干成了两家，可是劳力一下子很足。庄农人不怕出力淌汗，最怕误了活计，更怕庄稼薄了填不饱肚子，又遭人笑话。

老庄里绝大多数人家都辫庄农。有两家人合伙了十年的，彼此间很是默契亲近，比亲戚还亲。有些人家彼此之间爱计较，嫌活计辫得不公允，这样那样的不合意，一来二去，起了矛盾，就闹掰了，只得另找合得来的人家。那些三天两头换对家的，时间长了，没人喜欢和他们搭伙，沦落到单干的光景，女人就更辛苦了，吃力误事不说，也很没面子。逼急了，只好咬着牙再添头牲口。两头牲口一年四季费草料不说，光是铡草，就是三天两头的事。唯一的好处是，两头牲口粪屙得多，庄稼地可以喂得更肥。还有些辫庄农的人家，搭伙得一应都好，就是时间长了，这家的男人和那家的女人有眉来眼去的嫌疑。各家的掌柜的肚量小，关系也就掰了。不过散伙时都是另找了由头的。男人女人，虽有些小嘀咕，却不愿让别人看出他们心里的那只咕咕鸟儿。

各家要与邻里合伙的大活计，还有碾场。这时合伙的就不是一家两家了，几乎是大半个庄子。先前农业合作社解体时，一把镬头、一把连枷都是分到各家各户的，唯独各社放粮食的大场是半分半合的——各家抓阄分到一小块场地用来放麦子和玉米秆，最大的场芯仍是集体的，各家碾场时共用。

这个很合理，要是都分成月牙儿大小的，到碾场时，谁家也没有够用的场地。

碾场需要大场地，碾场更需要多劳力。那些平日里有点矛盾的人家，见了面没话说的冤家，都暂时一笑泯恩仇了。冬初雨雪少时，就从某一家开始，拉开碾场的战幕。碾场辫工，一家至少出一个壮劳力，一家一家地辫——要是自己碾场需要二三十人，就得辫二三十户人家的工。因此冬季大冻之前，各家的男人女人，几乎有一两个月是在庄里的大场上帮工的。直到一码一码的大麦变成了一个一个的大草落和一撮一撮的麦衣落，家家的男人女人，这才屁股安然地坐到自家的热炕上，只等过年。

老庄里碾场的战线很长，也最热闹。二三十人捂了一场，干啥都是哗啦啦的——高高大大的一个麦落，一忽忽就叫一帮子人拆散了。先是摊场，麦捆刷刷地解开了，麦穗朝里，先摊个高高隆起的场芯，再一圈儿一圈儿地洇开，旋了圆圆的一大场。拖拉机拉着大碌碡，满场子疯跑起来，一会儿画着左大右小的圈子，一会儿画着右大左小的圈子，呜儿一个来回呜儿一个来回，大碌碡把散铺的麦秆秆轧得毕毕剥剥地欢叫。那些汉子婆娘们，才想着打情骂俏哩，拖拉机已经吧——哒——哒——哒地悠着一股气熄火了。上面那层麦秆儿被碌碡轧得滑润起来，男人女人们立马紧张地翻场——翻场要整整齐齐地翻，把铺摊的麦捆翻到底，刚才碌碡碾过的翻到下面，铺在下面的生麦穗翻上来，像翻烙饼。翻场时使的是双叉，铁叉和木叉都行。有力气的男人用双叉翻，一翻一大片，一点不拖泥带水。一些婆娘们胳膊上少力或是显笨，不用叉，弓腰塌背，像摊场时那样，直接用手臂抱起麦捆翻。要不是他们头上早缠了大红大绿的包巾，裤腿直接旋了在袜子里，这时抖下来的麦粒、麦衣怕是早钻到各处了。

与摊场正好相反，场翻好了，麦穗朝外，麦秆朝着场芯。再碾个和头回差不多的时间，就到抖场的时候了。抖场最好用三叉或四叉。将两面都碾“熟”的麦子，挑起来乱抖一气，为的是让上面的麦粒抖落下来，让那些还没有轧下来的生穗子散落开来。抖散了的麦捆，满场均匀地铺开，继续碾。再反复抖、碾两遍，才能起场。起场时要注意把钻进麦秆的麦衣、麦粒抖得干干净净的，与柴草分离。麦草起成落，再用大木耙把满场铺着的麦衣、麦粒推到一起。

那时没有扬场机，扬场用木锨，靠的是自然风。看是要借北风还是南风扬，要是风一忽儿北一忽儿南地乱吹，那风就没法用，直到风向定了。木锨迎风扬起，轻轻的麦衣飞向一边，沉实的麦粒飞向另一边。前头有掠麦衣的人，在木锨的起落间，把浮在麦堆上的少量麦衣往外掠扫。先是扬出大量的麦衣，分离出来的麦堆还要一遍又一遍地细扬，直到里面裹挟着的麦衣全部飞起来，扬出来。那大场里，一面是黄灿灿的麦堆，一面是飞成垄的麦衣，满场的人脸上绽开了笑容，胜利在望。长腰蛇皮袋子、大麻包，一个一个扔上了麦堆。

轮到哪家碾场，主家最是好客大方，自始至终，帮工者都是最尊贵的上门亲，好烟好茶好吃的样样伺候。男人女人，都叫尘土麦衣糊弄得只剩一对黑眼仁儿卟愣卟愣地眨，却是一个比一个声高话大。老庄人一年的辛劳，一年的欢欣，便全裹在铺天盖地的笑声里了。

一些人

老庄的人各有各的脾性，这个自然。但能叫庄里人多时挂在嘴上、搁在心上的，不多。

上庄头的汪大炮是个怪胎。汪大炮当然不是他的本名，做父母的再没文化，死活也不会给自家娃起这么个名字。但庄里人都这么叫，反倒忘了他的真名。汪大炮之所以得这名儿一定是有原因的，随便可以举一两个例子。像有一年麦黄六月，午觉起来，大炮和他的老婆用胳肢窝夹着镰刀到阳屲山上割麦，眼看爬到山顶了，忽然来了一大片黑云，起了一股子怪风，“呜”地一下掠走了大炮头上的草帽——狂风卷着大炮的草帽，一直飘飘扬扬、跌跌撞撞地往下边的沟底飞。大炮的老婆还没明白咋回事儿，她男人已经连蹦带跳俯冲到山沟追帽子去了，吓得女人扯长了声号叫：“他大大，一个破草帽值多少钱，你不要命了哎！”

女人弓着身子，像孙猴子那样遮着眼睛，在山上朝沟里瞅啊瞅，不见了大炮和他的草帽。大概过了一阵，大炮终于在刚才来的山路上出现了，弓着身子大步往上爬。

等大炮爬上来，女人见大炮像牛一样喘着粗气，手里却不见草帽，就小心翼翼地问：“帽子呢？没追上？”

大炮气冲冲地说："追上了！"

他老婆问："那咋没拾回来？摔坏了？"

大炮爽快地说："没摔坏，我踩坏了。"接着哈哈大笑，说了声"真解气！"。

这样一个炮人，免不了侠肝义胆。因此庄子里哪有账算哪有架打，大炮必在现场。大炮要见义勇为，大炮要判断是非，大炮要主持公道。张三的媳妇虐待婆婆了，李国仓把和王昌德家的地交界耕深了，马猴子浇地时把别人家的另一股水口改小了……这样的纠纷冲突，大炮都要插一竿子。大炮是庄子里的黑旋风。有时，庄子里的人心里头还就指望着有这么一位炮人帮忙出头。汪大炮是炮了些，却不尽是蛮放炮。除了撵到沟底专门踩坏草帽那件事儿。

庄子里还有个名人，叫跟巧儿。跟巧儿是傻女子，随了她娘。跟巧儿的爹人穷，讨不上老婆，就把庄里来讨饭的傻女人领回了家，生下的跟巧儿自然也是傻兮兮的。跟巧儿二十好几了还没婆家，这事只有跟巧儿的爹愁，跟巧儿和她娘不愁。跟巧儿跟憨娃娃一样，最爱瞅热闹，哪儿人多爱往哪儿钻。马家娶媳妇，田家杀猪，李家磨面，村铺里赤脚医生给小娃娃种牛痘……跟巧儿都在场。跟巧儿也热心。压车往地里送粪的单帮子人家，只要呼一声，跟巧儿会专门站在那个最陡的坡上，帮着推车子。谁家老奶奶到给猪和食的时候了，放心不下小孙子，跟巧儿会主动帮她抱一会儿。毛丫头的沙包撂上房了，跟巧儿会找根长棍帮她从房顶上拨下来。因此，庄子里的老小其实都挺喜欢跟巧儿。不喜欢跟巧儿的只有一点，就是跟巧儿有嫌贫爱富相。跟巧儿喜欢干净漂亮的人，喜欢威风有派头的人，尤其喜欢供销社的女营业员和乡政府的男干部。这一点让庄里人不喜。可庄里人从没反过来想，跟巧儿的好处，跟巧儿的毛病，其实他们每个人身上都有。只不过，跟巧儿因为比大家傻了些，表现得明显了些罢了。

庄子里最容易让人忽略又忽略不掉的人，是谁也不知道究竟有多老的二蒙的爹——王老汉。说起来有八九十岁的老人，看起来根本没那么老，他一直都是不老的样子。二蒙的爹总是独来独往，常年扛一把尖头铁锨，挑着自己编的柳藤条笼子，在山间地头转悠。有时，老汉会在山根底一个积留过山洪的土凹里给自己种些旱烟叶子；有时，他会在山坳里平整些的地方垦荒，撒些旱萝卜籽和芫荽籽；有时，他会漫山遍野地拾一笼子牲畜粪压在自家地头。回家时，老汉会各处捡一笼子树梢当烧柴棍挑上。好多时候，庄里人几乎要把这活成精的老人忘了，却不经意又在田间地头、山沟荒野里碰到。老汉不是挑着牲口粪，就是挑着柴棍儿，像庄稼地畔的花花草草一样，一天一天的日子里，这老汉一直活得好好的，好好地活着。

一些事

老庄里的事儿多得像老太婆的篦子一样捋不尽。愁肠的不提，热闹的也有不少。

像引亲，虽只是某家人的喜事，跟着乐呵的是一庄人。要是谁家在山背后的野狐沟娶了媳妇，那路陡得像随意甩上去的麻绳，自行车和拖拉机走不得，新娘子只能骑着谁家的灰骟驴去成亲。新媳妇必要趁日头跌山窝前引进门，因此上一庄的大人娃娃，吃过午饭老早就伸长了脖子等啊等，终于瞅见灰骟驴的影子了，从梁皮上悠悠闪了过来——驮着打扮得红彤彤的新媳妇。大人娃娃“嗷”一声，定巴巴瞅着再不走神。灰骟驴滴溜溜地从盘盘路上凑凑巴巴地往下挪，新媳妇在驴背上格扭格扭地摇，张望的人们心里忽悠忽悠地晃。直到那背陪嫁的箱子、棉被的整个引亲队伍下了山，进了庄，鞭炮噼里啪啦那个响啊！人群呼啦呼啦拥着灰骟驴在主家的大门口站定了，胸前交叉裹着两条大红被面的新郎官，被推着搡着从驴身上抱走了新娘。大人中午已吃过席了，不好意思再逗留。小孩子同狗，继续凑热闹，在主家院子里追前赶后地撒欢儿，直到他娘满巷子大声地喊吃饭才回家。天黑下来，只有结了婚的女人可以看闹洞房，没结婚的姑娘，包括小丫头片子，都被赶了出来。结了婚的男人和没结婚的小伙子全得了势，什么“鲤跃龙门”，什么“如鱼得水”，什么“招财进宝”，既闹新人，也闹公公和新房中的男人，尽捉弄人。有时闹过火了，新女婿不敢吭声，公公急了，赔着笑哄一阵，黑了脸训一顿，好说歹说，终于把那些粗野的庄稼汉从新房里赶走。做伴娘的开始往炕上撒核桃、枣子给新人“暖床”，送上“百年好合（核）”“早（枣）生贵子”的祝福。一直在后厨忙活的婆婆，急煎煎地等半夜了在新人的门前“听床”。

腊月里家家杀猪也是一桩热闹事。邻里间照样需要相互帮工，只不过要不了碾场时那么多的人，三五家合伙，就能降住一头大肥猪。猪哼哼着被几个壮汉抓耳朵提腿，硬生生抬上了长条板凳，死死压住了。庄里的屠夫三德子，“噌”一脚踩在猪头上，“嚯”一刀戳进了猪脖子——大肥猪“嗷”一声撕心裂肺地惨叫，随之“嗷——嗷——嗷”地长嚎，哭喊声越来越弱，直到没一点声音。壮汉们松了手，三德子“嘭”一脚，把噎着一口死气的猪踢下了凳子。左邻右舍将大锅里烧沸的开水一桶一桶提来了，哐噹噹倒进大铁桶里。猪的两条后腿用结实的绳子拴了活结，被悬挂在大树杈中的壮木棒的一头儿。庄稼汉把杠杆原理应用得极好，几百斤的大肥猪被吊起来，只需轻松地上抬下压木棒的另一头，那猪就在沸水桶里开涮了。死猪最怕开水烫，没有几下，浑身的猪毛一股一股往下掉，三德子乘势再用手一股一股捋，差不多弄成精光猪了，皮肤白森森的，被抬上长条凳趴着。屠夫趴下来，用嘴直接对着猪的屁眼儿呼呼地吹，把自个儿的脸憋涨了，猪的肚子很快也鼓胀起来，最后用半截光溜溜的木棒，把猪的屁眼儿塞紧。圆滚滚的肥猪被鼻骨里插着的铁钩子挂上了木架，四蹄朝前，长啦啦地吊着，容三德子再有条不紊地刮拔余留的猪毛，开剖内脏，直到大卸肉块。

自始至终在杀猪的门摊上雀跃的，还是孩子和狗。狗被大人呵斥得不远不近地蹲着，流着口水等屠夫扔下猪身上那些不能吃的杂碎。孩子们急巴巴地等着，三德子总算把猪尿泡摘下扔过来，孩子们一起涌上去，这个一脚，那个一脚，直把猪尿泡踹在土里踩，到猪尿泡不油腻了，就截半节扫帚上的竹筒，用细线扎在尿泡口上，扑，扑，扑，吹得胀大胀大的，再用细线扎了口，扔了竹筒，一个皮气球成了！娃娃们这个“咚”一拳打去，那个“咚”一拳打来，欢快得要命。直到那尿泡气球成了个干皮囊，再也飘不起来了，才肯扔了。

肥膗膗的猪颈肉被割下来放案板上了，十分诱人。大块的肉片和骨头被卸下来，笑眯眯的主家一大盆一大盆地端进厨房，等着主妇腌腊肉、炒臊子，慢慢收拾，过个好年。当天，杀了猪的人家会烩一大锅肉菜，吩咐孩子给同一个和临近巷子的邻里人家端去一碗肉菜尝鲜。腊月出头，家家的大肥猪进了肉缸，家家也都尝到了别人家的肉菜。当然，还是自家的最好吃。

除了引亲、杀猪之类的喜事，老庄里一年四季喧闹的地点，是在光棍汉老田家的院墙背后的晾场子上，庄里人叫“牙茬骨台台”的地方。“牙茬骨台台”上聚集的，是庄里“牙大”的一群半杆子男人。黑蛋、大炮、狗剩、六斤和麻老五等。这一群男人，一到农闲或茶余饭后，总爱靠着老田家的院墙根蹲成一溜儿，叼烟瓶的，抽旱烟棒的，嗑瓜子的……开始谈天说地。天上地下，古今中外，没有他们不关心的。麻老五说最近美国又发生了一些大事。听老五这话，大家立马想起老大队部墙上贴的列宁，还有马克思和恩格斯。黑蛋说：“唉，还是古时候的皇上享福，你们知道不？古时候的皇上吃的是清油，睡的是玉石的床。”大家跟着唏嘘叹息，自愧生活虽然比以前好多了，和皇上比还是有差距的，也不知道人家皇上过年时大门上的对联咋吹的，该不会像他们一样写“五谷丰登农家乐，四季增收岁月甜”吧？狗剩说：“庄里的‘神偷’岁五子怕是有半年没回来给女人、娃娃送东西了吧，这回该不是又失手被抓进去了？”“牙茬骨台台”上的男人们，论说这个，操心那个，有时一齐叽里呱啦抢着说，有时高声大嗓争得脸红脖子粗的，气势早盖过了老田家门口棋摊上的“张八盘”等一伙男人。年年岁岁，老庄里像住着一大家子人。人和人多时纠缠在一起，嘻嘻哈哈或吵吵嚷嚷，有时生分得抡铁锨镢头，有时相好得不成样子。一只狗，对付着庄里来的所有货郎担和叫花子。一只猫，抓着各家各户的老鼠。一只鸡，把屎拉到了好多邻居的门前。一个新媳妇，欢了一庄的人。一锅肉菜，吃了几道巷子。

就这样一个老庄，不知从啥时起，忽然间变样了。先是老辘轳不见了，再是老场不见了，鸡猪不见了，毛驴、黄牛和大骡子不见了……老庄那地儿，一天一天，一年一年，逐渐茂盛起来了……

老集市

在之前的小镇，老集市像小孩信手划出的“工”字，嵌在屋舍建筑和纵横道路之间，恰到好处。

“工”字形的集市，如汩汩喷发的血滋润活络着小镇，熙来攘往。

照例的二五八集日，集上繁华喧闹。小镇四周，住在山背后沟沟垴垴的农人，日头才冒花子，已不断从各个庄子赶了来。女人们穿着最好的衣服，脸上抹了雪花膏，棒棒油只涂皲裂的手，捎码子里背了干馍。男人多不在意穿什么，只操心带好自己的烟袋、烟锅、卷烟纸。赶集的人，一路上带来各处的草屑泥浆和不小心踩到脚底的牛羊屎，又一定要从集上带回些什么。

提了鸡蛋的婆娘女子，在离集市不远的马路牙子上已经和贩子开始讨价还价。手里提着的笼子上盖着各色头巾，小心揭开，攒了半笼子的白白的、黄黄的鸡蛋，极其新鲜。有的人直接在头巾里包了几个，汗涔涔地提了一路，捧出来，更是金贵。一来一去，一分一厘地讨价还价，终于商定。那鸡蛋贩子一把抓三五个，极灵巧地把蛋垒进他搭在自行车后座的背篼里，背篼里的每层蛋之间偎了麦衣，防颠磕挤压。鸡蛋贩子也贩鸡，胳肢窝夹了公鸡仔或老母鸡的婆娘，“扑”一下把两脚绑着的鸡撂在地上，摆了架势和鸡贩子谈价钱。贴身的肚兜里揣着卖了蛋和鸡的钱，女人们的胸挺得更高了，心里乐呵，屁股也扭得越发欢了，转眼就赶到了镇街的集市。

集市的入口，是吸引女人的摊位，如服饰之类的。路边各小贩支起的竹笆架板上，一半是花里胡哨的布料一沓一沓重叠平铺着，旁边秋衣、裤头、鞋袜之类的散放。竹笆架子后面的雨水渠里，栽着的好多木椽之间绑了绳子，悬挂着一溜一溜大人娃娃的成衣。有人该是从城里人那里弄来了旧衣服，谓之“故衣”的，随便在地上铺了包皮布，七皱八褶地摊着，任人挑选。“工”字老集市的下边是一条横街，平时的集日，摊位摆了不过三五百米，到寒冬腊月集市最旺时，还可继续向路的两头延伸。这条横街上，除了兜售衣物的就是各种熟食摊点和小饭馆。有三两个面食店，李麻子的店有脏乱差的名声，去吃饭的人少些。外乡的虎牛干净利落，生意红火。李麻子从不从自身查找问题，不是憋在自家店里生闷气，就是围着他脏得油沉沉的不辨颜色的大护巾，风转儿似的在虎牛的店前旋来旋去，胡乱骂街。还有一溜儿熟食小摊，老汉袁三的酥甜麻花，在自行车后架上的扁长的竹篾笼子里码得整整齐齐。李梅英的凉面，黄澄澄的，装在有轮子的玻璃柜里。国旺用木杠压的筋道大饼，在方凳上搁了精巧的小筛子，一坨一坨地摞得高高的。老万的油饼抹粽子和粉花娘的八瓣花的烤馍，紧挨在一起，各在玻璃柜和笼子里香气四溢。

长长的“工”字竖笔，一条宽敞的大路贯通了整个小镇的纵深，是集市最繁华的地段。大路左边是国营供销社的各类店面和公家的收购组、饲养场，右边是驻镇的机关单位。各种摊点就摆在大路两边，货品甚是繁杂。有果子蔬菜和地里的零杂产物。秋冬里农户自家树上摘的已经放蔫了的苹果，黑乎乎的化心梨，统共没有多少，在各人的笼子里不景气地搁着，诱惑娃娃。量大的是陕西发来的柿子，在街道上倒成了山，用麦草苫了，只露一面，涩的涩，坏的坏，一股烂柿了味。盛夏里固原黑城镇和靖远各处拉来的西瓜也会垒成山。农户自家树上的樱桃、桑葚之类，照样搁在篮子里叫卖。葱韭蒜、包菜、芫荽、旱烟叶子，地里随便产的果蔬，多的能在地摊上看见。杂货摊上，摆了铁锨、镢头、步犁、切刀、斧头、火钳子、扫帚、背篼、绊笼、箩儿、筛子、簸箕、炕席……应有尽有。冬天的集日，饲养场门口有卖猪头、猪下水的。猪头被扔在地上，嘴噘着，眼睛闭得实实的，黑红的血水冻结在脖项的肉茬茬上，看得人心里发冷。腊月里则有大只大只刮得净白的肥猪，囫囵趴在仰起的架子车上，或被切成半个半个的，直接搁在地上的旧麻袋上。

“工”字老集市的上边一条横街，正好到小镇的山脚下了。一段是木料市场，码得最多的是白杨木檩子、椽和改好的木板。推刨吐出的刨花飞了一地，剥下的干树皮胡乱在角落里支棱。占地最大的是牲畜交易市场，西北农村常见的驴、牛、猪、羊在这里集合。被打搅的畜生们烦躁不安地叫嚷，拉着热乎乎的屎尿，掺和着买卖人的高声大嗓或窃窃私语。

集市已经闹腾起来，半路上是往来的人群。有村人要给公家的饲养场交猪，猪便被绑了四蹄，塞满了架子车框，左右两边的车帮子用麻绳盘成网状，算是给五花大绑的猪布下了天罗地网。一家老小全出动，男人拉车，女人和孩子在车帮子上推着，像推着会哼哼的金元宝——猪会变成厚厚的一沓票子的。一头披红戴绿的驴，亢亢叫着，很高调地去某个隐蔽的地方。它的主人戴了玻璃片片“黑窝子”，腰杆挺在高高的驴背上。驴和主人一路趾高气扬，弹起打旋儿的塘土。相反，用柳条子吆喝着猪婆的汉子，辱人似的溜墙根穿过街道，才好意思“嗷喽喽”喝喊着让猪婆到养着种猪的某个人家门口停下。那家人赶忙把自家的种猪从大门里放出来，让它们直接在巷道里给他们挣油盐钱。村庄的孩子就这样在农家人的生计和动物们身上，接受了最初的启蒙教育。

真正热闹起来的集市，倘若由远远的另一处地方听着，那种喧嚣的起伏，像是戏唱到了最高潮。这种洪大的潮声，主旋律还是买卖人之间很平和的论调。其中也有牲畜市场上几个经纪人大喊大叫的声音，作为高声部突兀了出来。也有因抢摊位和秤上的事你骂我一句娘，我骂你一句先人的，总之，几乎没有直接骂对方的，不是骂对方的长辈，就是骂对方亲属的私处，似乎这样更解气……然而到底还是人太多，一两桩事，三五种声音，都是占不了气场的。

赶集的人自是有条不紊的，总不急着买，先要逛个够。上街一趟，下街一趟，直把个集市的每个角落三遍五遍地转个遍。需要买的，不需要买的，想买的，不想买的，把好多东西的价格先问个遍。抓起这个掂量，拿起那个摩挲，到彻底摸清底子了，死心塌地了，才开始认认真真地交易。有扯了二尺花布的，有买了大葱的，有扛了扫帚的，有称了盐的，有到药铺买了牙疼药的，有到旧书摊上挑了阴阳书的。有舍得的或领了小孩子的，也买吃食。有买了水果的，也有直接到袁三老汉的麻花车子和李梅英的凉面柜子跟前的。进了虎牛的面食店的，算是老街上最奢侈和最厉害的人了。

那从饲养场交了大肥猪出来的一家人，几尺碎花布，几颗蔫苹果，二斤粗盐，一块黑砖茶……猪的一条前腿或是两只耳朵就差不多快花掉了。男人便把他贴身装了钱的口袋捂得紧紧的，再也听不见老婆和娃娃嘴里一再念叨着的好多物品的名字，甚至狠了心不给自己买一碗烟叶子。

最嘈杂喧嚷的地方，还是在牲畜交易场上。要被卖掉的猪婆，被主人堵在一个墙角，已经拉了不少屎，还把墙根拱起了一垄一垄的土。有主家把小猪崽的耳朵提起来给买主看，小猪崽尖锐地叫喊，不但刺耳，甚至连人的牙齿也跟着发酸。羊场上，战战兢兢的小羊咩咩叫得可怜。要是场子里有两只大公羊，必是斗志昂扬。自觉寻到一起，面对面叉开前腿站定，头勾着，只把两只朝里弯着的尖角，朝向对方，猛地

“訇”一下，相互冲到一起，抵一下角，不分胜负。退远了，再筹备下一轮的出击，乐此不疲。旁边的人看得厌烦，朝一只羊的屁股给了一脚，糟糕的两只羊才悻悻散开，再伺机叫板。驴、牛最是老实，平日在犁沟里、车辕里苦怕了，只要有歇息的机会，从不放弃，至多黄牛哞哞叫几声或草驴们嗷嗷几声要草吃。

驴、马、牛、骡等大牲口，多在农闲时节交易。牲口行里的买卖双方一般不面对面地讨价还价，一是价格不好把握，二是十里八村来赶集的，不是远亲就是近邻，在讨价还价上都拉不下脸，也张不开口，主要靠的是中间人的三寸不烂之舌。年轻人被认为“嘴上没毛，办事不牢”，从事经纪行当的，多是年长的老汉。作为买卖双方的中间人，必须抬一方压一方，把双方的价位拉近，才能撮合一桩买卖，自己也好从中得几个生计钱。吃哪一行的饭，就要有哪一行拿手的本事。中间人的看家本领就是通晓“牛马经”：能通过看牙口、四蹄、毛色等来判断牲口的优劣。如看牛，以看下门牙为准。长一对牙的称“嫩口”或“对牙”，可据此判断在一岁半左右，可以下田耕作了；长两三对牙的，在四到六岁之间，称“圆口”，力气逐日增大；长满八颗牙的，称“满口”，是牲口精力最旺盛的标志。看了牙口后，再看肥瘦、毛色。再拍打牲口的屁股，牵上“遛一遛”，各种察言观色，直到把牲口的脾性、耐力、健康状况等掌握得差不多。中间人自己心里有数了，开始故意给买卖双方卖关子。他会对卖家说：“就这瘦得不成样子的牛犊子，开春能拉犁啊？送到屠宰场，也宰不了几斤肉，别说四百五，三百也没人问！”到了买家面前，他又马上转了话头：“别看这牛娃子瘦不拉叽的，全是因主家太不操心喂，才垮了。给好好供一段时间的好料，保证膘肥体壮，拉犁耕地，绝对是一把好手！别说四百，出五百的价也划算。”牲口的报价和买价，也不是直接说出口的，而是中间人与买卖双方“对袖口”摸出来的：中间人分别与两方一个把手伸进另一个的袖口里，互不言语，“筒”在里面摸指言价。几个轮回的研磨，价位差不多到各自的心坎了，中间人便拍板了：“成交！”一手掏腰包、一手拉牲口，中间人按行里规矩也得到了他的那份辛苦钱。一个集日，若能撮合三两桩买卖，咋说也要比在地里干活挣钱轻松，也不枉喊哑了嗓子。

因集上摆摊的多数农人和小贩都不是镇上的人，集散后，农人要赶二三十里路回家喂牲畜、干农活，小贩要赶到明天逢集的另一个场上，小镇的集市散场便较早，也就热闹那么三五个小时。

那些各庄里来赶集的人，手上肩上，都没闲着，来时计划要花的几个钱，差不多掏空了。脚早磨出血泡的娃娃，嘴里嚼着袁三的麻花或啃着蔫苹果，一脸瞌睡，被他娘拽着走。抹了雪花膏的女人早变得灰头土脸，涂了棒棒油的手，也变得黑红黑红的。

离晚饭还早，小镇的“工”字形集市，又空荡荡的了。除了镇上拾垃圾的长财老汉，正弓腰塌背地在各处捡拾葱胡子、蒜辫子和烂烟盒，再就是饲养场门口聚着的几只野狗，正争抢一个猪尿泡，吱哩哇啦咬嚷得厉害。

多出了一只猪娃

那年，吴宗刚过十岁。

煤油灯汩汩的，一股灰烟，在幽暗的半空里游弋，捻子上顶出一朵灯花，红闪闪的。父亲吐了最后一口烟圈儿，在炕沿上磕了磕烟锅，朝炕角已经睡下的吴宗说："宗娃，明儿个李店街上逢集，你起早些，把五个猪娃担去卖了。"又跟母亲唠叨："都长成背绑仔猪娃了，还撵着老猪婆嘬奶，老猪婆叫抬垮了，又没食喂！盐升子空了，煤油也快没了，急等钱用啊！"

吴宗半天嗯啊了一声，心里愁得没了睡意。从双岘梁到李店子三十多里的路，不知要翻多少座山，过多少个沟，来去一趟要好长的时间，非走傻了不可！吴宗跟着父亲赶过几趟集，空手来回都累得呛，何况要担五只背绑大的猪娃！

但父亲安排的事，没得商量。农业社大人的活计多得一山一洼的，已忙昏了头。多一个人手是一个人手，家家的小孩子，给猪拔草，喂鸡，打扫屋子，能干的不能干的，都得可着劲儿帮大人的忙。

天没亮哩，吴宗睡得正香，娘已经在头顶上一声连一声地唤他：“宗儿，宗儿，快起来快起来！你父亲绑好猪娃了。走得太迟就赶不上旺集了。”

娘给装过如意酒的瓶里灌满凉水，在褡裢里装了两个玉米面粑粑。五只猪娃，父亲给一只笼子里放了三只，一只笼子里放了两只，加上水瓶、馍馍和褡裢，两只笼子恰好差不多一样重了。

扁担链子太长，父亲把多出的链齐腰反折了半截，用铁丝掏进铁环里绑死了，吴宗担起来勉强合适。

五只背绑猪娃，干粮和水，一根扁担。刚刚过了十岁的吴宗一路上要承担的，足足有二三十斤重。

小小的吴宗，两只手一前一后揽着扁担链，晃晃悠悠地上路了。

上路没过多久，吴宗的眼前就开始冒花子。天黑乎乎的，眼前冒黑花子；天亮了，眼前就冒红花子；太阳出来了，直接是大火花，一团一团的。眼里闪闪的花子让小小的吴宗一路上总是恍恍惚惚的，身不由己，他觉得额角的青筋快要暴跳起来了。满身的汗，吴宗只得把快要流进眼窝子的汗一把一把往外甩。汗飞溅在路边的塘土上，扑突扑突，跌出一个一个小土涡。

吴宗的小腿叫柳条编的猪笼子砍了又砍。上山时，前边的一只笼边子俯下来砍他的小腿；下山时，身后的笼边子仆下来又砍他的小腿。吴宗的两条小腿被两只笼子轮换着砍出了“沟渠”。

肩膀火烧火燎的，起了燎泡，汗浸着，像撒了盐一样的疼。

吴宗气喘喘的，一路上只得歇了又歇。隔一阵，他就把担子撂在路边，给冒烟的嗓子里灌一点凉水，听着水在他的喉咙里嗞嗞地响。

路像山的筋，细而扭曲，又非常陡峭。有几次，吴宗仰面躺在塘土路上，浑身像散了架似的，酸疼得想哭，想骂人。一个冬天没有飘一粒雪渣子，大地干涸。父亲说：“冬麦要完了，冬麦完了还指望啥口粮！”开春的一场风又刮开了。开春只刮一场风，会刮到春尽。地里干成了核桃。父亲又说：“春麦没法下种了！要是冬麦、春麦全完了，吃塘土都不够！”父亲清早把猪娃扁担挪到吴宗肩上的时候，又在黑地里唠叨：“人都没吃的，猪能有吃的?！要不是猪婆下猪娃能变油盐钱，猪婆也该一起卖了！”

旱天旱地。一路上，吴宗爬过一个一个的山脊，蹚过一道一道的沟堑，经过了几个小村庄。那些低矮的庄院随便扔在路边或趴在半坡上，像睡着了一般。尽管地干得像着了火，人还是都到地里去为春播的事忙活。打土坷垃，翻粪。

一路上，吴宗只遇到一个老头儿，吆喝着一只肚皮瘪得像空袋子的猪婆急着赶路。老头儿和猪婆硬是从吴宗和他的扁担旁边挤了过去。猪婆的四条腿绞来绞去，和老头儿弹起的塘土扑突突的，扬了吴宗一身一脸。

小小的吴宗担着五只背绑猪娃，总算挣扎到了李店子的街道。初春的太阳暖洋洋的，正悬在当头顶子。

赶集的人稀稀落落。摆摊的尽是老弱病残，有摆了半袋烟叶的，走四处的货郎把他的针头线脑摆到了集市上，扫帚席子乱摊着。吴宗找到了专门卖猪的墙角。有两三个老头儿，每个人眼前的担里放着黑压压的一簇猪娃。两只瘦猪婆，正掂着长嘴拱墙根。吴宗认出其中的一只，正是在半路上给他扬了塘土的。

吴宗挨着一个老头儿，把两只猪娃笼子放到眼前，坐在扁担帮子上，嘴里和泥似的啃起了他的玉米面粑粑。

“瓜娃，你的猪娃咋卖哩？”老头儿问吴宗。

吴宗按父亲交代的老老实实地说：“一只一元。要是便宜的话，八毛，再便宜的话，五毛。”

老头儿捋着几根灰胡子笑了，说：“这灾荒的年头，人的嘴都要扎紧了，谁家能养得起猪？猪食没有，连猪草也不长，怕是白送都没人要，还一元、五毛的！”

吴宗不理这个老头儿，他又累又饿，只顾啃粑粑。啃第二个的时候，他的眼皮沉得怎么也扛不住了，就倚了墙根顺势往下溜。旁边的几个老头儿一直在他的耳朵边聒噪，一直在他的睡梦里说猪娃子卖不出去，说猪没食吃要饿死了，说庄稼歉收，队里分的粮食不够吃要饿死人……耳朵里一直嘤嘤嗡嗡的，吴宗却睡得越发香甜。

吴宗最后是被他的几只猪娃吱吱嗷嗷的叫声吵醒的。醒来之后，吴宗发现周围只剩他和他的猪娃，老猪婆不见了。卖猪娃的老头儿也不见了。空荡荡的集市上，只有李店子街道上的那个疯子，正倚着墙根打盹儿。一只瘦得皮包骨头的野狗，耷拉着耳朵这儿那儿乱嗅。冷飕飕的春风，照样卷着一股一股的尘土、杂物打旋儿。明晃晃的日头，早斜到另半边天上去了。

“啊啊，我这是睡了多久呀？”吴宗揉揉眼睛，一骨碌爬起来，几只猪娃的前腿背绑在脊背上大半天了，又疼又饿的，吱吱嗷嗷嚎个不停。吴宗这下子真要哭了，猪娃一只也没卖掉，回去咋跟父亲交代？两笼子猪娃，又怎么轻易担得回去？凉水只剩一口了，玉米面粑粑也只剩半个，啥时才能回到双岘梁啊？

四十多年前的那个下午，刚过十岁的小吴宗一路绝望，一路磕绊，昏天黑地地担着两笼猪娃回到了双岘梁。自此，吴宗的一生中再也没有他担不起的东西。漫长的山路，越来越硬的扁担透过破布棉袄，磨破了吴宗肩头的燎泡，磨出了道道血痕。上山时，一个劲往后倒的脚跟，被鞋帮子磨出了血泡。下坡时，脚趾一个劲地往前扑，钻出破洞的大脚趾被磕碰、夹磨到没了知觉。

小小的吴宗，昏昏沉沉地把一担猪娃担回他们的双岘梁时，亮闪闪的月亮又高悬在头顶，一脸的阴郁和诡异，像在看这个小孩子的笑话。

蹲在大门旮旯等他的父亲，在门帮子上磕灭了烟锅，接过吴宗的担子，问："卖了一只？两只？"

"一只都没卖！"吴宗憋着气，狠狠地回了父亲一句，硬是咬着嘴皮没哭出来。

"饿了吧，你娘在锅里盖着玉米面疙瘩，赶紧去吃。"

父亲闷闷地把两笼猪娃提进猪圈。吴宗蹲在灶火门前刚扒拉了两嘴玉米面疙瘩，就听见父亲又大声地喊开了："宗娃，你过来！"

该不是哪只猪娃被压死了？吴宗心里一哆嗦，丢下碗筷，胆战心惊地蹭到猪圈。月光下，几只松绑了的猪娃趴了半圈。猪娃们被背绑了一整天，早已不会站了，只呜呜地哭。

"怎么多了一只猪娃？成六只了！"父亲吐出的字一个比一个重。

吴宗懵了，没来得及想，蹲在地上的父亲一把将他拎了起来，朝他的屁股啪啪啪就是一顿巴掌。

"你个怂娃！肯定睡着了，人家才把卖不完的猪娃偷偷塞进了笼子！"父亲气急败坏，又是一阵巴掌。

吴宗再也忍不住了，把一整天的乏累、疼痛和憋屈变成了大声的号哭。此时，连月亮也不好意思地钻进了云层。天知道究竟是哪个老头儿偷偷给他的笼子里塞了只自己卖剩的猪娃。睡得酣甜的吴宗怎么会知道呢？

吴宗和着委屈的泪吃完了温暾的玉米面疙瘩，直到睡梦里还在抽噎。睡梦里，他听见父亲跟娘叹息说："一只猪娃，总是条命。卖不出去，变不成钱，又没食喂，可谁又忍心让它饿死呢？没人忍心啊！"

睡梦里，父亲的手摩挲着吴宗的头，抚摸了好久。父亲说："今儿把宗娃打了，打得人心疼啊！"

吴宗在睡梦里听见父亲又跟娘说，下一个集日他要亲自去卖猪娃，并让娘这几天喂食时要特别注意，不能叫家里的五只猪娃把别人家的那只排挤得吃不上食。

吴宗在睡梦里听见父亲不再抱怨他了，总算放心，终于酣畅地一觉睡到了天亮。

大脚张扬

1

日头才冒花子的时候，我们的“战阵”已经拉开，茴香在我家门旮旯用两只黑乌乌的手捂着菊花的眼睛，其他女娃啊哦一声四散而去。

一双一双的脚丫飞过，几个巷道全是我们“藏马马虎”的摊场。

等到人困马乏，女娃们就在我家门摊的坡子上胡乱撂了一地。

“狗狗儿，都过来！”这时宋家奶奶就会用她那惯常的、拖得长长的腔调呼唤我们了。

女娃们立马条件反射般撒开脚丫朝宋家奶奶飞奔了去，蜂儿一样把老人团团围住，挤得宋家奶奶在土门墩上坐不稳了。

“不急不急！”宋家奶奶沙着嗓子柔声说到。她摸摸茴香乱糟糟罩了一脸的头发嗔怪着，说头要梳勤些，不然虱子会跑到脸上来。看看大丑从布鞋里钻出来的大脚趾，她又叹气说大丑妈太忙了，给娃顾不得做双新鞋。

我们关心的可不是这些。大丑直接涎着脸问：“奶奶，今天有啥好吃的？”

宋家奶奶抖抖索索地撩起她的黑大襟，露出贴身的绣着两朵大牡丹的红肚兜，肚兜的口袋鼓鼓囊囊的。

“别挤，别挤，都有的！你一个，她一个。”

宋家奶奶一个一个地分发。有拿到水果糖的，有拿到饼干的，有拿到柿饼的，有拿到枣子的。每个女娃脏兮兮的手里都有了一样稀罕的零食。大家咂巴着嘴，很舍不得地享用。宋家奶奶在一边看着，脸上的褶子笑成了密密的波浪。

可这些毛孩子都不厚道，一旦把奶奶的糖果、饼干现场解决了，就很快呼啦啦地作鸟兽散，撇下宋家奶奶又是一个人了。要是这时有大人经过，宋家奶奶定然要喊住她们说说话，说着说着，必会号啕大哭；哭着哭着，必会讪讪地被人扶着或一个人再倚着门框墙根蹭回到屋里去。

宋家奶奶的脚那么小，大概不及正常女人的脚的三分之一，脚面高耸的样子有点像我们小时候打的陀螺倒立着。小脚的宋家奶奶，一辈子生了十一个娃。这么多孩子，一个小脚女人要拉扯成人，得费多大劲儿。村里没人论说这些，大家都过得难啊，很多时候都顾不得他人的艰辛。可村里的人后来都有些眼热，这十一个“葫芦娃”后来一个个出息了，当兵的，考学的，兄妹间互相帮衬的，个个都有了公干，散到了天南海北。娃娃们有的邮东西，有的寄钱，宋家奶奶成了村里人眼里的“福疙瘩”。

可在我一个小孩子看来，不全是这样的。宋家爷爷过世得早，十一个娃娃都在外地，宋家奶奶也没有跟任何一个孩子去生活。一个人守着大院的宋家奶奶，只有隔壁的堂兄弟夫妇偶尔进家门看看，担心这上了年纪的人要是啥时候过去了连时辰都没人知道。越来越老的宋家奶奶有严重的高血压，身体直线发胖，一双小得可怜的脚，根本撑不住她那胖重的身子。老人走不动路了。只有太阳出来的时候，宋家奶奶才倚着墙根，扶着门框慢慢地蹭到门口，坐到土门墩上，看巷子里走动的那些村人和脚丫子飞扬的孩子们任性地嬉闹。儿女们寄给她的糖果零食，是宋家奶奶哄我们这些疯玩的孩子到她面前待一会儿的唯一法子。孩子们一忽忽又散开了，老人眼巴巴地，老盼着有人到她的身边去。好不容易有大人经过，跟她打招呼，宋家奶奶便牢牢拉住那人的手，说她的孩子，说她的身体，说她连移到门口都困难了……说着说着，宋家奶奶就会号啕大哭，那人没法子，只能扶着她进屋歇息。

我们这些黄毛丫头，早见怪不怪了。我们全然不去想宋家奶奶的那些伤心，继续飞扬着脚丫子，从这个巷道串到那个巷道。

直到有一天，宋家奶奶殁了，我们才一下子意识到，再也没有一个亲近的奶奶给我们那些好吃的东西了。

听说宋家奶奶是殁了的第三天，才被隔壁的堂兄弟发现的。随后，她的儿女们才从各地赶回来奔丧。

出殡的那天早上，初冬的太阳冒花子，我们这群被宋家奶奶的零食喂惯了的女娃，照样在我家院墙根下排了一长溜，一边啪啪绊着在单薄的布鞋里冻得生疼的脚指头，一边有腔没调地唱着：

日头日头晒我来，
我给你大大妈妈点火来。
日头日头晒我来，
……

猛然一阵惊天动地的男女长嚎，我们都噤声了。随后宋家大门里花圈出来了，引魂幡出来了，孝子盆出来了，宋家奶奶漆得红红的高头棺材出来了，孝子们出来了。

是一种之前我们从来没见过的阵势。

来不及逃走，蹭着墙根的女娃们不由得挤得更紧了，一个把一个的手攥得生疼。我们屏着呼吸，愣怔怔地看着宋家奶奶的送葬队伍从我们眼前经过，逶迤而去。

2

我熟悉的小脚婆婆，还有二姨。二姨的身子单薄些，她的小脚能撑得住自己。

第一次见二姨时，二姨已经很老了。她是专门搭班车走亲戚，来看我妈的。

二姨嫁到了本庄的宋家堡子。因为外婆生了六个女娃，二姨大概是随随便便给嫁掉的。二姨的婆家很穷，比当时安不起大门的我家还要穷。宋家堡子是连环山，几乎没有一块通展的地。耕地都是人们一绺儿一绺儿，一方儿一方儿就势垦挖出来的。山路像七拧八扭随意甩上去的绳子，别说通架子车，人走都有些悬乎。庄户人家一应活计，只能靠扁担。种子和粪土要一担一担地送到地里，打下的粮食要一担一担地弄到场院，牲口吃的草要一捆一捆地担回来，人吃的水要一担一担地从沟里挑上来。人们用尖头铁锨把路铲成一个一个的小窝儿，以便脚能踩得稳实些。陡坡斜立，人们上山担粪担种子，得侧着身子斜着走；下山担草担粮，得佝偻着身子斜着走。可以中途放下担子歇息一霎儿的路面根本找不着，只有梗着脖子憋足了气一担到底。

我妈跟二姨闲聊，说："姐，你厉害嘛，这么一双小脚在'松鼠台台'上能活一辈子？"

二姨叹了一口气说："担不成就背啊，背了一辈子！从沟底里挑水没一点本事，就只能用水罐，一步一个踩窝儿，一趟一趟地踮着脚到沟里去提……”

我在一旁有意无意地听着，没法想象那是怎样陡立的山路，更没法想象像二姨这样的小脚怎样在那样的山路上踩一辈子。

我庆幸终于有机会可以仔细琢磨那双一直感到好奇的小脚了。可是，二姨始终不肯脱下她的鞋子。上炕的时候不脱，连睡觉都不脱。她自己做的很合脚型的黑条绒布鞋甚是合脚，也老不离脚。这让心痒痒的我很是苦恼。

二姨走亲戚的同时带着她的活计，在家捻好的羊毛线和蓝色染料，要染线。羊毛线在染料水里浸够了时辰后，被拿出来挂在我妈搭衣服的绳子上晾晒。之后几天，二姨的手照样蓝蓝的，怎么洗也洗不干净。二姨让我在胳膊肘上把她晾干了的羊毛线撑开，她跪在炕上，屁股压着小脚，起起蹲蹲地缠线疙瘩。那只被我娇惯得放在炕上的“四眼子”小黑狗，蜷在二姨的小脚边，气得“呼呼”地龇牙咧嘴。

二姨笑着戳它一指头：“啧啧，你真凶得没样子！”

二姨下炕去茅厕，格扭格扭地迈着细碎步，走得急却老是走不快，一步就挪那么一点点。我跟在后面格扭格扭地学她走路。“四眼子”也跟着“嗖”地跳下炕，贴在二姨的脚后跟上“呼呼”地左啃右啃——可惜，那小脚太高太厚太尖，小狗无论怎么着急也搭不上嘴，越发气急败坏。

二姨上完茅厕爬上炕来，我涎着脸说：“二姨，把你的鞋脱了，让我看看你的脚，行不？”

二姨满脸笑着说："瓜娃，那有啥看头！裹脚布裹得紧哟，又臭又难看。"

我执意要看。二姨就搪塞说："臭得很，等哪天洗没味了，让你看个够。"可直到二姨背着她的羊毛线疙瘩走完亲戚，回她的宋家堡子去了，她也没有在我家洗过一次脚，当然，我也就一直没机会看二姨的脚究竟长啥样子。

最终，我和"四眼子"小黑狗一样，对二姨的小脚始终充满好奇又无可奈何。

这小脚老人，却是高寿，活到马上奔九了。听说前些年还在儿孙的苹果园里钻出钻进地帮忙。这几年实在走不动了，每天只能拄着填炕的推耙给猪搅两顿食。

只是偶尔，我会想起二姨。想象这小脚老人在宋家堡子那"松鼠台台"上，拄着推耙格扭格扭地挪到猪食槽跟前的情状，心里便一阵欢喜，一阵悲辛。

3

大姑也是缠了脚的，她的脚却比那些地道的小脚大了许多。

大姑的性子很烈。奶奶把这头疼的妮子用柳条子打得浑身青紫，大姑就是不肯规规矩矩地缠脚。奶奶一边打骂，一边狠劲地把那结实的布条子往女儿的脚上一道一道地死缠——直到把脚骨缠折，直到脚面长到脚背上。大姑的眼泪清凉凉地淌啊淌，奶奶的心都碎了。

大姑时常造反，奶奶下手轻了。她的脚，终究缠得不是很彻底。

大姑是保长家的女儿。当时很讲究门当户对的，爷爷给大姑瞅准的是山背后一家富农的少爷。镇街上的保长和山背后的富农结亲，富农亲家更迫切。只是大姑的脚显大了些，让人家心里嫌弃。当初，姑父一旦和大姑闹不愉快，张口就骂："你个大脚婆娘！"大姑的饭做得不可口了，她的富农婆婆也会在一旁轻轻嘀咕："这大脚婆娘……"

好在大姑的脾气很犟，明面上才没有因这一双不地道的小脚受过多的歧视。

当然，富农家很快败落了。不但土地和财产被没收，后来还成了一庄人狠批狠斗的对象。是保长家的女儿和有身为富农的婆家，成了大姑的双重罪孽。

大姑被一庄人揪斗，唾得满脸的涎水，头发被拔掉了一股又一股。

大姑被一庄人押着游行，推来搡去，被缠折了的脚背贴着地面，怎么也站不稳。

这时，大姑显得大了些的小脚，倒是帮了她不少忙，使她山山洼洼为孩子们剥树皮、拔草根时，能够走得更稳一些；使她摸黑在生产队的洋芋地里揣洋芋被人追撵时，能够逃得更快一些。

我爹时常说："你大姑最爱'剜'娘家了。别家的女儿，总爱把婆家的东西往娘家里挪腾，可你大姑把连家的一根针线都不放过……"

我爹嘴上这样说，明里暗里却帮着大姑挪腾我家的东西，馍呀，面呀，甚至背着我妈给大姑塞钱。我妈总是睁一只眼闭一只眼。每年过年，我妈也总要给大姑留些年三十煮的猪肉骨头装在篮子里挂在房梁上，等大姑正月里转娘家时专门给她蒸热了吃。

大姑嫁到富农家，挨饿和受苦差不多成了她生活的全部。大姑生了七个孩子，拉扯一帮孩子和政治运动折腾，大半生忍饥挨饿，受尽屈辱。直到后来，才活出一点模样。

大姑去世三年时，我爹去了他那小脚姐姐的坟头，给她烧纸，垂泪不已。我爹说，那年庄里人批斗，大姑差点寻了短见，是后来当了志愿兵的他救了姐姐一命。有一年自己生病住院了，是大姑用街上捡来的废纸在小火炉上给他烧水做了一碗雀儿舌头面……

我时常想起小时候跟着大姑在她家玩了二天，只吃过两种饭：调酸菜的玉米面疙瘩，黑面馒头炒黄菜。两种饭中午晚上轮换着做，两顿饭都是定量的：不论老小，面是每人一小碗，馒头每人两个，炒黄菜每人一碗底。所谓的馒头，乡里人叫作“节节”的，像现在的法式小面包那么大。就是在大姑家，我生平第一次尝到了饥饿的味道。但对大姑来说，那肯定算不得挨饿了。

要是大姑还在世，她还会是那个爱“剜”娘家的女儿吗？我多么希望，大姑那双略微显大的小脚，咯噔咯噔走在来娘家的路上，我就可以把那么多无处置放，又没人可送的半新不旧的物品，甚至全新的东西，大包小包地送她。

和大姑那些年长的女人相比，我妈要幸运得多。外婆刚给她缠了几个月的脚，全国解放了，妈妈的脚跟着成了“解放脚”，从此彻底解放。

到我和姐姐，哪个做妈的还管女儿的脚呀？就那么纵横恣肆地疯长——姐姐穿38码的鞋子，我穿37码的，脚都成门扇啦！比那些“三寸金莲”不知要大了多少倍。

我打小爱跟男孩子一块儿打篮球，短跑又是长项。现在打起乒乓球也仍然左冲右突，一双大脚板扑扑踏踏，利索稳当。

宋家奶奶、二姨、大姑，还有村子里很多格扭格扭走路的小脚婆婆，在时间的轴线里一个一个不在了，几乎再也见不到一个。

满路走的，尽是大脚张扬的女人。“扑扑踏踏”，或蹬个高跟鞋袅袅娜娜的身影。

乡村关系

男人是一个背着土地行走的人，他有他的背景，他有他的土壤，有枝有杈，盘根错节。

他不是一个人在走，他是背着一个庄子在走。庄子里的七大姑八大姨，八竿子打不着的，他爱搭理。没沾一点亲、带一点故的，他也爱搭理。

“自个儿的事嫌少？我看着心里忒烦，哪来的心思管那么多的闲事。”

男人嘟囔：“乡里乡亲的，咋能不管。再说了，我是家里的独苗，大和妈百年了，还要乡亲们帮着抬埋哩。”

“死了，不就几锨土嘛，用得着积攒一庄人甚至几庄人的情嘛。”

男人半天不吭声，末了，鼻子里哼一声：“几锨土是自己人铲的吗？就你们这些自以为是的城里人，不懂人情世故！”

我哪是城里人，娘家的庄子只不过比男人家的庄子大了些。不过，大了些有大了些的好处。越是大的地方出生的人，宗亲观念会越淡。设想，老北京人的老乡观念，肯定比不上我们家那个男人的老乡观念强。

于是乎，男人一年四季里，不知不觉，乐此不疲，用不少的时间和精力，在他的乡村关系里，致力于无尽关系。

交警队

这还是些陈年旧事。

王六子的摩托叫交警队扣了。手续不全，大白天也敢到城里来窜。窜的时候运气不顺，就叫警察同志给扣了。王六子哈哧哈哧喘着粗气，到公用电话亭给村支书打电话。这一打就找到男人了，男人是村支书的小舅子。王六子打电话火急火燎地跟男人说：“老弟，坏了，摩托车叫扣了，要交钱的，你看……”

男人屁颠屁颠地去，该怎么办怎么办，圆满解决了。

李满满的三轮叫交警队扣了。李满满是庄里的赤脚医生，谁家有个头疼脑热的，第一个总得叫他，男人的大娘，总是李满满给量血压，拉肚子感冒了都给挂水。李满满的事儿能不管？男人屁颠屁颠地去，也圆满解决了。

就这样，男人声名大震。不但本庄的，前庄的后庄的，挂上边的挂不上边的，都来找男人，要摩托，要三轮，仿佛交警队是男人开的，交警队的事男人说了算。

男人“圆满解决”了太多的摩托和太多的三轮，因这，男人当年也是多少贴了些本的，只是瞒着我不肯承认罢了。

好在这几年村子里的人也发达了不少，骑摩托进城的少了，三轮也多“退位”，成了干农活的工具，只在庄子里奔腾。好些人家都买车了，三五万的算不上多高档的车，但总算是个车。开了车，再不似骑摩托、开三轮那般任性了，诸如没驾照什么的是不敢随便在路上乱跑的。这几年，庄子里的摩托、三轮不在城里乱窜了，男人也不再动辄去交警队了，消停了不少。

医　院

但有一个地方还是非去不可的，医院。

最怕男人半夜里接到的电话。

白天不管你咋忙活。半夜里那个电话真是一惊一乍，关了手机还会打座机。想必男人的电话和家里的座机在庄里人的电话里都有记录，要不联系咋那么便捷？

峡里的堂姐夫胃穿孔，得去。办住院，联系大夫。

拉麦子的二爷，车翻了，叫架子车把儿打断了腰，正在旺子的农用车上往县城里赶，能不去？

后庄小姨家的儿媳难产，已拉到县医院了，可夜里找不到医术高的大夫，悬着两条命哩，男人能不去吗？

其实，多时去了也是白去。人命在大夫的眼里，大概都差不多。大夫的医术，也不是在哪个病人跟前是有所保留的。只是，男人去了，庄里人的心里，似乎就踏实了些。

有点过分的是，有一次，家里来了七八个有结核病的大人、娃娃，说是在防疫站免费领啥药，几庄有结核病的人就联合到了一起，来找男人，让领着去联系领药，就像他们找不到防疫站门儿似的。当时，我们还没有在城里买下房子，蜗居在男人单位给的一间办公房里。就这次，女主人忍无可忍了。男人见主家变了脸色，领着一大伙人一溜烟走掉。自此，像这么大规模的队伍，男人再没敢往家里领过。

大队人马是不来家叨扰了，单个的免不了来来去去。因为医院去得比较勤快，县医院的大夫，很多和男人面熟。一次就有男人一个庄子的，老头儿得了脑出血，家里的两个女儿送到了医院，连担架都抬不上去。医生就问："你城里有啥亲戚没？"女的立马报了男人的姓名，主治医生说认得。不但认得，还存了电话。于是医生直接电话叫了："快到医院来帮个忙，庄里人住院了。"

乡政府

庄里人眼里，男人一定是个孙猴子样的能人，要不，城里的事儿管了，怎么还要管乡上的？

退耕还林的钱怎么不合适了，也来找男人，让问问乡上。那乡上是随便问的吗？男人真是为难。

批个庄院，让男人帮着疏通疏通。真是疑惑，泥个猪圈，是不是也要男人出个面儿？

男人庄里村委会的文书，冬天里提了家里的土鸡，让男人给他的推土机揽个活儿。结果，活儿没揽上，男人从冰箱里取那个粘住了的冻鸡，性子急了，用切刀直接把一个冰箱给砍报废了。

法庭

张团团不要老婆了。老婆赖着不离婚，张团团就将老婆告上了法庭。张团团在内蒙古包工，据说这两年发迹了。给工地做饭的外地女子要跟张团团，据说那女子比张团团家里的老婆漂亮不到哪里去，只是年轻些。年轻就是本钱，张团团看上年轻的了，就要踢走家里的黄脸婆，连同上初中的儿子和上小学的女儿。

女人哭天抹泪，托他的姨弟来找男人，让到法庭上看看，找找人叫他娘儿几个不要太吃亏。

男人犯难得打转转。那张团团是他小学老师的弟弟。小学老师对他那叫一个好。男人统共就爱这一个老师。再看张团团那女人，可怜。还有，张团团女人的姨弟，是男人的小学同学，一块儿拌泥巴长大的。

难得团团转的男人，末了，就开始推托。一旦那双方打进电话来，他要么说："哎，哎，我正开着会呢，开会！"要么说："哟，哟，我恰好在外面出着差呢，得一段时间，得一段时间。"那东躲西藏的日子可真叫长，好不容易拖到了尘埃落定。

村子里刘二的老婆拐了别人家的男人。乘着村子里唱戏的时候“作案”，被人家老婆逮了。那老婆是个手脚麻利的，一把剪刀就捅到了那女人的大腿。女人住院时，托人来着，男人托词没去。女人告上法庭，也托人来着，男人照样设法没去。这是我掐着指头算的，男人第一次彻底拒绝庄里人的一件事。

家有男人，在乡里乡亲的无尽关系中，多时不免捉襟见肘，却总在不厌其烦地奔波。他背着他的村庄，渐行渐远，却不知何去何从……

养　活

讲的是公公和毛驴谁养活谁的事儿。公公和毛驴，究竟谁养活谁，这个问题不宜早下结论。

天蒙蒙亮的时候，公公就起来了。公公起来的第一件事就是挂起驴圈的布帘，打开驴圈的门。驴还没起来，团着两只前蹄舒舒服服地卧着。见是公公进来，便打个响鼻，骨碌了起来，站在一旁有些迫不及待。公公先是把驴昨夜吃剩的草秸清扫到旁边，再把背篓里剩下的拌了面食的草料倒进光溜溜的土槽。驴便大口大口地咀嚼起来。接着，公公铲起散乱了一地的驴粪蛋，扫净驴圈的每一个旮旯，包括驴蹄子下面。被驴尿浸湿了的地方就撒上细碎的土，再均匀地铺开。公公挑着两篓子驴粪压进地头回来，婆婆的罐罐茶已经咕嘟咕嘟叫了半天。

公公没牙，一颗牙也没。公公三十来岁的时候，常常牙疼，村里的好心人就出主意，让他噙一噙麝香。那时竟然能搞到真麝香。公公听那好心人的主意噙了麝香，却把一嘴牙全给毁掉了。公公就这样大半辈子没了牙。他的儿子成人了，想着再不能叫老人吃稀烂饭了。可是公公的牙床也毁了，根本安不上一颗假牙。因此，公公的早餐至少要用半晌。尽管婆婆煎的油饼酥软酥软的，公公也得用他磨光了的牙床就着茶水，才能够把一个油饼吞进去。

日头半竿子高了，公公给驴新拌了一背篓草料，就开始清扫驴的二院子。二院子与里圈连在一起，是冬天里天气晴好的时候，驴在外面吃草晒太阳的地方，同时也是夏天夜里驴纳凉的地方。清扫干净了，草料填好了，公公拉出驴，拴在明槽上，重新打扫一遍早晨刚扫过的里圈。

以前给驴饮水是个愁事。山上水少，井里一次连水带泥吊不上半桶，人喝都成问题，公公只好到弯沟里去挑泉水。让公公到弯沟里去挑水可真是件危险的事。一是弯沟的路太难走，地势陡峭。更何况公公的腰有毛病，而且还很严重。也是三十几岁的时候吧，公公给农业社背麻袋，是那种细长的麻袋。一麻袋玉米背到半山腰的时候，公公脚下一哧溜，跌倒了，瞬间就把腰给闪了。闪了腰的公公再也没有直起过身，从此成了“弓”字形。这都是过去的事了。可以想象，“弓”字形的公公到弯沟里去挑水，有多悬啊！再悬也得去挑水，公公终归把一担水从沟底挑回来了。

中午，给驴喂完水，伺候驴的事算是告一段落。下午三四点钟，公公又会为他的驴忙活开了，无非还是拌料、扫圈、喂水。直到天黑，把驴再关进里圈去。如此累计，就可以估算了：一天里，公公有大半天的时间在伺候他的驴。

隔三岔五，还要给驴铡草。别的人家摊子大、农活多，养两三头牲口，很多人家有铡草机，公公和婆婆用的仍旧是老铡刀。老两口一人送草一人铡草，折腾大半天才能为驴铡够三五天的草料。不管是送草还是铡草，公公都是那个不变的“弓”字形。一起一蹲，一弯一直，都是在为难公公。为难是为难，可公公没说过一句为难的话。公公常埋怨的一句话是：“你这个驴么，咋就越吃越瘦了！”公公就是想不通，他自个儿胖不了是因为牙口坏了，大半辈子吃稀烂饭的缘故，牙口好好的驴，怎么尽吃好料不长膘呢，莫非是地里的活干得太少了？

说实话，公公的驴是干活少了些。公公的地差不多都送了人。城里上班的儿子抱怨，招架不住了，公公就将地送给别人去种，包括送给硖里的女婿，送给庄里的亲戚。公公送一次地，就心疼一次。几十亩地眼看着只剩下几亩了，公公打死也不肯再送了。

最后，公公和驴一共种了四亩地。四亩地分成了四块：一块种胡麻，一块种洋芋，一块种玉米，最大的一块种麦子。除了老两口自己吃，主要是供给城里的儿子、儿媳，说是乡下土坊炸的油香，自家种的洋芋和玉米新鲜。公公、婆婆加上城里的儿子一家，一年也吃不了多少粮油和蔬菜。如此说来，这四亩地可种可不种。问题是，公公舍不得地，非种不可。

这四亩地，公公的驴先前是和下庄亲戚的一头乳牛一起耕种的。下庄亲戚的男人出去打工了，亲戚是个单干户，就和公公一起合伙，主要是合伙两家的牲口。合伙了几年，乳牛后来做了妈妈，就不跟别的牲口搭伙了。随后，公公的驴就有失业的意思了。硖里的女婿家有两头大乳牛。不管种啥，只要女婿牵来他家的大乳牛，呼啦啦半天就将事情弄得利利落落的。失业的可不只是驴，还有七十多岁的公公。公公种不了地，公公依然是个庄稼人；驴不耕种，驴毕竟是养活人的牲口。问题大概就在这里。驴不养活人，反倒让人养活驴。所以，这驴继续存在的可能性就变得危险了。不定哪一天城里的儿子发话，让老两口到城里生活，可怎么办？

公公就这样守着他的驴。守着驴，就像守着自己的根据地。牲口是离不了人的。还有几只老母鸡，下了蛋要及时拾回家，否则就会被别人家的猫偷吃了。公公总是不肯随儿子走出村子到城里生活。公公舍不下他的驴，他要养活他的驴。就像当初，驴养活了他们一家。

一只母鸡过往的歌唱

三婶挖甘草和白蒿子换的钱，在镇上抓了六只鸡娃后，剩下的只够给贵气子头三颗洋糖。三颗洋糖，贵气子一口气吃完了，鸡娃装在麦秆编的新笸箩里。笸箩放在烧得最热的炕眼门，三婶用自己的黑包巾扇着。嚼得稀烂的馍和晾温的水盛在两只倒扣的碗里。

自此家里养的，除了三婶的儿子贵气子，数这几只鸡娃金贵。越金贵越难养。一只小鸡隔天就蓬着绒毛萎成一团，断了气；一只长到褪绒毛时，拉稀拉直了眼珠子；第三只长到拳头大了，刨食时不知怎么回事，掉进洋芋窖摔死了。三婶最怕小鸡死，三婶想把小鸡一只一只养大了，公的卖钱，母的下蛋。母鸡下蛋也能变钱，母鸡比崖畔的甘草和山坡上的白蒿子可靠。除了深冬里冷极了的日子，母鸡一年四季下蛋。食饱天暖的时候，几乎每天下一颗蛋。母鸡下的蛋是钱蛋蛋，能下钱蛋蛋的母鸡就是金鸡了。

小鸡们不管三婶的心情，但总算还剩了三只。那三只倒长得健康，转眼碗口大了，迈着腿在门坡上、场院里、地埂上跑来跑去，专瞄地上的虫子、嫩草和贵气子吃漏的馍馍渣子。

正长个的小鸡们最丑。还没长出尾巴，只有胖乎乎的屁股光秃秃地高耸着。膀子上的毛倒是密，额头和脸上是光秃秃的。从它们的眉眼里，还认不出公母。

三婶就天天瞅。瞅哪一只小鸡先长出尾巴来，就极有可能是母鸡娃。三婶有这个经验。母鸡娃爱漂亮，总是抢先长出俏俏的小尾巴，像扎了朝天辫的小姑娘，神气活现的。公鸡娃偷懒，慢吞吞的，浪荡够了才出尾巴。三婶多巴望三只小鸡都齐刷刷地冒出尾巴来。总算有一天，一只小鸡冒出几根尾毛来意思意思。虽是小意思，三婶眼尖，一下子发现了。

三婶心里欢喜，越发在意另两只懒货。可它们最终长出了漂亮的羽毛和大红的冠子。三只小鸡在春天里长着。三婶有些失望，只有一只母鸡娃。虽然公鸡不下蛋，但也是可以卖钱的，这么想着的时候，三婶又欢喜了。

到了秋天，拌泥巴的贵气子要上学了。两只威风凛凛的小公鸡还没长足，三婶就把长得肥大些的那只抓来，用破布条子绑了双腿，塞进镇上鸡贩子的大背篼，贵气子上学的钱就有了着落。

三婶留下一只公鸡娃给贵气子上学打鸣。其实，三婶最主要的心思是让那一只公鸡和母鸡第二年给她孵小鸡，她就不用再到集上花钱抓鸡崽了。那样的话，三婶就会有更多的公鸡娃和母鸡娃，卖钱的卖钱，下蛋的下蛋。

两只鸡白天忙着到各处刨食，晚上就到场院角落的鸡舍架上睡觉。三婶盘算着小母鸡有六七个月大了，就开始动工，在院墙的半腰上悬空架出一间很小巧的泥坯房子。小房子开了半圆的门洞，里面铺了软乎乎的麦草。专为小母鸡下蛋盖了“空中楼阁”，防的是各家不经管的猫狗和到处偷蛋的老鼠。三婶一边收拾蛋窝，一边留心着小母鸡的神色，直到有一天察觉那家伙咯咯不安地叫着，着急忙慌地四处找窝，一股憋不住的架势。三婶就让贵气子帮忙，娘俩好不容易把鸡逼到角落逮住。三婶抚摸着母鸡娃的膀子，小心翼翼地将它放进院墙上的“阁楼”。小母鸡有些惊慌失措，几次想要逃走，被三婶拦挡着，只好惶惶不安地在窝里东张西望。三婶看它安静了，蹑手蹑脚地离开。小母鸡先是扒窝里的麦草，将麦草扒成了凹形，整理顺了，才蹲下来，双眼微闭着，满脸涨得通红，脖颈上的羽毛也张开了，一阵一阵地憋气，粗着气又是蹲又是站的，缩头，翘尾巴，使出了浑身解数。小母鸡鸡冠子上的血都快要喷了，这回又是转头，一会儿头朝下，一会儿朝上，一会儿头朝里，一会儿又朝外，总算头朝外蹲定了。蹲了好久，突然又站起来，两眼瞪得像要爆出来一样，脸更红了，身子不断地伸缩。随之张开翅膀，嘴里不停地哼哼。又过了好久，终于“扑通”一声——一只精巧的蛋掉进了凹坑。总算大功告成！小母鸡松了口气，咯咯叫几声，用翅膀捂住差点要了命才生下来的第一颗蛋。小母鸡站起来了，抖抖蓬乱的羽毛，朝着半圆的门洞扯着嗓门“咯咯咯咯蛋——”“咯咯咯咯蛋——”向满世界唱起了凯歌。歌声飞出三婶家的院子，歌声飞到了庄子的各处，歌声碰到了庄里的崖娃娃。于是，崖娃娃也和三婶家的小母鸡一道，此起彼伏地高唱着：“咯咯咯咯蛋——”“咯咯咯咯蛋——”

三婶犹如看到她的地里成熟了黄灿灿的麦子、挖出了白花花的洋芋，呵呵地笑着，抱着她的贵气子来到功臣面前。贵气子迫不及待地把他脏兮兮的小手伸到了鸡屁股下面。歌声戛然而止，小母鸡有心狠狠啄那探进来的小手，三婶的大手及时罩过来护住了，母鸡忍气吞声，扭头看了一眼它的蛋，这才呼啦啦飞下窝棚，“咯咯咯咯蛋——”“咯咯咯咯蛋——”一路高唱着朝门外走去，得意极了。

整整一个下午，贵气子的手心里一直攥着那一颗精巧的蛋。起初，蛋上还有小母鸡的余温，最后就只剩小母鸡的血丝了，甚至最后，那血丝都叫贵气子的小手摩挲得干干净净的。几次，三婶要把蛋要了去，放到灶爷板上早备好的一只小筐篓里，等攒多了卖钱。贵气子总不肯，跑到哪儿，就把蛋带到哪儿，直到累极了，蹲在门槛上打盹、淌涎水，那只蛋仍在他的手心里，汗涔涔的。

晚饭的时候，三婶照例给贵气子先舀了饭，照例在他的饭面子上额外滴了几滴清油。大的五个女娃子早习惯了贵气子叫娘偏着。三婶一连生了五个妮子才生了贵气子，他能不贵气？爷爷把他爷爷给自己的铜铃铛让三婶缝了红洋布项圈套好了，眯着眼睛拴在贵气子的脖子上，说："贵气子，你总算给自己捏了个壶嘴儿，让爷爷放心了！"贵气子被一家老小娇惯着，只要他的铃铛当啷啷地到处响着，一家人都是欢喜的。

三婶让贵气子把饭端到场院里去吃，说是看看小母鸡睡了没。几个姐姐心里奇怪，天黑了以后，娘从不让贵气子一个人出门游荡。贵气子机灵，没走出大门就迫不及待地用筷子在碗里搅，黑夜里，一只蛋叫搅出来了。贵气子不舍得咬，把蛋拨拉到碗边舔呀唆呀，半天不舍得咬。可贵气子还是叫蛋黄噎住了——朝着碗歁歁歁嗅了半天，才换过气来。

此后每天，只要一发现小母鸡心神不定、着急忙慌时，贵气子总会自告奋勇一个人追前撵后地设法逮住小母鸡，再让娘帮着把鸡塞到窝里去——他的个头还远远够不着半空中的蛋窝。直到小母鸡有一天能自个儿扑棱着翅膀轻松自如地飞上它的专用阁楼，贵气子的兴致就只剩拾蛋这一项了。

这孩子一边干着别的，一边支棱着耳朵，一旦听到小母鸡嘹亮的得胜的歌声，不管正在写字还是打陀螺，都会一下子扔下手里的东西，抱上灶火门的小板凳噔噔噔飞向蛋窝。当啷啷的铃铛脆响着。贵气子站上板凳，踮着脚，拉长了脖子，把手摸进小母鸡的屁股下——小母鸡不再打算啄他，他们早是一伙的了。贵气子抓出来的热乎乎的蛋上，多时有依稀可见的血丝。

可小母鸡的蛋总不能老埋在贵气子的碗里。地里种出的庄稼很少有变钱的余地，再说地也吃钱，地里要上化肥。买化肥的钱不指望小母鸡的蛋，贵气子写字的本本、铅笔，锅上的盐，点灯的煤油……小母鸡的蛋还靠得住。三婶只有隔三岔五和了白面，背着几个妮子给贵气子炒一只鸡蛋吃，这孩子常常被噎得眼泪汪汪的。要是隔的日子多了不给蛋吃，贵气子就会拿着树梢子满场院赶着小母鸡出气，赶得小母鸡失魂落魄的。三婶不忍心，只好再给他偷偷炒一颗鸡蛋。有一段时间，天实在太冷了，小母鸡下蛋有一阵没一阵的，真攒不下几只蛋了。贵气子不管这些，只管跺脚打滚儿，照样膏药一样黏着她娘要蛋吃。实在讨要不得，这孩子有一天竟然爬上锅台，钻进锅里，说要是不给炒蛋吃，让他娘干脆把自己炒了！灶火门上正急着点柴做饭的三婶就抹起了眼泪，火棍上的焦灰把眼窝子揉得黑乎乎的。

有一段时间，贵气子不来拾蛋了。一次也没来过，来的是三婶。那孩子得了黄疸肝炎，脸黄得跟庙里上的香一样，眼珠子更黄。乡里的赤脚医生的针管子把他瘦小的屁股几乎扎成了麻子脸。贵气子恹恹的，乏乏的，成天不是蹲在门槛上，就是圪蹴在房檐下。三婶几乎要在小母鸡屁股眼里掏蛋了，一点白面不掺和，原原本本地炒给贵气子吃。可这孩子，每一次都将头摇得拨浪鼓似的，一点蛋星子都不让往嘴里放。三婶就端着那一碗炒鸡蛋，眼泪吧嗒吧嗒地淌，淌进鸡蛋碗里也不管。

那时节，不光三婶的小母鸡，庄里的所有母鸡，一直“咯咯咯咯蛋”“咯咯咯咯蛋”满山坳里唱着。唱得四季反转了又反转。就那样，母鸡们一直心无旁骛地唱着，直到下完它们的最后一颗蛋，唱到不知几时。

只是，长大走出山里的贵气子，永远不再吃鸡蛋了，一点鸡蛋星子也见不得。甚至，他讨厌所有的蛋。

叔父的园子

我甚至有点恨叔父。

叔父昨夜就在我的梦里。叔父在我的梦里不干别的，是专门来吓唬人的。叔父的脸上有一道一道的疤，黑的夹着褐的，像经年斑驳的土坯墙皮。叔父的脸像被刀子削过了似的，瘦长瘦长的。叔父在我的梦里，常常把他黑褐的脸，贴在模糊的窗玻璃上，面无表情地问："旦娃，你咋不给我吃的哩？"

我说："叔父，我怕哩！"

叔父说："怕啥哩？我就是饿，又不吃你！"

叔父在砸门，叔父要进来。

我就死命地喊："妈呀，救我！"喊得头疼，喊得嗓子像塞了棉花团一样，喊得大汗淋漓。门咔嚓嚓地响，眼看着要被叔父搯开了，幸亏我醒了。醒了就再也不敢睡了。任叔父黑瘦黑瘦的脸在我眼前晃荡一个晚上，握紧的双拳湿热湿热的。

妈说 :“晚上你到院子里给烧几张纸钱，顺带给泼些酒水，撒些吃的。

妈是个迷信的人。我半信半疑，但是个死要面子的人。除了清明和送寒衣的日子，城里人平时不兴这个。所以我没有到院子里去给叔父烧些纸钱，泼些酒水，撒些吃的。所以叔父总要到我的梦里来吓唬我，要吃要喝的。

我就有些恨叔父了。又不是谁不给他吃的，是叔父自己跟自己过不去。

村子里和叔父一样的农人多的是，别人知道怎么待自己，叔父却总是想不开。叔父把他的生存目标还定在“吃”这个最基本的需求上。就是这个最低级的需要，在他离开人世前的最后一段时间，也不能够被满足。

叔父是得胃癌走的，走的时候不到六十岁。

叔父走的时候，连半口水都喝不下去。而此前的一年多，他一天只能喝几口羊奶。叔父是被活活饿死的。叔父的疼痛我们看不见，叔父被“饿死”却是我们每一个人眼睁睁看到的事实。

堂兄把黄澄澄的鸡肉端到他面前，叔父强梗着脖子，狠命吼 :“端出去！你想馋死我！”

堂兄把油汪汪的面条端到他面前，叔父气若游丝，还在吼 :“端出去！你想馋死我！”

最后，不管堂兄把啥好吃的端到他面前，叔父都索性闭上他的眼睛不再去看，也不再吼了。他是真没有力气吼了。

叔父吃不下去，也喝不下去。叔父只剩下了皮和骨头。

可叔父的粮仓那么高，那么大，那么满！叔父的粮仓不能不高、不大、不满。叔父除了把队里分的地种得肥油油的，还把他的荒地开到了贺家湾，开到了另一个村子里。荒地陡得牛搭不住蹄子，所以叔父只能自己一锨一锨地翻土，一个土坷垃一个土坷垃地往碎里打。荒地远得堂兄一个劲地埋怨，所以叔父只能自个儿去耕、去种、去收。日头毒人，大中午的，叔父也不回来，就着地旮旯，啃个黑面饼饼或玉米面粑粑，喝几口凉水，抽一棒旱烟，再接着干。叔父有十几亩地还是几十亩地，连堂兄都不大清楚。叔父的粮仓能不高、不大、不满吗？叔父的粮仓高得、大得、满得盖过了村子里的所有粮仓。村子里再没有像叔父那样强硬的农人了。夏天的时候，叔父戴着他的破草帽，赤着脚，扛着镰在山路上扑哧扑哧地走，你甚至怀疑那是手艺不高的某一个后生扎在地里吓雀儿的一个烂草人在走。叔父脚底的老茧在犁沟里、在山路上磨得比小妈给他纳的千层底还要厚实，还要耐磨。

叔父家的粮多得是，油也多得是，可叔父就是不舍得让小妈炸油饼，不舍得让小妈做漂着油花花的面条给他和孩子们吃。叔父家顿顿除了清汤寡水的浆水洋芋疙瘩面还是浆水洋芋疙瘩面，除了黑面饼饼就是玉米面粑粑。叔父的粮仓再高再大再满，我都不稀罕。我家也有粮仓，只是没有叔父的大，没有叔父的满。我只是稀罕叔父的园子，叔父的园子我家没有。

叔父的园子里最惹人注目的是那棵大梨树。梨树大到没法形容的程度。也不知道是啥品种的梨子，反正皮儿薄得很，吃起来甜嫩甜嫩的。那甜嫩甜嫩的感觉就一辈子留在了我的心底。因为只有一次，我吃到了叔父的梨子。雨打的、风吹的、跌下来摔烂了的梨子。

叔父自己不舍得吃一颗梨子。叔父家的孩子也吃不上一颗梨子。我一个堂侄女哪能吃上叔父的梨子？叔父今天摘一篮子，明天摘一篮子，让小妈提到集上去卖，提到学校门口去卖。大的囫囵的一颗一毛，小的有疤的一颗五分或者三分。究竟卖了多少个一毛，多少个五分三分，我不去关心。我只是想啊，我啥时能吃到叔父的梨子？我趴在院墙上，眼巴巴地瞅着叔父园子里的梨树上繁硕得一疙瘩一疙瘩的梨子，直咂嘴巴。可叔父从来不曾给我一颗梨子。

所以，我甚至有点恨叔父。有一天，当我在院墙上又一次望着叔父的梨树想入非非时，天意似的，来了一阵阵狂风，来了暴雨。狂风暴雨过后，就听到叔父死了人似的哭腔："过娃妈，赶紧拿几个篮子到园子来！"

我平时就怕叔父，听他那声音更不敢出去了。可一会儿，叔父来敲门了，竟提着一篮子梨子！摔烂了、泥糊了的面目疮痍的梨子。

叔父的身子比平时更佝偻，脸色比平时更难看，他说："旦娃，提回去吃去，雨打的！糟蹋得心疼！"

那是我第一回也是最后一回吃叔父的梨子。那甜嫩甜嫩的感觉就一辈子留在了我的心底。以后，梨子快要成熟的季节，我总在奢望，再来一场那样的暴风雨，好让我再吃到叔父的梨子。可人生中同样的事情发生的概率实在是太小太小了，我真的再也没有吃到过叔父的梨子。

后来，叔父就走了，叔父的梨树还在。前些年我还在乡下工作时，堂兄每年都给我们家送梨的，可我因为肠炎的关系，竟不敢再吃一口梨子。如今，我想吃什么样的梨，就能吃到什么样的梨。可什么样的梨能比叔父的那一篮子烂梨子更甜更嫩呢？

所以，我甚至有点恨叔父。后来他病了，他走了，就那样挨着饿走了，我心里更加恨他了。

叔父大半辈子不舍得吃，不舍得穿，不舍得花。等到叔父想吃了，想穿了，想花了，叔父却吃不成了，穿不上了，也花不了了。

所以，我会一直恨叔父，像爱他一样恨他。叔父在极度的饥饿中离开了这个世界。在另一个世界，即使叔父索要的时候，谁又能给予他什么呢？

但不管怎样，我是再也没有叔父了。

有时我心一横，甚至又盼望着，叔父能够再到我的梦里来，不管有多吓人！

相　见

1

大姑咽不下那口气。

大姑不吃不喝六天了，气若游丝。有时，那老人几乎没有一点动静，孩子们以为这下她可能悄无声息地走了，却又看见她瘪进去的嘴唇忽然嗫嚅了一下，又嗫嚅了一下。

老大顺祥把脸俯下去，把耳朵贴上去，可就是听不见大姑在叨咕什么。

儿女们一起守在大姑的炕头：顺祥、顺进、顺利、顺顺、彩彩、彩红。还有一屋子的孙子孙女。

大姑就是咽不下那口气。孩子们一直在等，等一个八十多岁的老人最后安然安静地离开这个世界。大姑的眼闭得严实，脸姜黄姜黄的，唯独那瘪进去的嘴唇会忽然间嗫嚅、嗫嚅……

顺祥急得额上沁出了汗，听不清娘在说什么，遂不了愿的老人一口气难咽。老二顺进在一边琢磨着，猛一下听清了，大姑其实一直重复念叨着一个字：兰、兰、兰、兰……

大姑在等兰兰！

一屋子的孩子黯然了。他们怎么没想到这个呢，这阵儿，多子多孙的大姑就剩兰兰一个孩子不在她的身边。大姑有多久不见她的二女儿了？想想看，做娘的几十年没见着她的一个女儿，大姑怎么能轻易咽下那口气！

2

黑狗的狂叫划破了静夜，大姑摸黑进来，急慌慌地跟我爹说："兰兰那死妮子，跑了！"

我爹说："不是看得紧吗，怎么跑了？"

兰兰被灰骟驴从山背后的中湾驮到狗蛋家，给她的大哥顺祥换来了媳妇——狗蛋的妹子跟巧。

顺祥比跟巧大八岁，跟巧不愿意，可跟巧没折腾。跟巧的哥狗蛋大兰兰十三岁，兰兰的心里瘆得慌。兰兰被引亲的抱上灰骟驴之前，用红包裹布给自己的裤带打了轻易解不开的死结，怀里揣了从大姑的针线笸箩里偷来的老剪子。

兰兰缩在炕旮旯里，让狗蛋离她远远的。狗蛋的娘早早撵走了闹新房的汗酸臭的庄稼汉，就爬在炕眼门上“听床”。打小有鼻窦炎的狗蛋哼啦、哼啦地干吸着鼻子说：“兰兰，别缩在炕旮旯里，墙太冰……”兰兰不吭声。狗蛋的娘在炕眼门上趴了半晚上，再没听见儿子儿媳说一句话。

好多个夜晚，狗蛋的娘不是听见儿子叫兰兰睡到炕上来，就是听见兰兰恶狠狠地说：“别过来，不然我拿剪子戳死我自个儿！”

狗蛋的娘怎么也忍不住了，就骂她的三十多岁的儿子是个怂货，一个大男人咋能把个弱女人没治哩！

狗蛋哼着鼻子不吭气。娘没办法，就教他慢慢来，说自己当初嫁给他爹，只是为了换一口袋豌豆，解救挨饿的娘家人，哪有啥感情，最后还不是生下了他兄妹俩？只是那老东西不肯好好陪她过日子，早早拍屁股走了，可苦了她这做娘的。要不是用跟巧换来个媳妇，狗蛋不得打一辈子光棍？娘说着说着，自个儿先抽起了鼻子。

狗蛋的娘越想越伤心，便铁了心要帮儿子把这个好不容易换来的金贵媳妇驯顺了。可兰兰一见狗蛋胡子拉碴、哼啦哼啦的邋遢样，厌恶得连眼睛都不想睁开。

狗蛋的娘发现兰兰不但不愿跟儿子在一块儿，还一直有逃跑的心思，便成天看着兰兰。狗蛋到山上干活的时候，他娘总是把大门锁得紧紧的，钥匙让他随身带着。婆媳俩在家里候着，狗蛋的娘干家务，兰兰成天成天闷在屋子里，两个人麦黄六月都不出门。到了晚上，换成狗蛋值守。连兰兰早晚上厕所也被娘俩看着。

可兰兰还是跑了。

一个黑漆漆的晚上，兰兰捂着肚子，龇牙咧嘴，一趟一趟地往灰圈里跑。兰兰每去一趟，狗蛋都披衣跟了去，站在外面等。

兰兰恶声恶气地呵斥："大便也要跟着，吃屎啊？"

狗蛋不吱声，跟出跟进十趟。

到了后半夜，兰兰跑得次数少了，狗蛋白天干了活的，累得慌，一打盹儿，睡得死沉。等狗蛋一觉惊醒，发现兰兰彻底不见了。晚上，大门朝里锁着，钥匙是娘保管的，兰兰从低矮的灰圈墙爬上院墙跑了。

狗蛋在庄子周围找不着兰兰，就赶到了山背后的大姑家。

大姑挨批斗时，总是让当过志愿兵的我爹设法保护她，所以一遇到没着落的事儿，总爱找自家兄弟拿主意。可人跑了，我爹能有啥办法？

狗蛋天天到大姑家守着，鼻子哼啦哼啦的，一个字不吐。大姑跪在炕头，屁股塌在她的小脚上，陪着女婿等兰兰，等得眼角烂了，嘴角起了燎泡，心里着了火。

一天，一月，半年。

兰兰始终没有一点音讯。

狗蛋来得更勤了。大姑却整夜整夜睡不着，先是想兰兰、等兰兰，后来是拦不住跟巧了。自打兰兰跑了，跟巧也三天两头地回娘家，最后一回是她娘亲自领回去的。亲家母跟大姑说，既然兰兰眼看着不回来了，跟巧她也要领回去。

顺祥没了魂。大姑的心被扯成了绺绺儿，不知道操哪一头的心，不知道该怨谁。

我爹看不下去了，就安慰大姑说：“听天由命吧，本来这‘换头亲’就委屈了娃娃。”

大姑又鼓起了劲，张罗着给顺祥再找媳妇。大姑把一头牛卖了，把一大堆麦子粜了，掏高彩礼在邻庄给顺祥找了个脸黄得吓人的老姑娘。

狗蛋眼看着没指望了，就外出打工去了。

狗蛋再也没有回来。狗蛋也没了音讯。后来，狗蛋的娘直到过世，也没等回她的儿子。

有人说狗蛋死在私人煤窑里了，有人说狗蛋在这世上活得恓惶，自己喝老鼠药了断了。总之，狗蛋再也没有回来。

3

兰兰回来了，在她逃走的第三年。

高家堡的光棍汉李福娃领回了兰兰，还领来了兰兰和李福娃的儿子满栓。

兰兰跟着李福娃回到高家堡种地。狗蛋失踪了。跟巧嫁了人。狗蛋的娘，一病不起，行将就木。再没人多问兰兰哪怕一丁点事儿。

兰兰从狗蛋家逃出，辗转逃到宁夏的石嘴山。在工地上抱砖糊口的时候，遇到了本乡的光棍汉李福娃。李福娃咋说也比狗蛋年轻，没有胡子拉碴，鼻子也不哼啦。李福娃也不是大姑勉强的。就凭这两点，兰兰就自作主张跟定了李福娃，还给他在巴掌大的租屋里生下了儿子满栓。

兰兰和李福娃千打听万打听，听说狗蛋没回来过，两个人才敢领着娃回到高家堡来种地。

大姑抹了三年泪，熬了三年夜，一下子有三个亲人来到眼前，一下子不知有多高兴，只是心里对狗蛋娘俩愧得慌。

可兰兰自个儿跟的男人李福娃，爱往死里打兰兰。还就有这么一种男人，生来手贱，有事没事爱在女人身上练拳脚。尤其是李福娃知道狗蛋再不可能领走兰兰，性子更暴烈了。

兰兰时不时跑回娘家，有几天眼窝子青得像用擀面杖可着劲儿戳的一样，有几天脸肿得发面似的，有几天一颗门牙竟会不见了。

直到有一天，兰兰的小腿骨又叫李福娃一飞脚踢断。

大姑一边流着泪，一边摩挲着兰兰打了石膏的小腿，说这回可是你自己找的男人，睁着眼找了个土匪，能怪谁呢！一边又责怪自己说："兰兰，兰兰，怎么给娃起了这么个名儿呢，越叫越难！"大姑分不清n、l，大姑迷信，总爱七想八想。

兰兰的眼泪像顺瓦沟的房檐水，吧嗒吧嗒一个劲往下掉。说是亏苦了良善的狗蛋，老天爷才这么报应她的！

大姑伺候兰兰的腿长好了，李福娃若无其事地用自行车驮着她又回高家堡去了。

大姑日夜唉声叹气地怕着，她怕兰兰身体的哪一块又会叫那土匪随时打坏了，再逃到娘家来……

可大姑再没等来兰兰。大姑又来找我爹了。

又是一个半夜，黑狗狂吠，大姑来了。这回大姑再没高声嚷嚷，半天才闪闪烁烁地说：“她舅，兰兰……那死妮子又跑了！”

我爹说：“这回不是自己找的人吗，怎么又跑了？”

兰兰是从李福娃家跑的。两口子半夜里闹仗，兰兰又挨了一顿毒打。兰兰硬忍着没往娘家逃，等男人和她的儿子满栓睡熟了，这才离开李家。

李福娃一觉醒来发现兰兰不见了，连夜擂开大姑家的门。大姑想起上次兰兰一逃就是三年，心里寒，没办法，只好半夜又来找我爹。外甥女跑了两回，我爹能有啥办法哩。

李福娃扬言要杀人，说娘家要是不交出兰兰的话，要用几万几亿响炮仗里倒出来的火药把大姑一家炸了！

李福娃把地里的活一干完就背着满栓来，在大姑家尽兴地摔碟子砸碗。

大姑抹着眼泪给女婿端来现做的烫面油饼，说：“福娃，我跟你一样，要是知道兰兰那死妮子在哪儿，一定把她给你绑回来！”

大姑父把他的黑砖茶掰了好多在罐罐里熬了，双手递给女婿，说：“福娃，咋说还是一家人，打断骨头连着筋，满栓是我们的亲外孙啊！”

李福娃油饼吃了，茶喝了，接着闹腾。大姑家身高马大的四个儿子，房里站的、院里守的，没一个敢惹他。

只有当过兵的我爹给大姑壮胆，说："他不敢闹出个柳绿花红，甭怕！"

李福娃闹了一天，闹了一月，闹了一年，闹得自己都闹不动了。

大姑一家怕着怕着，也就不怕了。

兰兰一直没回来，再没回来。庄里人都说，兰兰是不敢回来。回来，那土匪男人非把她杀了不可。

大姑后来却给李福娃和庄里人说，兰兰死了！一口咬定世上再没这个人了。

大姑就当兰兰死了。大姑在外人面前，心硬成了石头。

后来庄里人又嚼舌，说老有没有发信地址的信件往大姑家寄，邮戳是河北的。又有人说，大姑的二儿子顺进去河北看过兰兰，兰兰又跟了河北佬过活，好好地活着。

大姑不承认兰兰活着。大姑给我爹都没承认。多少年里，只要亲人中有人提兰兰，大姑的眼泪簌啦啦一下子就出来了，一边把眼窝子揉得老红，一边伤心伤肺地说，那死妮子这一辈子就是她的冤家，生下来是专门折磨她的，要磨烂她的心……

我们也就当兰兰死了。

李福娃也当兰兰死了，再没来过。

我们不再在大姑面前提兰兰。绝口不提。

4

老二顺进终于看明白了，大姑嗫嚅的是什么。

顺进就捏着大姑的一只手，俯下脸去，把嘴贴到大姑靠边的一只耳朵上轻轻地说："娘，兰兰五年前就没了。她在河北的儿子打来的电话，说他娘害的是瞎病，提前走了。我们怕您伤心，一直瞒着……"

大家齐刷刷地看见，大姑把顺进捏着她的那只手，攥了一下，再攥了一下。

大姑心里该是明白了，这回兰兰真的死了。世上再没这个孩子要她等啊等。

大姑安静了，瘪下去的嘴唇不再嗫嚅。大姑这一辈子，其他孩子黏在她身边的时间已经不少了，现在最紧要的是，大姑急着要去见兰兰——那个她后半辈子再没见过的孩了。

大家齐刷刷地看到，大姑猛一下松开了她那只黄瘦的刚才还攥着顺进的手。

一地的孝子这才慌慌乱乱地为这才刚走了的人做起了该做的事。

六一雨

孩子们的六一，越来越像一盘精致的糕点，操练月余，为大人们准备一场盛大隆重的节日演出，就像他们被安排得井井有条的童年。我不羡慕他们，独独爱那曾经属于我们的六一，甚至六一的雨。

乡村的娃过儿童节，也是一个班排练一个节目，多时选些个子差不多、貌似机灵的女娃，调皮捣蛋、笨手笨脚的男生基本靠边站，也乐得靠边站。既当班主任又带语文、带思品、带体育、带音乐……的我们的男老师，粗枝大叶地教我们一个舞蹈：《春天在哪里》，很简单的那种跑跳步，随着节奏边跳边摆动手里的一束塑料花，重点是跳来跳去变换些队形。这样，一个舞蹈草草地学了几遍，男老师便没了一点耐心，选了个灵动一点的嫡传弟子，任由“二传手”一遍一遍地折磨我们。“春天在哪里呀，春天在哪里”，我们一边跑跳着，一边上气不接下气地唱，“嘀哩哩哩哩嘀哩哩嘀哩哩哩哩哩”得嗓子眼里冒烟，直到老师在一旁看腻了回宿舍去，“二传手”的训练也就失控了。我们常常在教工宿舍的台阶上坐成一溜儿，一边剥着从书包里抓出来的洋芋蛋，一边吵闹。那时可不像现在有老师抢课，空堂课多得简直没法处理。师生们彼此心照不宣，在六一前好一段时间的下午，我们到校几乎不背书本，书包里只塞些洋芋馍馍或者带瓶用红颜色和糖精兑的汽水相互换着喝。每天的任务最简单不过，“嘀哩哩”上一阵便完事。至于班里那些无所事事的男生，早已“祸害”到了四面八方，有时就在我们对面的山上，摘青杏的，满山山丢土坷垃的，追野兔的，上蹿下跳。真是羡煞了我们这些成天举着假花寻找“春天在哪里”的女生。

我们真心喜欢这样快乐的日子。但这样快乐的日子总是感觉很短。我们又开始盼，盼一身新衣服，一双白球鞋或者红色、绿色、黄色的塑料凉鞋，以崭新的样子过六一。家家的大人眉头拧得紧了，开始恶声恶气。但再怎么抵抗，终究差不多按老师的要求为自家娃娃备齐了过六一的装备。实在捉襟见肘的家庭，至少把孩子平时像样的衣服，浆洗得干干净净。那些过六一穿旧衣服的孩子，对大人的态度和有新衣服的孩子截然相反。那家的父母，六一前后的好几天里，对自家的孩子都是极尽讨好的脸色。

六一当天，我们这些穿到新衣服的孩子乐不可支。一大清早又在盼，带数学、带历史、带自然、带音乐……的我们的女老师，给我们画红脸蛋。给我们化妆的女老师，在自己的手掌上沾了红红的油彩，再用手掌，啪啪啪地打砸我们的脸蛋和腮帮子。一点儿也不温柔，又硬又疼，可我们心里欢喜得不得了。那些不登台表演的男生女生，围得重重叠叠，看老师为我们化妆，心驰神往的样子。有忍不住的，便分头去自家搜找，有家里镜框背后别的一点大人过年写对联时用剩的大红纸，纸卷上的尘土顾不得吹掉就捏到学校来，呼啦啦匝在一起，将红纸用唾液唾湿了，相互给对方的脸蛋上沾。那脸蛋和腮帮子也都叫弄红了，男生女生，像戏里的媒婆和丑角，心里却总算舒坦。

到列队出发的时候了。我们拿了皱纹纸扎的大红花和缠的花环，以骄傲得不能再骄傲的神气样子走过街头，可着嗓子喊着："庆祝庆祝，热烈庆祝，六一儿童节！"下一句是："好好学习，天天向上！"一直向村子里的戏场走去。在戏场院里转几个圈儿，嘹亮地再喊几声口号，就开始排方阵，正式观看演出。

戏场里有好些大人，多是闲浪荡的。有傻女子根巧儿，有智力有些问题的满强，有不知道谁家那些干不动活的爷爷奶奶。还有一些丢下农活来看自家娃娃的父母，他们在娃娃堆里只死命地找自家的娃，有时也大声吆喝名字。那被吆喝的孩子不管脸帮子被打了油彩还是沾了红纸，都显得更红了，头低得不能再低，可做爹娘的仍不知道伤着他娃脸了，时不时吆喝着乳名儿："满意子，裤子踏脚底了，把裤腿绾一下！""扎扎子，你喝水不？"这时，我们倒是庆幸，我们的爹娘，没来看我们真是好事一桩。其实大多的大人哪会来看我们？他们正在玉米、洋芋地里除草，根本顾不上到村子里的戏台下看自家娃一眼。我们自己欢喜自己的，也并不在意有没有亲人在场。一次正过六一，我在外地打工的姐姐回来了，她和她的闺蜜到戏场里溜达。她指着台上正讲话的女孩说："那谁家的女娃？了不得！"闺蜜就笑话她："真不知假不知？那是你家旦旦！"姐姐脸红了。姐姐还真不知道，一直学习勤奋、成绩也好的我，每年六一都是少先队员代表，被老师选中在台上讲话。那时，我们的亲人，真的极少来场子里看一回各家娃娃的出乖露丑。我们的童年，照样流光溢彩，我们像泥地里的萝卜，野生野长而又生机勃勃。

因为盼，这么盼六一，所以我们有时反而更怕，怕我们这么盼的日子，被什么搅黄了。我们最怕的，是雨！是六一下雨！没有比六一下雨更糟糕的事了。老天爷却偏偏爱在六一那一天下，几乎无一例外。

因此，从六一前几天，每个娃娃已然极度操劳：老天爷，过六一时，你要下雨？下不？不下？不下？下不？我们小小的心简直要为老天爷操碎了。几乎所有的孩子都惶惶不可终日。物极必反，怕极了下雨又像是盼雨。那雨真就来了，在六一那天的早晨，前一天脸色还展通得什么似的老天爷，脸一下子丧沉沉的，像锅盖一样扣在我们的头上。所有的孩子和老师都眼巴巴地看着阴着险的老天爷，可怜兮兮里藏着憎恨。那蛮横的老天爷铁定了心和我们作对，在我们游行出发时，雨粒准时掉下来了！总是没辙，我们终于死心塌地，再不折磨自己，坚决在雨地里出发，不管雨大雨小。

我们脸上的油彩，腮帮子上染的红色，被雨水无情地冲刷掉了。一绺一绺的，竖的斜的道道，划过脸颊，花猫似的。

我们白白的球鞋，叫泥巴溅了，被雨水浸了；塑料凉鞋，吧唧吧唧在水里踏溅。

我们火急火燎地喊着："庆祝庆祝，热烈庆祝，六一儿童节！好好学习，天天向上！"

我们站在雨地里，灰心丧气地看着听着，哪个班的男生女生正上气不接下气地跳唱："我们的祖国是花园，花园里花朵真鲜艳……"

游行结束了，节目演完了。孩子们头上和身上湿漉漉的，像乱了阵脚的队伍，被老师解散，灰头土脸地各回各家，那雨，这时竟不识时务地停了！

好像只有一年例外，六一那天竟然没下雨！

可恰恰没下雨的那一年，我的六一黄了。六一前夕，我上学时经过叔父家门口，他家拴着铁链的大黄狗忽然挣脱了铁链，飞扑出来，一爪子打倒了我，穷凶极恶，咬得我的小腿流血。我妈每天给我的腿上抹猪油，每天背我去学校，把我放在凳子上后，再要动我就只能单脚跳了。坐我前排的敏，每天自告奋勇背我去几趟厕所。上厕所不成问题，但我心里照样起了燎泡。偌大的教室只留我一个人，同学们在六一前夕的混乱里狂欢到了极点，我却寂寞到极点。心里竟坏坏地盼着下雨，恨不得一连下好多天，把大家的六一都搅黄了才好。不过，那只是一个好孩子一瞬间的坏念头而已。所以比六一下雨更坏的，是六一不下雨却被狗咬了！

但我们怕极了的，讨厌极了的，还是六一下雨。儿子说，自打上学，只要一有体育课，就会下雨。我说，我们那时一过六一，就会下雨。

就这样，在有着天壤之别的童年里，我和儿子总算有了一个共同的话题。

听见一块饼干落地的声音

1

小木匠眼里的红血丝逐渐晕成一片红了，就站在二炮老汉的眼前，像只雄壮的公鸡在发威。

“麦、巧，给、不、给、我？做媳妇！”小木匠尽量一字一顿，以便使每个字都很有斤两。

二炮老汉重重哼出了一个鼻泡，头也没抬，推刨“呲咣呲咣”来来去去，只管在长条凳上推他的木头。

小木匠出其不意，“嚓”的一下把尖利的刀子扎在了长条凳面上——二炮老汉的木条没占满的凳面。之前那刀子就暗暗别在他的裤腰带里。

二炮老汉看了一眼悬立在板凳面上仍在颤颤的小尖刀，“咔嚓”一声，小木匠都没明白是咋回事，一把斧子已经立愣愣地扎在了小尖刀的对面——凳面直接被扎裂了。

道高一尺，魔高一丈。二炮老汉也是个尕把式木匠。二炮老汉更是个“二炮”，村子里总共有三个炮老汉：汪大炮，李二炮，田三炮。李二炮的木匠活没走过江湖，人却是上过战场的，剿过匪。村子里哪有路见不平，哪儿气焰蒸腾，人人都会想到，不是汪大炮在场，就是李二炮掺和，或者少不了田三炮的干系。

小木匠蔫了。强龙压不住地头蛇，没唬住二炮老汉，倒是被这炮老汉制服了。

麦巧就在她爹的炕上单腿跪着，在纸糊的窗格一个捅开的圆眼里看着院子里的这些，手心里出汗，呼吸憋胀。

小木匠是麦巧招惹的。当初就是麦巧让小木匠给家里发的电报，并且答应他，只要小木匠肯替她给家里通风报信，从河西回来就嫁他。娘家的地址是麦巧乘着隔壁宝柱的婶娘给猪和食的空当儿塞给了小木匠一张纸条。

走四处的小木匠在宝柱的婶娘家打衣柜，麦巧瞅了空子。小木匠在那个庄子里干了半年活，麦巧的事，早叫庄里人说得一本账。听说小木匠是通渭那一带的人，离麦巧的娘家不远，最亲不过老乡亲，麦巧就动了让小木匠帮忙的心思。

小木匠肯避过一庄人的眼目替麦巧传这个信，也是有他自己的打算。他也是老大不小的人了，年年走四处，找个媳妇难上难。麦巧虽然是个寡妇，可长得俏，又年轻，有啥计较的。

小木匠帮了麦巧的忙。接到小木匠拍的电报，二炮老汉火烧眉毛，想不出他的麦巧出了啥不幸，连夜让弟弟和大儿子搭便车往河西赶，且嘱托他的弟弟和儿子据情况看着办。

小木匠心里很怄。被接回娘家的麦巧反悔了，不肯见他，更别说嫁他。麦巧再不愿对她的婚姻草率，小木匠没辙，想要动硬的，偏偏又遇见了二炮这样的麻烦老汉。当初，小木匠支棱着耳朵听说麦巧被他叔父和弟弟领回娘家了，立马扔下人家的活计尾随了来，最后这外乡人却是竹篮打水。

直到二炮老汉确认小木匠不再在村子里走动，麦巧才敢出她爹的屋子，才敢在院子里稍稍走动。

至于大门，最开始，麦巧死活是不肯出的。因为她整个人还软塌塌的，是一摊泥。

2

麦巧夜夜迷糊。

天一黑下来，麦巧就用被子蒙了头，昏昏沉沉的。

麦巧魇在了睡梦里，像被谁死掐着脖子，努力挤出声音说：“宝柱你不是死了么……”

爹从山背后请来大姑父。大姑父煞有介事地给麦巧画了道黄纸红字的符，让麦巧用红布头包了放在胳肢窝里。天一黑，大姑父就让麦巧躺下来，在她的头畔上点着了黄表纸和纸钱，呸呸唾着，在麦巧的头上轮了一圈又一圈，把一碗漂着纸灰的酸浆水直接从大门泼出去，念念有词。

麦巧整夜整夜地辗转，又看见了别的，一会儿看见这个，一会儿看见那个。

麦巧先是看见了公公盛泪水的帽碗碗。

3

是公公来领的麦巧。

公公阴郁着脸说："宝柱拉麦子的时候，手扶拖拉机翻了，伤了腿住院，麦巧得赶紧回去伺候。"

因为路远，来去换好几趟车很费事，麦巧每次回娘家，宝柱都会陪她待一两个月。可最后这次才过了不到半月，宝柱有一天就犹犹豫豫地跟麦巧说："快到麦收时节了，我得提前回去！"麦巧一听立马竖眉，说到麦黄还得一两个月哩，你急啥急？宝柱赶紧解释说："地里要送粪，五六天就要去镇上拉一趟水……我先回去，等麦收了再来接你和毛蛋娃！"麦巧愤愤的，不知一向顺从疼她的宝柱究竟是啥心思，要急着一个人赶回去，就跟宝柱赌气。宝柱到镇上搭班车往河西赶火车，麦巧连送也不去送。

就在麦上场的节骨眼，公公却来接麦巧娘俩了。

一听宝柱住院，麦巧火急火燎地收拾了东西，抱着儿子毛蛋往河西赶。

一向话多的公公在火车上除了帮着抱抱孩子，一声不吭。麦巧发现娃的爷不时摘下自己的蓝布帽，捂了脸急匆匆地往另一个车厢去。过了一阵子再回来的时候，公公的眼睛总是红巴巴的。

麦巧忍不住一遍又一遍地问："爹，您这是咋的啦？宝柱伤得很重？"

公公把头扭到一边，半天才说："没事，割麦子时眼睛让麦芒刷了，发炎。宝柱的腿骨折了……"

麦巧就当是公公的眼睛叫麦芒刷了，就当是宝柱的腿骨折了。

直到回到家。

目光涣散的婆婆一见麦巧，泪水像是憋了好多年一样，一下子从泄洪的闸里喷了出来。婆婆从麦巧的怀里接过孙子，开始呼天抢地地号哭，直到换不过气来，吓得毛蛋哇哇吼着要挣脱到娘跟前来。

麦巧的心凛然一紧，急着说要去医院看宝柱。公公这才忍不住了，"嗷"的一声长嚎开了。

这老人一边嚎，一边摘下他的蓝布帽在眼上胡乱抹了一把，顺手再拧了一把，就有一滴一滴清凉凉的水从帽子的各处滴了下来。

"麦巧啊，爹忍了一路……宝柱那娃，撇下咱们走了！"

麦巧的眼黑了，戈壁滩上六月的毒太阳在她的眼前黑成了一个大磨盘。

麦巧的心叫那黑磨盘一下子轧得血肉模糊。

宝柱走了。不是因为车祸，而是因为先天性心脏病。

好久之后，麦巧掐掐自己的脸，确信这一切已经成为事实之后，才渐渐觉得头脑比先前清醒了些。麦巧这才联想起其实以前经常发现宝柱背着她吃一种白色的大药片。包括最后一次宝柱从娘家急着要回家之前的那段时间，麦巧发现宝柱的白药片吃得更勤了。每次麦巧询问宝柱为啥吃药，宝柱总是轻描淡写的，不是说肚子疼就是头疼。最后那次，麦巧发现宝柱在屋檐底下偷吃药片，定要问个究竟，宝柱竟然气哄哄地说："大男人感冒了，吃个药有啥大惊小怪的！"麦巧看宝柱的眼圈黑着，嘴皮青着，心里有一丝狐疑，但被向来温存的男人呛了一句，也没再多想。

麦巧后来才明白，宝柱、公婆、亲戚、邻里和一庄人，一起箍桶似的对她瞒住了自己的男人有严重的先天性心脏病的事。正是因为宝柱在庄子里讨不到媳妇，那么精干的小伙子这才不远千里找她麦巧当媳妇。

麦巧后来也联想到，宝柱最后那次撇下她和毛蛋提前回了河西，是因为这可怜的病汉一定感觉到自己的病变得严重了……

麦巧先是怨她的发小桂莲。都是因为桂莲，看上人家的十套衣服和八百元彩礼，先一年嫁了来庄里讨媳妇的三十多岁的光棍汉去了河西，第二年回娘家，接着领来宝柱给麦巧介绍对象。

宝柱长得精干，浓眉大眼，黄皮肤，高个头，不像农村里吃苦的。麦巧在桂莲家一见这小伙子就铁了心，对爹娘嫌太远的反对软硬不吃。女大不中留，二炮老汉再炮，对儿女的婚姻总不能强扭。谈婚论嫁前后不到一月，宝柱就把麦巧领到河西去了。

麦巧不后悔。宝柱疼她惯她，公婆疼她惯她，甚至亲戚、邻里和一庄人对她麦巧长麦巧短的，亲热亲近。

有时，麦巧只不过多少有点凄惶。山里长大的，一下子到了一眼望不见边的戈壁：风硬，沙子多，荒凉。麦巧觉得自己像是到了天涯，家和父母兄妹远得没了着落。宝柱便常常让麦巧挤到手扶拖拉机的驾驶座，坐在他的身边，到十几里外的镇上去拉水，到几十里外的县城去逛游。公婆舍不得儿子儿媳干农活，只让小两口干轻活。麦巧有宝柱疼着惯着，想家的心思就淡了。麦巧也吃习惯了没有娘家的冬麦面筋道的春麦面。

要是一直这样，有多好！

可宝柱竟然撇下了她和儿子毛蛋，乘她麦巧不在身边，一个人偷偷地到另一个世界去了。

麦巧再也见不到宝柱吐诉她的愁苦和怨气，就怨恨起了她的铁打心肠的公公。宝柱走了不到一个月，做老人的怎么能不漏破绽地来接她和毛蛋？

很快，麦巧的心就软了。她不是清清楚楚地看见了公公盛泪水的帽碗碗了嘛。

4

麦巧后来一直一直听见的，则是一块饼干落地的声音。再也挥之不去。

不光公婆，麦巧叫一庄子的人看住了。

庄里人打啥时起就知道宝柱的先天性心脏病是没得治的，因而庄里庄外的人虽然看着宝柱是个难得的好小伙，却没敢把自家的女儿嫁给这个迟早会出事的病汉。

但庄里人可怜宝柱。宝柱从千里之外领回麦巧时，一庄人替他爱着麦巧，呵护麦巧。因此，宝柱走了，一庄人继续替他照看麦巧。宝柱是独子，老两口只生了一个宝贝疙瘩，一落地却带着病，一庄人可怜这一家三口。公公用帽碗碗盛着泪水，把麦巧母子从她娘家领回河西，就是因为怕麦巧知道真相后不肯带毛蛋回来了，要是那样的话，老两口在这世上再咋活？

等麦巧从悲痛中慢慢缓过神来，公婆就明确地跟她提出，要让婆婆的娘家侄子——三十多岁的光棍汉入赘到家里跟麦巧过，一起养宝柱的娃。麦巧二十三岁，毛蛋才半岁多些。

麦巧舍不得宝柱，可老天爷不征求她的意见。麦巧更舍不得丢下她的毛蛋。要是公婆不逼着麦巧招了上门女婿，再让她告诉娘家真相；要是公婆不藏了娘家的来信，让人代笔给她爹回信；要是一庄人不帮着公婆看着麦巧，哪里都不让去……麦巧原本是打算自个儿把孩子养得大一些，再大一些，然后再走。可麦巧死活不愿意嫁给婆婆那个光棍侄子。宝柱走了，这荒凉的戈壁只有她的儿子毛蛋拉扯着麦巧的心。

麦巧常常抱着毛蛋到村口，让戈壁的风沙任意地吹打。

她觉得整个人被打成了两瓣：一瓣是死活不肯嫁光棍汉的恐惧，一瓣是怎么也舍不下毛蛋的剜心的疼。

婆婆总是不远不近地跟着，怕麦巧抱着孩子跑了。就是没有婆婆跟着，也有一庄人替这可怜的老人盯梢。

直到毛蛋一岁多了，麦巧在隔壁宝柱的婶娘家遇到小木匠，才有机会告诉她爹一点自己的音讯。

二炮老汉接到了小木匠替麦巧发来的电报：有事速来商！才让麦巧的叔父和大弟赶到河西，才知道麦巧的天塌了！

叔父和大弟见到形销骨立的麦巧，当机立断要领她回家。麦巧设法告诉家里实情，只是想让娘家出面，阻挡公婆急着给她招女婿，倒不是非要立马撇下毛蛋离开婆家。麦巧就哭哭啼啼地恳求叔父和大弟，说要把毛蛋拉扯大些了给公婆留下，自己再回去。

这回撵她的倒是公婆，可怜的公公又用他的帽碗碗抹着泪，说："麦巧你还年轻，把毛蛋给我们两个老东西留下，你再过你的生活去！是我们老两口太自私了，想让没爹的毛蛋能有亲娘一直在身边，就想委屈了你……现在不能再委屈你了！"

麦巧的眼前再一次黑了，戈壁滩上没遮拦的太阳像一块极大极大的黑磨盘，又朝她压了下来。

公公从麦巧怀里夺过毛蛋，往炕桌上放了一把圆圆的饼干——毛蛋就憨笑着去抓饼干往嘴里塞。

麦巧被大弟攥着手硬要跨出门槛，就在那一瞬间，毛蛋圆嘟嘟的小手把一块饼干推下了炕桌，饼干滴溜溜先是滚到了炕沿上，再从炕沿上飞溅下来。

麦巧眼睁睁地看见那块饼干“啪”的一声，碎了一地！

哪怕多年之后，麦巧在另一个千里之外成了另一对儿女的母亲，但只要在暗夜里她睁着双眼时，一定会听见一块饼干落地的声音！随之麦巧的心就碎了一腔子。

多少年多少个长夜里，麦巧的心总像毛蛋圆嘟嘟的小手碰下去的那块饼干，“啪”的一声落地、落地，碎了又碎。到了白天，麦巧又在努力地捡拾和凝聚她夜里破碎了的那颗心——

没有人能够知道这些。

长在村庄里的名字

村庄里的名字，在各处响着。有时在场院里和七拧八扭的巷道里，有时在山坡埂畔的蒿草野花里和繁茂的庄稼地里，有时在冒着泡泡的河边和稀稀落落的树林里，有时在湿漉漉的雨和冰簌簌的雪里，有时在冒花子的日头里和月亮底下的麦垛背后。这些响着的名字，又长又亮或又短又急，又沉又闷或又尖又细。

“扎扎子，你娘叫你早点起床哩。别睡到屁股叫日头晒得冒烟了。起来了要扫院哩，要拔猪草哩，要早早擀面哩！”

“狗娃子，你爹叫你赶紧拾粪去哩。饮牲口的时候了，家家的驴哩牛哩骡子哩到河湾里抢水喝，正在河坡上撒欢儿往下蹦哩，屁嘭嘭地往外冲哩，粪蛋蛋屎坨坨正往出冒哩。”

“大丑——啊——大丑，面条晾干打卷卷了，你个死妮子疯耍着回来不回来？”

“国强——啊——国强，天上的星子都睡觉去了，你咋还玩着不进家门？”

“菊花——哎，剜苜蓿走！”

“老随——哎，放驴走！”

一年四季，白天黑夜，村庄里那么多娃娃的名字，被这样那样地呼着喊着，和公鸡打鸣、母鸡呱蛋，和驴打喷嚏、牛犊子哞叫，和猫儿狗儿的掐架声混合在一起，在村庄的各处随意任性地响着。

那么多土得掉渣的名字，像野草野花、树木庄稼一样长出来。村庄里只要有一个娃娃呱呱落地，一个名字自然而然就长出来了。这些和植物一样冒出来的名字，有的像庄农人养在园子里的瓜果，是费了一番心思给起的，有的则像他们顺手插到路边的柳秧子，叫随便长去。不管经意不经意，每个娃娃的名字，终归有做父母的各种各样的心意，像针线一样密密匝匝地缝在里头，天天挂在嘴上，一直搁在心里。

老早村庄里的人，挨饿的事差不多都没逃脱。有做父母的，便希望他的娃一辈子不愁吃喝。一生下来就叫国仓、满仓、满库、堆仓、麦栓、有粮、余粮的，这样被众人满口满口地叫一辈子，还怕娃会饿着？奢望小些的，就把娃叫馒头，认为娃一辈子只要有馒头填饱肚子，就很知足了。

有希望娃一辈子不缺钱的，就叫有金、金锁、金宝、银锁、银喜、旺财、茂财、长财、福财、满福、宝全、拴钱、进宝的，还有直接叫钱旺、钱钱的。姓金的叫金鑫，成了金字塔。那姓靳的人家，硬是给他的娃加了三道保险杠，叫靳银铜。“金银铜”啊，没金了有银哩，没银了有铜哩，就是砸铜卖铁，也不怕娃被穷着。有弟兄五个的，就叫金堆、银堆、珠堆、满堆、仓堆，连到一起的话，大人的心思明明白白地摆着：金银珠宝满仓堆。真正的不愁钱儿。

有希望娃走到人前头的，就叫金龙、亚龙、双龙、虎子、大虎、小虎、飞鹏、金鹏、金马、金凤、银凤的。望子成龙的多，叫金龙的就多。王庄有个王金龙，张庄有个张金龙，家户多些的李庄可能就有三四个李金龙。要是把各村各庄的龙呀虎呀全都计算在内，非大吃一惊不可，原来只冒几缕炊烟的村庄竟是这般藏龙卧虎的风水宝地，光听名字，不知要出多少大人物哩！

有的大人只是这么想的，指望娃娃健健康康地活着，平平顺顺地长大，就叫乖乖、顺顺、顺进、如意、平娃、见泰、安宁、永平、永安、稳稳、旺盛的。也是让众人满口满口地叫着，娃一辈子不顺进不如意的话，也对不起大家是不是。

有的大人不敢攀高叫娃成王成侯，只希望娃娃学习好，靠念书能有个出息，就叫勤学、好学、爱学的，或者干脆叫学习。要是直接起了“学习”的名字，娃还不争气不努力，长大和父母一样跟在驴牛的屁股后，俗称“打牛后半截子的”，那做大人的，也是没法可想了。

有的大人觉得自家娃稀罕得了不得，如珍似宝，就叫国宝、家宝、大宝、双宝、宝宝、贵生、家珍、珍珠、玉珠、玛瑙的。有时懒得拐弯抹角，干脆就叫贵气子。多的则正话反说，把娃叫不心疼、蹭眼子、丑蛮子，其实是宠爱得没办法了。

最多的，是各人凭自己的理解，刻意组合个有意思的名字，村庄里这样的娃娃名字很普遍：满红、响银、根志、伟刚、永清、文军、志新、欢喜、巧元、菊萍、春霞、爱琴、文英……多得没法说。

有些兄弟姊妹太多的，起名起到山穷水尽，或者有些大人懒得动脑子，给娃起名字就随大流。有时大家只在某一个字上扎堆，有偏爱“红”字的，就叫红红、彩红、粉红、春红、冬红、红艳的。有偏爱“香”字的，就叫春香、冬香、菊香、爱香、香香的。有偏爱“娥”字的，就叫玉娥、芳娥、彩娥、娥子的。尤其是“小”字，几乎被通用了：小明、小东、小光、小刚、小花、小琴、小红、小云、小丽……用后来的流行语就叫“百搭”。

还有生了一连串女娃的父母，特别想要个男娃的，就叫招弟（兄）、引弟（兄）、引男、换弟、来弟（兄）、等弟（兄）的，也有叫转转、转过、换过的。要是生了六七个女娃还没有招引来个带壶嘴的，就把末尾的那个妮子直接叫弟弟，算是死心了。

也有父母喜欢把女娃叫花花草草的，就叫豌花、葵花、梨花、桃花、杏花、梅花、兰花、菊花、桂花、牡丹、竹子、石榴的，还有叫窜草的。光围绕梅花，就有叫春梅、冬梅、红梅、艳梅、俊梅、丽梅的，等等。

还有些父母偏爱给娃起个贱名，觉得孩子粗生粗养，更容易长大成人，就叫狗娃子、岁狗、狗剩、狗蛋、阿猫、牛娃、毛蛋、铁蛋、丫蛋、二蛋、麦牛、草草……说是叫着不起眼的名字，妖魔鬼怪就不会惦念了；妖精不喜魔鬼不爱的孩子，自然会远离灾祸，平安无恙。

有些大人眼光长远了些，不把眼睛只盯在家里的猫呀狗呀的身上，应时应势给娃起个关乎国家大计的名字：建军、解放、胜利、国定、和平、安定、跃进、红卫……尤其是叫红卫的娃娃，几乎各村各庄都有，比叫金龙的还多。

村庄里那些多少会识文断字，有点孔孟思想的人家，给娃起名字讲究多了，那些叫保国、卫国、治国、国强、国旺、军强、效忠、效义、仁义、昌德……的娃娃，和叫狗剩、丫蛋的娃娃在一起放驴，一起掏麻雀，只听名字的话，完全是来自两个种族的后代。

略举大概，村庄里那些五花八门、没法穷尽的娃娃名字，都是做爹娘的多少费了心思起的。也有极个别马虎大意又目不识丁的父母，起娃名字真叫敷衍。叫忙忙的妮子是因为生的时候正收秋田吧，割糜子、割秫秫、刨洋芋、掰玉米，差不多忙得没时间生个娃，就只好叫忙忙了。叫天亮的崽子自然是天刚亮了生下的。叫五斤的生下来大概就这个斤两。叫扎扎子的，该是想到女娃的头发一把笼起来扎在后脑勺，不就是个扎扎子吗？好在没有想起叫刷刷子，不然娃就跟随便扔在土炕上刷扫的老笤帚没差别了。更尴尬的是，村里有一户人家，不小心把娃生到了尿盆里，自己也觉得不好意思，干脆就把娃叫尿盆子了。有时，娃生下来，大人随便看见啥想起啥，就把娃叫啥：有叫马勺的，有叫盆盆的，有叫罐罐的，有叫麦麸的。至于那些叫酸酸、暖暖、卷卷、窜窜、吊棒之类的孩子，别人一时也很难弄清楚他们的大人当初给娃起名时是咋想的。各村庄里总有个别的家长，给娃起名字只图省事。姓宋的人家生了六个男娃，就叫宋大蛋、宋二蛋、宋三蛋、宋四蛋、宋五蛋、宋六蛋；姓王的人家生了八个男娃，就叫王大娃、王二娃、王三娃、王四娃、王五娃、王六娃、王七娃、王八娃。父母一旦到处吆喝起这些“葫芦娃”的名字来，村庄里感觉像是在点兵点将了。

至于村庄里偶尔有个叫三乐的男娃或叫书香的女娃，必定是先生级别的水平所为。不是自家大人有些学问，就是费了周折，央求别的念书人起了有文气的名字。多少有些意味的名字，在先前的村庄里总是少之又少。

名字一旦起了是要叫一辈子的。极少数娃娃到了上学的年龄会再起个官名，不过这个官名除了在学校里用，在村庄里并不流行。爹娘一直叫他的小名，叔伯婶子和一块玩泥巴的朋友一直叫他的小名。以至于后来这娃功成名就了，庄里人偶尔到城里找着办点事，因只记得他的小名，要找到真人的话，怕也得转不少圈圈才打听得到。

还有些娃的名字叫着叫着，大人觉得不对劲了，就琢磨着改名儿。叫天龙的改成狗子，说是名字太大了，娃好像压受不住。叫小梅的改成红花，说是梅、梅地叫着，越叫越“霉”了，娃老是生病。叫丑童的改成智文，说是在学校里叫别的娃一口一声“臭桶”“臭桶”地叫着，娃每天回来哭闹着不成。叫笨笨的改成聪聪，怕娃被越叫越笨，倘若念书成问题可不是闹着玩的。

最叫人悲伤的是，总有个别在村庄里没有响多久，或响得不够久的名字，有时会在村庄里消失了。叫岁命的孩子出车祸了，叫长福的孩子病殁了，叫二蛋的孩子掉进涝坝淹坏了……村庄里的风就小心翼翼地，慢慢地把这些名字从众人口里吹散了，吹没了。那些夭亡了的孩子的名字最后只静悄悄地埋在各自亲人的心里。

长在村庄里的名字，绝大多数一旦长出来了，就一直长着，长大，长老。男的老到胡子成霜，还叫狗蛋；女的老到牙齿掉光，还叫巧娃。就像在村庄里，你一直是村庄长不大的娃一样。

有的庄农人贪心些，盼望他的麦子、穗穗、玉米棒棒颗颗饱满硕大，盼望他的娃不管男娃女娃，个个成龙成凤。有的庄农人奢望小些，只指望他的庄稼不遭天灾，每一窝洋芋都能坐上几颗，不管大小都能倒进窖里，只指望他的一窝崽子能吃饱穿暖，长大成人。盼头大的也好，指望小的也好，不管这些庄农人咋想咋叫他的娃，他的娃在村庄里同野草野花、树木庄稼一样，一天天长着。该到穿开裆裤漫山洼跑的时候，就让他到处嬉闹；该到割猪草、放驴的时候，就叫他给大人搭把手；该到上学的时候，就叫他进学堂或者干脆留在家里当劳力算了。所以，他们的娃都长成了自己能长成的样子。叫治国的可能一辈子蜗在村庄里拉粪、挑水、饮驴、耕地、割麦子、刨洋芋、掰棒子，国家的大事终究没怎么操心。叫狗剩的却不经意从村庄里蹦跶了出去，生活得有模有样。叫欢喜的，遇到了多少周折艰辛。叫牡丹的，从这个庄子嫁到那个庄子，一辈子叫农活苦得如糙洋芋一般。

风吹在一个人的名字上，雨打在一个人的名字上，霜落在一个人的名字上，太阳晒在一个人的名字上。一个人一辈子带着他的名字不知要经历多少事，人和他的名字当然是一个命了。每个人都活在各自的命和运里。那些长在村庄里的五花八门的名字，就长成了各种各样的命运——不管后来他们是东走西走，还是留在了村庄。

只不过那时那些长在村庄里的名字，还朴实繁硕得像是挖了一地的洋芋蛋。后来，村庄里的娃娃越来越少了，村庄里的人把娃娃养得精了，娃娃就是起个名儿，也和城里人一样讲究。进了大观园的刘姥姥说，城里的鸡下的蛋咋就那么俊哩，城里的茄子咋就那么好吃哩。村庄里很少的娃娃的名字，也是越来越意味深长了。可不，俊是俊了，那蛋却不是鸡蛋，而是鹌鹑蛋。茄子虽是茄子，却不是茄子的原味了。

等到我们回头，那些以往长在村庄里的娃娃们的名字似乎全响起来了，毛露露、土生生的，把漫山洼的野花野草、树木庄稼都惹笑了。

第二辑

边走边吟

荒

叔父把他的一生犁入了泥土。

叔父一半的气力，丢在了村里分给他的几十亩肥地上，另一半消耗了在贺家湾垴的垦荒地里。贺家湾垴位于两座山之间。馒头一样的两座山挤到一起，像是小孩憨憨的屁股蛋儿，中间是窄窄的凹沟。好长一段时间里，叔父把馍馍、褡裢和水罐就丢在这个凹沟里，对两个山头动用了他的各种工具。

爬半个时辰的山路。蹲在凹沟里啃一个馍，抽一棒烟，月亮隐去了，天暗了，又重新泛白。叔父脱了他的汗褂子盖在水罐上，对着一面的山头挥起了镰刀。

嚓，嚓，嚓……冰草、蒿子、甘草、野菊，各种杂草一把一把地倒在镰刀下。太阳冒出了花子，草把子爬了半坡，还活生生地硬挺着，直到半晌的日头把它们晒蔫。叔父会把这些草把子集中到一块地方彻底晒干，再捆了背回去烧柴。

一面被草们簇得蓬头垢面的山头终于被叔父刮干净了，露出了青蹦蹦的地皮，像刚被刮了胡子的男人。

叔父朝着这青蹦蹦的地皮，又挥起了他的铁镐。

嘭扑，嘭扑，嘭扑……铁镐在顽强的草皮上弹起落下。有时，挖起了一整块带草根的土。有时，尖锐的铁镐会像皮球一样轻轻弹了起来，地皮纹丝不动。有时，叔父用他的铁镐和手脚，捣鼓好半天才能挖出一根在地下盘根错节的甘草根。

就这样，单单凭着他的镰刀和铁镐，叔父挖遍了凹沟一面的山头，转身开始攻击另一面。

不知过了多久，贺家湾垴的两个山头就叫叔父挖得光秃秃的。剩下的几个季节，他开始换用铁锨，一锨一锨地把这些毛糙地踩挖得更烂更深。叔父的布鞋底子因此踩烂了好几双。叔父的手因此显得越发笨拙，连卷根旱烟棒都抖得厉害。

再后来的季节，叔父开始使用他的耕牛。先是用桄，再是用犁，一遍一遍地把这几十亩一镐一锨挖出的荒地，耕得烂熟。早与叔父配合默契的耕牛，最初在这能翻跟斗的陡洼地上眯颤着眼睛，钉在地上不肯迈一步，叔父硬是用他的鞭子和好吼的嗓门，将一头胆怯的耕牛降服了。牛不得不尽量朝里倾了重心，弓着身子，战战兢兢地在陡洼地上迈开了倾斜的蹄子。

在他的荒地长出粮食之前，叔父常常一整天一整天地在村子里根本没有人看上眼的贺家湾垴里忙活。叔父挖了一整天的地，成天只用干馍和凉水哄着肚子，到日头跌窝时早已又累又饿。叔父极想在地头躺一会儿再往回走。叔父挖地时总会忘了留点气力回家，他在地畔睡着了，直到月亮爬上山头。叔父是带着沾了露水的月亮出门的，再带着干冷的月亮回家。有时他的脖颈和裤管里会钻了几只误闯进来的虫子，火烧火燎地咬。叔父连抬头看一眼天的时间都没有，只有任凭虫子咬他。因为他对付荒山的工具只有镰刀、铁镐和铁锨，耕牛是最后才帮上忙的，所以叔父一刻也不肯耽搁。叔父用了好几年的时间才开垦出了贺家湾垴的这两个荒山头。

除了村子分给他的熟地，叔父跟他的荒地最是亲密。他一直相信，人一定是为操持土地而生的。人总要拥有土地才能放心地活着。

一开始，叔父在这几十亩垦荒地上撒了肥料和秫秫籽，将生涩的土地喂熟一些，再熟一些。叔父在这些垦荒地上为他的耕牛收割了一山又一山的秫秫。

在这慢慢丰润和肥沃起来的垦荒地上，叔父终于撒上了养活一家人的麦粒、豆子和胡麻。

贺家湾垴的这两个山头，一度只长着冰草、蒿子和野菊，兔子曾在它的上面拉屎，鼹鼠曾在它的底下打洞。叔父用尽力气拾掇了这些山地的表面，让这片以前只生长野草的地面，现在来生长他的麦子和豆子。叔父很自信地让他的土地生长出了粮食，而不是杂草。尽管这土地最开始贫瘠而枯竭，但叔父有雨露和肥料做他的援军。那些好收成的年份，叔父每去一次，麦苗就蹿高一节。叔父一回头，两面山坡上的麦子全昂扬着穗子黄了，齐刷刷的，彼此簌簌地笑，像是谁偷偷讲了个逗人的笑话。

但叔父的垦荒地很多时候都极为艰难。有时是一场冰雹击倒了所有的粮食，雷电的声音就像一首哀歌。有时是一场山洪把垦地摧毁成沟渠，支离破碎。有时旱天旱地的，叔父的肥料和种子全白搭了。叔父心疼，焦灼，但从来没有屈服过。叔父会更坚决地去面对出现在他的垦荒地上的所有挑战。

人饲养土地以岁月，土地饲养人以粮食。叔父认为这很公平。

叔父在贺家湾垴的这几十亩垦荒地里，不知丢掉了他多少气力和岁月，但叔父从来没有计较过这个。叔父只欢喜地看着，荒地里打下的一栓又一栓的粮食，把他的五个娃，一个一个地喂大了，喂得肩宽面润。

叔父用尽气力，全心全意地饲养着他的土地，但叔父没有想到的是，他很快也把自己化成了肥料。

叔父病了。叔父害上了吃不下东西的怪病，一吃就吐，吃什么吐什么。

叔父曾说，一麻袋麦子谁都有扛不动的时候，肉骨头谁都有啃不动的时候。但叔父没想到的是，自己这么快就对他的土地无能为力了。

土地曾掩埋了过程中所有不明显的情节。叔父一镐挖下去，不仅仅是挖断了几株草根，这一锨也不仅仅是翻动了一块硬土。叔父不长的一辈子就这样被偷偷地消耗掉了。叔父自以为浑身的力气，用使不完的劲就可以把一辈子的光阴挖下。事实证明，土地上的活怎么也干不完，他到临终都没能闲下来。土地一直等着他，活计一直等着他，但是很快，他一点儿也干不动了，连吃饭喝水的力气都没了。

叔父拥有全庄最多的土地，自己却连一口粮食也吃不下去了。

之前挖荒时，叔父成天只啃干馍，只喝凉水。现在，婶子把软和的油饼和鲜亮的鸡蛋汤端到他面前，叔父只用干卷的舌头舔舔干裂的嘴唇，就把脸背了过去，眼睛闭得实实的。叔父就这样一天一天地消瘦下去，直到皮包骨头。

一直以来，叔父深谙土地的含义，非常坚信土地会把米面和清油送到一家老小的口中。所以生来痴爱他的土地，充满着对饱满的庄稼的强烈渴求，丝毫不在乎劳作的困顿，也异常藐视风雨的无常。叔父直到临终的时候，也只为粮食、耕牛和他的土地担忧和落泪。

叔父把婶子和儿子叫到他的炕沿前，一股一股清亮的泪从他深陷的眼眶里流淌下来。叔父气若游丝地说："他娘，三娃，不管到啥时候，牲口是养活人的，不能卖。地更是养活人的，一分都不能丢！贺家湾垴的地不能丢，村上分的地更不能丢！不能丢啊……"

婶子哽咽着一个劲地抹泪。三娃一声不吭，他不愿欺骗行将离世的父亲。作为家里的独子，他一直在学校里待着，很少与土地纠缠。除了假期在村庄附近的地里给婶子搭把手，三娃没有到贺家湾垴的地里干过一次活。三娃即便是念书没出息，回到家里待业，心思也不在土地上。三娃一直闹腾着要外出打工，叔父不肯。三娃结婚了，就和妻子在镇街上摆了百货摊子。三娃像调不顺的驴驹子，叔父无论怎样也无法把儿子拉扯到自己痴爱的桃沟里。

叔父在生命的最后一刻跟婶子和三娃交代他的耕牛和土地，他不一定抱什么奢望，或许只是说给自己听的。

叔父合上了他黯淡的眼睛。叔父最后的牵念里，只剩下他的耕牛和土地。

生活开了叔父的玩笑，让他在自己广袤的土地上饿死。好在叔父自己很快也化成了肥料。这样，他就与他痴爱的土地永不分离了。

三娃一家，最终离开了村庄。

留在村庄的婶子，只有种一块菜园的本事。叔父的所有土地，最后只剩下了一块园子。

离开村庄的，不只是三娃一家。倒是留在村庄里的，没有几家和几个人了。

那些到外面挖光阴的村庄的后代，就这样把他们的土地干净利落地撇到了身后。

草开始在村庄里疯长。草长在院子里、门旮旯里，长在屋顶、墙根、墙皮和墙缝里。而此前家家的院子里，码的是柴草，门前是菜地，屋后是树和家畜的圈棚。现在草涌来了，荒野和家园连成一片。那些曾经种地的先人们的名字，像倒塌的牛棚圈舍一样，再没人记得，也都陷没在荒草里。

草开始在庄稼地里疯长。先前那些被叔父一般的农人视为命根子的土地，现在全是草的世界。草长在村庄周围的平地和坡地上，长在离村庄很远的贺家湾垴的垦荒地里。先前那些生气勃勃的繁茂的庄稼，一棵根苗也看不见。

在荒芜的村庄，野草就这样很快所向披靡地蔓延开来，占领了所有的土地。

土地之上，曾经属于叔父的村庄，现在只剩下几个老人。他们一年四季看见最多的，只有独来独往的太阳、月亮和寂寥的天空。

乡野大地，早成了风的路和草的天下，只剩下无边无际的荒凉。

婆婆的夜晚

1

儿子金秋出生，婆婆成了县城的临时居民。

据说，除了我们婚礼时，婆婆此前从没来过县城，至多，是步行到界石铺镇二五八的集日上买个针线、扫帚之类。婆婆的娘家就在本庄，婆婆一辈子很少出过她的庄子。

生产前几天，爱人将婆婆从山里接到县城，准备伺候我坐月子。我每天刻意活动要走很多路，婆婆跟着在县城的大街小巷转悠，意在照顾行动不便的我。事实却是，需要照顾的人是婆婆。那时，县城的车辆还不是太多，但婆婆每次过马路都左顾右盼，抖抖索索，欲跑仍站，挣扎了半天也不敢独自走动。末了，我只有拉着她的手四平八稳地蹚过马路。走的次数多了，下次过马路，婆婆不好意思再让我拉她，便唯唯诺诺，紧紧跟在我的身边，乍紧乍慢，慌慌张张地一同走到马路对面。

婆婆过马路这一关还没有熟悉，我就生下了儿子，婆婆开始在医院里驻守。住院几天，人多势众，产房里除了婆婆，还有我的母亲和爱人。白天，几个人轮换着伺候。晚上，小家伙除了吃奶拉撒，一直在甜甜的梦乡中，丝毫不整人。爱人和母亲在一旁空着的护理床上各自歇息。只有婆婆，无论白天黑夜，总是一个姿势，安然地守在婴儿床边，看着孙子要么滴溜着小黑眼睛，要么安安静静地睡着。一个人就那样瞅着，一连几天几夜，几乎不曾打一个盹儿，眨一下眼睛。

母亲会说："亲家，娃睡着了，你也睡会吧。"

婆婆摇摇头，笑着说："他姨娘，你睡，我不瞌睡。"

爱人说："妈，娃乖着呢，我看会儿，你睡吧。"

婆婆摇摇头，笑着说："你睡，我不瞌睡。"

我不时醒来，看婆婆一直是那个姿势，坐个方凳，一只手托着下巴，斜着身子倚在婴儿床前，眼睛一眨不眨地盯着熟睡的孩子。

我说："妈，睡吧，孩子又没闹腾。"

婆婆仍旧只是笑笑，说："你睡，我不瞌睡。"

就这样，一连三四天，婆婆总是坚持着不睡觉，也不出去走动，就算是上厕所时，也要跟我的母亲或爱人打个招呼。

快六十的人了，婆婆的精力真是惊人。

儿子出生四天后，我们出院了。母亲回家去了，婆婆和爱人照顾我和孩子。那时，我们还没有在县城买下房子，挤在爱人单位的一间大办公房里。房里支了两张床，一张单人床爱人睡，一张大床我和婆婆、孩子三个人睡。

回家的第一天，婆婆伺候我吃了晚饭，头一搭到枕头上，不一会儿就“呵嗒呵嗒”响起了鼾声，之后，又变成了“呵噹噹噹……”不规则的声音。看婆婆睡得那么香，我便以为，婆婆前几天在医院里一眼也没眨，大概是不习惯医院的环境，不习惯在家之外的地方睡觉。

直到有一次，婆婆自己向我们揭开了那时在医院里坚持不睡觉的缘由。原来一辈子没出过山的婆婆，到县城伺候我坐月子之前，有那自以为见多识广的邻居和妯娌，很慎重地跟婆婆交代，说是在公家医院里生下的娃娃，一不注意就叫人换了，有时是医生护士大意抱错了，有时是有人故意换的，生多了女娃的会偷换别人家的男娃……婆婆生了六个女娃后才生下了我的爱人，想想看，专门到医院照看刚出生的宝贝孙子，她哪敢眨一眼？

因此，四天三夜，婆婆不曾眨一眼。那几日几夜，婆婆清醒警惕，不敢大意。

此后，我坐月子期间，婆婆晚上虽不能正常休息，但只要歇下，对一个瞌睡渐少的老人而言，完全算得上是高质量的睡眠。

婴儿吃喝拉撒频繁，我身子虚，婆婆夜里要起来好几遍给儿子换尿布，照看入眠。一旦重新躺下，不到两分钟就睡实沉了，很快不是“呵嗒呵嗒”规则的鼾声，就是“呵噻噻噻……”不规则的鼾声。我一直瞌睡浅，只要婆婆的鼾声响起，一下子就醒过来了，会不由自主地跟着婆婆鼾声的节律，调节呼吸，出闲力气。夜夜跟着婆婆的鼾声折腾，辗转难眠，我开始头疼焦躁，有时实在受不了，便隔着孩子摇摇熟睡的婆婆，轻轻跟她嘀咕：“妈，您翻个身，鼾声会不会小点儿……”

婆婆在迷糊中“嗯”一声，翻个侧身，会安静一会儿，不久如故。我是没辙了，头疼欲裂又无可奈何。

婆婆很快发现，她的鼾声让我不得入眠，便又努力熬着。多时人躺着，却又安静得不出一点声响，我便明白，是婆婆硬撑着不睡，让我睡。无奈太累，跟那过浓的睡意较劲一会儿，仍不知不觉再次将我吵醒。

好不容易坚持到满月，婆婆急着赶回山里收秋田。我一个人照顾孩子虽说累些，但瞅空总算能睡个踏实觉了。

三个月的产假后，我要上班，婆婆重新来到县城看孩子。儿子周岁之前，我们一直蜗居单位公房。大半年里，我被她的鼾声严重困扰着。婆婆怕干扰我，夜里老在极力控制她的睡意，我一边恐惧着她的鼾声努力入睡，一边又条件反射般地急切等待那规则、不规则的鼾声随时响起。婆婆因为每周周末要回一趟山里，赶做两天农活或为公公蒸馍馍、压面，备下几天的饭食，太劳累了，她的鼾声比我在月子期间似乎更响，有时“呵噻噻噻……”一声拉起，会乍一下没一点声气，猛然间又会“呵嗒呵嗒”地接上。每每这时，不由得总会让我凝神屏气，直到那下一声鼾声接上才跟着呼气。日子一长，我几乎要因为婆婆的鼾声而变得神经质了。

终于，我们狠着劲，东挪西借买了套二手房入住。各睡一屋，横亘在我和婆婆之间的鼾声问题，终于解决了。此后，婆婆一直照顾着儿子，直到他上幼儿园大班，我从机关调到县城某幼儿园工作，婆婆才又重新回到了山里。

那六年，婆婆夜夜在劳顿里，在她自己响彻满屋的鼾声里，沉沉入睡。婆婆的夜晚，如她的鼾声一般，踏实而酣然。

2

从县城“下岗”，婆婆重新回到乡下老家，她的日子似乎重新回到了原点。

婆婆给我看孩子之初，爱人便软硬兼施，让年事渐高的公公陆续将他的大半山地送给嫁到邻庄的小女儿耕种。婆婆重回山里，和公公种着剩下的五六亩地，山里适宜长的庄稼，差不多样样都种着。公公在邻庄油坊里亲自看着榨的胡麻油、新磨的麦面、嫩玉米棒子、还没长足的洋芋，不管哪样庄稼的节气儿，婆婆和公公不是套着驴车拉到梁皮上的豁岘，就是亲自背着给我们捎到跑县城的班车上。那些年，我们一直享用着公婆在山里种的绿色环保食品。公公和婆婆，是山里的劳动志愿者。

大大小小有一摊子庄农绊着，公公婆婆一年四季多在地里忙活，日子不紧不慢的。

只是，隔段时间，婆婆会想孙子。我和爱人既忙又不大注意，一年领孩子回乡下的次数不多。婆婆带了六年的孙子，自然不比别个，只要一两个月我们不回去，婆婆便会自己收拾整齐了，给公公备下三两天的食物，到梁皮上的豁岘口拦了班车，直奔城里来。

之前专门看孩子时，婆婆一来便踏踏实实的，到处擦洗清扫。不看孩子了，再来城里，她自己倒先拘谨起来。我们上班、上学不在家，她到处忙着清理抹拖，等我们回来，她便一副无所适从的样子。一直待在孙子的书房吧，怕干扰孩子学习；帮我们干家务吧，自个儿又觉得碍手碍脚。我们看她不自在，也有意无意显得客气，总是不让她干活，说是来消闲几天的，不必干这干那。要么让她看电视，要么他的儿子会说："妈，您要是心急了，就到外面各处转转吧！"

婆婆很多时候都坐着不动，只定定地坐在沙发上，瞅着音量调得尽量低的电视嘤嘤嗡嗡。其实，斗字不识的婆婆，电视上的那些人说什么干什么，她压根儿就听不懂也看不明白。她有时会说："你们电视上的人，比山里电视上的人，看起来清楚得多！"

婆婆这样局外人似的在城里至多待上三两天，不是她自己收拾着要回去，就是山里的公公打来电话，说天太热，婆婆压的面起毛了，让她赶紧回来。我们心里明白，面条发霉也只是公公的借口。公公是压根儿不适应和不喜欢城里的生活的，即便只是住上一天，对他而言都几乎是天大的为难。公公吸不惯纸烟，爱抽旱烟锅或旱烟棒，城里家属楼上到处贴得装得干净得不容人，又箍桶一般密不透风，只需一锅或一棒旱烟，满屋子便一股烟味，公公不自在。更难堪的是，公公一直蹲不惯马桶，除了小便，根本不在楼上的马桶里方便。以前偶尔进城，若要方便，公公会到离家不远的县医院的公厕去。那时，县医院的公厕还是旱厕，只不过是水泥倒板的蹲坑，比乡下的茅房要腌臜得多，公公还就适应这个。后来，县医院的公厕拆了，公公再要在外面找个厕所成了最头疼的事，加之我们居住的这个县城，公厕实在少得可怜，公公更不愿来城里了。

公公打心底排斥城市生活，只要爱人提及让老两口到城里生活的话题，他要么立马岔开，要么找个由头直接否决。只有在山里，公公才是自由自在的。

婆婆不一样。初来乍到，婆婆连过个马路都困难，但在城里待了六年，婆婆差不多适应了。看见那些短裤外穿，涂抹得如唱戏的女人，不再一个人偷偷失笑。她也知道了拐过几个十字路口，就到了卖各种廉价物品的南关市场。

可是，婆婆哪怕偶尔到城里来一趟，看看儿子和孙子，公公也会催她回去，好像一个人在山里心慌，若是让他到城里来，又死活不肯。

后来，公婆的地被爱人逼着又送给了庄里的亲房好几亩，两位老人只留了一大块两亩多的地，还是各样庄稼象征性地都种着。家里仅养的一头毛驴，终因地少和有女婿的两头大犍牛帮着耕种，也被爱人强行卖了。

山里的公婆，年轻时是种着几十亩地，生养了七个孩子的庄农人，尽管年岁大了，但只种两亩地，总是不甘心。

公公婆婆一年四季在那两亩地里扎着，又有多少活要干呢？公公还好些，常扛了铁锹，不是把地里通往场院的路埂拍拍打打，就是把地头的一点粪土翻腾得四方四正。不是在鸡圈里，就是在场院里。婆婆常常提个篓子、小铲，在地里转悠，可那地里的草每日被她抓特务似的拾掇得干干净净，哪还有机会崭露头角。两亩多庄稼，从耕种、出苗、吐穗到成熟，便一直落寞着。

如此看来，婆婆很多时候就有点无所事事了。没多少事可干的婆婆，身子闲了，心就忙了，忙着想这想那，头脑里便不曾闲过。

之前，山里老家有一台座机，十个阿拉伯数字都不认识的婆婆，由只识几个阿拉伯数字的公公指点着，硬是记住了自己儿子和我家里的座机号码的那些个数字跳来跳去随意组合的固定位置，婆婆凭着脑海里印下的那两组数字的特定位置，隔三岔五忍不住总要给儿子或孙子打个电话，听听他们的声音。后来，山里人无论老少几乎个个有了手机，座机的信号时有时无，常不顶事，爱人便索性拆了老家的座机，给公婆买了个手机共用。按说，老年机上那几个数字和座机上的感觉应该差不多，只是数字小些，婆婆却怎么也构建不起自己脑海中不认识的数字间那种特定的位置体系。自此，婆婆便不能自个儿打电话了。有时想让公公帮她拨通，可耳背的公公啊天啊地的，婆婆听着费劲，不到万不得已，那个想打的电话，也只好忍了。

婆婆想跟公公说话，可公公一辈子话少，到耳背了，话更少。再说，婆婆即便问他一句半句非问不可的话，公公啊天啊地的，婆婆心烦，还不如不问。

庄子里统共十来户人家，留守的尽是些日暮西山的老人。青壮的男人女人，有外出打工的，有给镇上、城里念书的娃做饭的……很少有留在家里的，娃娃更是不见一个。庄里的村学，早荒弃了，常年锁着，蒿草比人还高。婆婆的左右邻里，差不多都是亲戚妯娌，一辈子你来我往，矛盾一时化解不开，婆婆不愿跟她们一起待着，也是省心。

闷在家里看电视吧，不是看不懂嘛。婆婆就听下庄娘家侄女的招女婿的建议，让他在镇上给她捎着买了个随身听，帮她专门拷了几本老戏，闲得慌时打开听听，解解闷儿。婆婆把那几本秦腔翻来覆去地听了好多遍，难免心烦。

不识字的人，也没个爱好。公公的话少，要干的活计少，婆婆似乎就只剩下了各种想头。婆婆想举家迁到敦煌的大女儿那，至今连一块住的地方都没置办下，大孙子三十岁了还没找到媳妇。婆婆想硖里生病的二女婿，那肝上的毛病不知是大是小。婆婆想欠了一屁股债的三女儿，到河西沙地里种瓜是赚多还是赚少。婆婆想邻庄的小女儿，三个娃娃要拉扯，不容易。婆婆想城里的儿子和孙子，好长时间了也不回家看看……

婆婆就这么有一搭没一搭地想着，春夏秋冬，白天黑夜，一直胡思乱想着。谁也不曾在意，婆婆究竟在想什么，想多久了。

之前，谁也没有在意过这些。

等到我们在意了，婆婆的生活，白天黑夜的界限似乎不再分明。

白天，婆婆困乏倦怠，精神不振，不是在大门口太阳地里打盹儿，就是在炕头缩成一团。到了夜晚，婆婆却又睁着眼睛，翻来覆去，异常清醒。但不管白天黑夜，婆婆都不曾踏踏实实地睡一觉，至多，只是一阵一阵地迷糊。

婆婆的夜晚，开始和白天混搭。在那无数个漫长的暗夜里，婆婆翻来覆去，双眼空洞，茫然而绝望。

3

起初，婆婆一个人在黑暗里挣扎。弓腰塌背、抖抖索索的公公，天一黑就钻进被窝，安静得像一只没有声息的老猫，不知道什么时候醒着，也不知道什么时候睡实。婆婆在下半炕，一个人翻来覆去，如同煎鱼。

婆婆一声不吭。迟钝的公公夜夜持续着他的安静，真的像一只悄无声息的老猫。

不知过了多少个混沌的白天黑夜，婆婆也开始像只毛色灰暗的老猫了，没有了一点精气神。

再耳背的公公，也该听到了婆婆三番五次翻身的动静。

再爱拿着各种农具在各处磨叽的公公，也该发现了整日东倒西歪的婆婆。

起初，公公只是轻描淡写地跟偶尔回家的儿子说：“你妈不知咋的，晚上睡不着觉。”

他的儿子也只是以为，人老了，普遍会瞌睡少，便不甚在意，似问非问地回一句：“咋回事呢？”之后便没了下文。

这样不知过了多久，还是硖里的二姐夫有一天给爱人打来电话，说家里的姨娘老睡不着觉，有些胡言乱语……

这才将爱人吓了一跳，火急火燎地赶回去，看个究竟。

这时，距婆婆开始彻夜失眠至少有一年半的时间了。

婆婆失眠，谁都不曾在意。婆婆开始呓语，大家才都意识到，这已经是个病了。

长期失眠的婆婆，日夜精神恍惚，就有些言行混乱。

婆婆有时会说，要到山顶的豁岘口接我们一家，说她听到我们的汽车来了。有时会说：“隔壁的她三妈，又和媳妇吵架，你听嚷得多厉害。”婆婆不是有幻听，就是有幻觉。我们跟她解释，或引导几句，她的思维就会重新回到现实。

起初，只是给她吃安眠养神的药，在安眠药的帮助下，婆婆会迷迷瞪瞪地睡着。醒来了，过了一会儿，言行依然混乱。

婆婆的毛病，再不是单纯的失眠。

医生给婆婆开了大包大包的药，说是轻度精神分裂，要长期服药，否则，没法自我调节，病情可能还会加重。

现在，公公愿意来城里了。他揣摩婆婆的心思，有时会陪着她在县城待几天。我们上班的上班，上学的上学，陪她的时间自然很少。在高楼困上两三天，这下先着急的是婆婆了，她一个劲地念叨，家里的两只老母鸡的食该吃完了，得赶紧回去。

在山里待上几天，婆婆又动不动要到山顶的豁岘口，看看我们一家是不是从城里回来了。

等到我们带着孩子回到乡下，刻意陪她一天半天，故意跟她说话，要是说多了，婆婆又显出烦躁的情绪。有时婆婆还嫌电视声音太大，吵得心烦。年头节下，她甚至嫌家里的人太多，觉得麻烦。

白天里，只要药性发作，婆婆便软塌塌地顺势倒在下半炕，即刻睡实，静悄悄的。那些年在县城照顾孙子时的规则、不规则的很响的鼾声，奇怪地消失得干干净净。

夜里药量加大，婆婆早早便睡着了，直到天亮，一直静悄悄的，也不见翻几次身。

白天清醒的时候，婆婆多时一脸茫然，目中无物。她不愿说话，也厌烦别人说话，不是靠着墙背在炕上发呆，就是塌在院子里晒得着太阳的小凳上发愣。一天里总有那么三两次，要么询问其他人，要么自言自语，说些莫名其妙的话语。

这样一来，公公和婆婆，就像两只懒得念经的老猫，一个在上炕，一个在下炕，整夜悄无声息地睡着，表面安然。

婆婆的夜晚，不再辗转，有的可能只是昏沉的睡意和各种混沌的梦。

日头晒了半院

公公到峁上的玉米地里插彩旗，把婆婆一个人撂在家里。

撂就撂了，婆婆在公公的指挥下，刚剪了一沓布条子。老两口前些年穿的腈纶的秋衣秋裤，红的蓝的，被裁成一绺一绺的，挂到玉米地里吓野鸡，不叫它们吃种子祸害庄稼。彩旗还没剪完，婆婆累得慌，顺着炕墙软塌塌地溜下去，没折腾一下就睡过去了。

公公把婆婆剪剩的一条秋裤的腿子又绞成丫丫叉叉的几条，在门旮旯的老扫帚身上抽了一股磨秃了头的竹子，出了门。

玉米畦垄间一杆一杆站立的彩旗低头耷拉着，公公有条不紊地装了一锅旱烟，在埂畔上歇息。一时半会，婆婆不会醒来，就是醒来了，也不怕她乱跑。去年这个时候，婆婆还能在地里帮他的忙，抖抖索索地把一绺一绺红布蓝布头子在竹棍上绑好了，递给公公，让他瞅准了距离在地里插得牢牢实实的。

今年不行。婆婆乏成一摊泥。安神的药粒，三年前吃一粒，今年吃三粒。一顿三粒镇定药，婆婆除了醒来，就是睡着。还能怎样呢？

吃一粒安神药的时候，婆婆还管好多事。前两年一到腊月，婆婆每天跑到咀头上不回来，公公哄她拽她，她死活不肯，说是我们一家三口该到回来的时间了。公公怪她，说孙娃是放寒假了，但娃的爸妈单位没放假哩，咋回来？婆婆不听，又要跑到冒冒顶的路口去。一辈子善良惯了的人，竟凶神恶煞地指着冒冒顶上的野杏树和白蒿子说：“你不要拦我！下庄的三老汉，挡着不让咱娃的车进庄来，我要给娃开路！”腊月二十八，我们一家回到山里来，婆婆安生了，守着我们，只偶尔管些闲事。爱人特意从城里买了两只红灯笼，挂在上房的屋檐上添年气儿。挂的时候，婆婆兴冲冲的，袖着手站远了看，站近了看，婴孩般地笑。

吃过晚饭，灯亮了，坐在炕眼门处的婆婆往窗外一看，两只灯笼红彤彤的。她的心思变了，气呼呼地说：“赶紧取下来一只灯笼。过年怎能挂两只灯笼？”听我们各种解释，她又不在意了。

正月初四是我们一家三口每年铁定的返城日。一大早，大家睡得正迷糊，婆婆窸窸窣窣地起来，拔开门闩，一个人出去了，漫山山跑上跑下。公公急忙披了衣服去追她喊她。

婆婆恶狠狠地瞪着他：“你跑来干甚干甚？！”

转眼，她又用脚踢着山渠边的浮土说：“赶紧回去拿铁锨来，把路铲好！这路娃的车咋走？”

一会儿，她又支棱着耳朵说：“她五妈在院子里嚷啥哩？我听见骂我哩。你去听一下！”公公好说歹说，总算将她领回了家。

我们把公公前一天装好立在台子上的一袋洋芋、一袋粉条放到后备厢，准备走了。婆婆不像先前那样，一个屋子进去，一个屋子出来给我们装这装那，只袖着手站在门口的车旁，一脸烦躁和惊悚地看着车窗里的我们的脸。我和儿子在城里养大丢到山里的猫，正在我们一家睡过的小屋门口有些凄厉地叫。车“唔”的一声，我们把一切甩在了身后，谁也没有说一句话。

一个正月，听说婆婆一直漫山漫峁地跑。她一阵一阵地说些不着边际的话；一阵一阵地到咀头上张望，看看我们一家回来了没；一阵一阵地到冒冒顶上骂下庄的三老汉，让他别挡我们的车进庄。弓腰塌背的公公漫山漫峁地跟了她一个正月，耐不住了，就让外庄的女婿帮他把荒了几年的四亩地，重新捂上了地膜种玉米，拉着婆婆随他一道在地里忙活。公公指挥她在地里插吓野鸡的彩旗，剜玉米苗，锄草，给玉米叶子打叉，掰棒子，剁玉米秆，直忙到秋后。大半年里，婆婆消停了不少。一到冬闲，这老人又待不住了，天天要到咀头上去，天天要到冒冒顶上给我们的车开路。天寒地冻的，婆婆漫山漫峁地转悠，公公怎么跟得住？只好把给她的安神药加到两粒。这么一来，这老人成天睡觉的时间多了，游荡的时间少了。

前两年，婆婆跑过了，睡醒了，还给她和公公做饭。有时放两遍盐，有时饭端到炕桌上，发现没放浆水。但总归能给他们自个儿糊弄一顿饭。安神药吃到三粒的时候，婆婆再没力气把公公倒在炕眼门的麦衣用推耙填进去，更别说糊弄饭了。过了八十大寿的公公学会了填炕和下面，就是没学会压面。长面是外庄的女儿隔几日来给他们压好的。晾上两三天，那些长面干得七拧八扭的，硬成粉条。公公总有耐心把它们熬烂，在锅里咣当当煮上半天，煮得稀烂。稀烂饭正好合老两口的牙口，味道是另一码事。

去年过年的时候，房檐上挂一只还是两只灯笼，婆婆不理了。她的脸灰白灰白的，清楚话、糊涂话，都少了不少。爱人挂旧灯笼时，婆婆没有下炕，只在她跪着的炕眼门前的窗眼里瞅了瞅，没有婴孩般地笑，也没再嫌过年挂两只灯笼不吉利。我们在家的五六天，婆婆只嫌弃了一件事。婆婆嫌家里的人太多了。正月初二，她的女儿、女婿、外孙等，加上我们一家三口，家里一下子聚了二十多口人。婆婆的房间容不下，小辈们就在我们一家三口临时住的小屋里待着。婆婆在她的炕眼门处灰白着脸跪着。挤得实囊囊的屋子里，蒸腾着烟雾，蒸腾着酒气，蒸腾着炉火的燥热，婆婆的房间里，是前所未有的喧闹。跪着的婆婆出汗了，想要顺着墙根溜下去睡了，可是炕上的人太多，婆婆就开口骂人了：“忽然哪来这么多的人，吵死了！麻烦死了！”

今年大年初一，来的亲戚照样一屋子没安下，娃娃、大人二十来口，熙熙攘攘地闹腾。常年稀稀落落、冷冷清清的家，一下子来了这么多人，真有一种不适。我们留意让婆婆别再被烦着。婆婆安安静静的，要么在她的炕眼门处旁若无人地睡着，要么倚着被子半躺着，不曾说一句话，灰白的脸上面无表情。

安神药吃到三粒时，婆婆不随意游荡了，公公成天可以做自己的事。到了腊月，婆婆没再去咀头观望，也没到冒冒顶上责骂只有她能看见的三老汉。一年四季，婆婆除了贪恋炕眼门处那一块地方，最爱的，是晒了半院的日头。

婆婆抱了灶火门前黑乎乎的小板凳，在大门一侧靠阳屲山的院墙根下坐着，一蹲就是半晌。有时，日头晒得她汗流满面。有时，日头不热不燥，恰到好处。婆婆低着头，灰蒙蒙的目光只泼在眼前的一片地面上。有时，那一片地面上什么也没有。有时，那一片地面上正好有一只两只的蚂蚁爬过。爬过了就爬过了，婆婆绝不让她灰蒙蒙的目光追随蚂蚁们游离得更远一些。绝不。

婆婆被照了半院的日头晒着，晒得越发呆傻，晒得越发悄无声息。直到日头掠上屋檐，兀自去了。

日子漫过四季。村庄里，屋檐被风吹旧了，青瓦叫雨打霉了，漫山漫屲的野杏树、白蒿子任性地长着。公公在鸡圈，在插着彩旗的玉米地里，在各处。婆婆要么在她的炕眼门处睡着，要么醒来后在晒了半院的日头里坐着。没有什么再来搅烦她的世界。婆婆的幻境和现世一样安稳了。

过年待在山里的五六天，我和儿子很多时候就在自己的小屋里读书，学习。前些年，婆婆每天会有几次推开我们的屋门，掀起门帘，倚着门槛瞅瞅，笑笑，再轻轻地关上门。或者有时隔着窗玻璃，瞅瞅我们，笑笑，再悄悄地走开。今年不了，甚至正月初四早上，我们都醒来了，收拾了半晨准备回城了，婆婆还在她的炕眼门处睡着。要不是公公把她摇醒，催她起来，她是不怎么关心我们的来去了。

婆婆只跟在公公身边，袖着手站在门口，漠然地看我们装上了洋芋，装上了粉条。她的脸更灰白了。

车窗摇下的一刻，我看见，婆婆趿拉着我给她买的夏天穿的塑料拖鞋，满鞋的污渍灰溜溜的，与她的一脸灰白，是一个色系。

还有她身后瓦楞上没消融的积雪，是冷清清的白。

咀 头

庄子像睡着了。

日和夜交替着在庄子上飞过，时光一个星期一个星期地流过，一个日子一个日子地逝去。也只有在正月，冷不丁才在哪个旮旯里咚咚咚单调地敲一阵子鼓，一锤一锤像是砸在人的心上。或者谁家院子挂在玉米架上的高音喇叭扯一板秦腔震得地动山摇。剩下的日子，庄子一直喑哑着，每一天像是一样的，又不一样，好比孪生兄弟。

有时从远处往咀头上看去，会有一个模糊的人影，要么圪蹴成灰黑的一团，要么斜斜地立成一截枯枝。那可能是庄子前边的田家老弟兄仨。有时，老大圪蹴在咀头路畔那棵歪脖子榆树下吧嗒一锅旱烟。有时是老二。老三从来不坐，只在咀头的盘盘路上立一阵子，也抽旱烟，不用烟锅子的，直接撕一绺旧报纸卷个旱烟棒。

那钝刀背一样搁在半山腰的咀头，是庄子西南面来的山和东北面来的山恰好碰面的地方。站在咀头上有一览无余的好处，看得到向庄外延伸的路一直爬到对面的山头，与从另一个方向斜着下来的老 312 国道会合了。

咀头的坏处是往死里冻和往死里热。咀头上东南风不避，西北风不避。秋冬里，不管哪个方向来的风，掠过山皮，直往人怀里钻，直往人脸上砍，像冷漠的杀手。夏日里热得人要死要活的，倒没一丝风了，日头把山这面和山那面一视同仁地烤着，咀头成了太阳最毒的地盘。要是多待一阵，能直接被榨出油来。

田家老弟兄仨人不怕这些，轮换着盘踞在咀头上。冷刀子的风不怕，熬油的热不怕。

田老大

田老大本来不爱说话。弟兄仨人都这秉性。

最近，田老大猛地爱说话了，十几户人的庄子，统共留下了几个老弱病残，但只要逮着一个人，这老汉很快就会打开他的话头，连庄里的智力有些问题的七斤都不放过。

田老大见人就说：“狗剩入黑社会了！狗剩完了！”

反反复复就这么一句。

除了七斤傻傻地笑着，庄子里那几个老人第一次听说时，都吓了一跳。以为狗剩变成了刀子客，打砸抢，成了黑社会老大！等差不多明白了咋回事，他们一开始还耐心地安慰，后来就只有应付他了，只敷衍说：“您老人家，心放宽，人回来就好。钱撂了，再挣！”边说边担着自己的粪笼，扛着自己的铁锨，该干啥干啥去了。留下田老大继续一个人不厌其烦地说：“人回来了，心思邪了！”

原来是这田老大的儿子狗剩，入了一个啥销售组织，把几年辛苦挣的和向亲友借的六七万元全入到“组织”去了。入了“组织”的钱像进了貔貅的嘴，再也屙不出来了。钱出不来，人渐渐痴魔了——起初是想捞，像捞命一样捞他的钱。后来是悔，悔烂了肠子的悔。

狗剩从河北失魂落魄地回来已经几个月了，还像一摊稀泥，成天瘫在炕上下不来。眼看麦子焦到地里了，仍活死人一样挺着。

田老大的话就多了，见人就说：“狗剩入黑社会了！狗剩完了！”

田老大一边念叨，一边割麦、耕地、担粪、铡草、喂牲口……没有一样农活离得开他。八十三岁的人了，要说还硬朗，干也就干了，田老大习惯了这样。一辈子的庄户人家，干活就是他的本分，这没啥说的。田老大一辈子没有说过一声苦，苦不死人。田老大不怕苦，但怕别的。麦黄六月，狗剩窝在炕上不下来，头发、胡子留得很长。田老大一辈子只去过十几里外的镇上，在集贸市场买过步犁和扫帚，哪里懂啥“组织”？“黑社会”还是田老大前些年从那些过年回到庄里的年轻人嘴里听到的新词。看儿子没魂的样子，田老大就想：狗剩是入黑社会了！狗剩辛苦挣的和跟人借的钱，是叫黑社会骗去了。田老大这样那样乱想的时候，心里急得就像往麻袋里不断地捣麦衣，越来越压抑得透不过气来。田老大憋得话多了起来，可就这么一句反反复复的。庄里那几个七老八瘫的老汉、老婆子，都急着要跟日头、暴雨抢麦子，连支吾都不想支吾了，用胳肢窝夹着割麦的刃子边走边说：“狗剩他爹，看老天爷的脸色，赶紧一起割麦去”！

见别家的老人火急火燎的，田老大恍然大悟似的，就和他一只眼睛看不见的老婆子、嘴上起着燎泡的狗剩媳妇，也急急地往冚上的麦地里赶。

没人再肯听他唠叨了。割麦回来，吃过儿媳妇凑合做的一碗浆水疙瘩，田老大就趿拉着倒后跟的布鞋，到咀头上去，一个人圪蹴在那棵歪脖子榆树下，吧嗒一锅旱烟。咀头上没有了西北风，也没有了东南风，毒辣辣的日头像在榨油，歪脖子榆树遮的一点阴凉稀薄得可怜。田老大戴着他被汗渍浸得圈圈道道、早没了眉眼的貌似回族人戴的黑布帽，毫不在意头顶上的那颗大太阳，只一个劲地吧嗒着烟锅，心思就像冰面上的陀螺，老围着狗剩打转转：我儿我儿，我的儿啊，啥时能从炕上爬起？

田老二

弟兄仨中，田老二是个享福的。

田老二的儿有出息。生了一串女娃，眼巴巴盼来的这个男娃，给田老二长了大脸面。这娃念书扎实，成才了。山里崽子念成书能把命运翻盘。田老二的儿娶的也是念成书的媳妇，媳妇生了机灵的儿子，一家三口和和美美的，在城里过着滋润的小日子。

村里还剩下的那几个豁牙的老汉和瘪嘴的老婆子很是眼红，见了田老二都说：“他二爷，还不到城里跟儿子享福去，老鸹守死狗啊？这山里还有啥守头?！”

田老二只嘿嘿地笑，露出没一颗牙的早磨得光溜溜的下牙床，却从来不露一个字儿。弟兄仨都是这闷葫芦秉性。

田老二的儿也一再征询他老父亲的意见，问的遍数多了，老汉不得不说清楚，说是城里住不惯，说是心里畅快住哪儿都一样。

田老二安分老实地待在庄子里，认认真真地种着他的两亩地——一绺麦子，一绺胡麻，一绺玉米，一绺洋芋。儿子骗着骂着把几十亩地送给亲戚庄家种了，剩下的这两亩，是老汉下了牛劲才拦住让留下来的。种惯了几十亩地，这两亩地还有啥辛苦的？田老二常常到咀头的歪脖子榆树下，圪蹴在路畔抽旱烟，有意无意地看着向村外延伸的一直爬到对面的山头上去的路。

和庄里其他老汉、老婆子相比，田老二用来磨叽的时间很多。他在场院里把他喝茶用的硬柴劈得一样长短、一样粗细，码得四方四正；把院子打扫得连溜进来的鸡都不好意思拉屎；把地头的粪肥拍打得像小孩子玩的积木。再没事干了，田老二就只能到咀头去，吸烟锅，看向村外延伸的路，那路一直爬到对面的山头上去。

有时，田老二碰见老大愁眉苦脸地圪蹴在咀头路边发呆，会默默地掏出烟袋褡褡给大哥的烟嘴里装一锅，之后自顾自地往山顶上爬。弟兄俩很少一块儿坐坐。一个八十三岁，一个七十九岁，耳朵都背得像塞了石子一样，坐一块说话比扛架子车还吃力。

有时，田老二会碰见老三两眼空空地站在咀头上抽旱烟棒。弟兄俩也只相视一笑，田老二继续往山顶上爬去。

只有一个人的时候，田老二才在咀头上安安生生地蹲下来。老大、老三和庄里的其他老人活多得像绞成团的麻绳解不开，这咀头很多时候就是田老二的了。

田老二一个人蹲在咀头上，有时三五个月，儿子一家才偶尔回来，在梁顶上下车，往村子里张望的时候，第一眼看见的就是咀头上的那个黑点。起初并不在意，次数一多，一家三口就知道那个黑点八九不离十是老爷子。

田老爷子自然也最先发现了那一家三口，咧开嘴，一下子露出了他早被磨得光溜溜的下牙床。

儿孙一家短暂地逗留几个时辰后返城，老汉和老婆子把娃娃们送到咀头后会被拦住。老汉便蹲下来抽旱烟，老婆子袖手站在一边。直到儿子一家爬上对面的梁顶，坐上车，老两口仍旧蹲着，站着。谁也不知这两位老人啥时才回到被他们丢在身后的庄子。

儿子每次回来，大包小包，烟酒糖茶，需要的，能供应的，差不多都给他和老婆子带来了。庄里的那些老人看在眼里，明白田老二是个享福的。

田老二经常霸占着咀头，庄里的那些老人也都看见了，田老二要多清闲有多清闲。

田老二就这样一年四季，西北风不避，东南风不避，大太阳不避，常常在咀头上蹲着。

很多时候，他只是坐坐。有时，很偶然的，他会等到儿孙一家回来看他和老婆子。那时，田老二总会情不自禁地咧开嘴，一下子露出他那早被磨得光溜溜的下牙床。

田老三

弟兄仨中，田老三就是个干活的老伙计。

田老三七十六岁了，照样踏实耐劳得像家里养的那两头耕牛。

家里的活计除了耕牛的份儿，剩下的全是田老三和老婆子的。二儿子一家去县城也好些年了。四口人在县城租房住，大人在工程队干小工，两个孩子上城里的中学和小学。当初进城主要是因为两个孩子上学，这是二儿子决定的事。老婆子有点不舍得孙子，田老三嘴上不吭，心里可是非常乐意。娃在城里上学，出息肯定大些。村里的学校，都没一个娃娃了，早成了村铺，比做学校时修饰得还好，只是冷清得瘆人。

自打二儿子一家进城，田老三老两口又和年轻那阵一样管用了，就像丢到地上的滚珠儿，嘣噔噔地停不住。经常能看见两个老人被汗和灰泥土浆裹了的两只眼睛亮闪闪的，有些光气儿。

十几亩地，麦子、玉米、洋芋、莜麦、荞麦、胡麻，啥都种着。耕地、送粪、锄草、收割、打碾，山梁梁上的庄稼新潮的器械大多用不上，务养的方法多少年也没多大改变，老汉和老婆子每一样活计都得打手里过。猫老不逼鼠，人老了降不住活，就老是淌汗。汗淌在洋芋蔓上，淌在麦码子上，淌在各处。

隔几个周末，二儿子一个人或一家子会回来一趟。一开始的时候是二儿子骑着三轮车，这几年换成小轿车了，听说手续办全花了三万多。二儿子一个人或一家子每次走的时候，先前是在三轮车的车厢里，田老三帮着儿子、媳妇架上了白面、洋芋、清油、白菜和大葱。后来是在小轿车的后备厢里，塞进了这些东西。当然，不是每一次样样都装，缺啥拿啥，少啥补啥。

这样子好些年了。

一年四季，田老三和他的老婆子差不多一直扎在庄子里，扎在十几亩地里，就像地边上的冰草一样牢实。连镇上的集市都不用去了，粮食、蔬菜、油籽，都是自家地里产的，盐、醋、酱油，庄里拳头大的小卖铺里样样都有。几年里，老两口只去过县城两回，一回是老婆子得了痢疾，脱水昏迷，镇上的卫生院不能治，二儿子接到他老父亲的电话，赶回来送他娘到县医院救治。一回是田老三做前列腺手术，在县医院小住了几天。一年到头，田老三和老婆子像放了跑绳的老辘轳一样，一直咯吱吱地在庄子里轮转着。

只是，在一些周末，感觉到二儿子或儿子一家子有可能要回来，干活歇息的间隙，田老三会瞅空到咀头上转悠转悠——不像老大和老二那样踏实地圪蹴在路畔，而是在咀头上随便立一霎儿。一棒旱烟的工夫，老婆子就已经喊开了："他爷爷，牛没草了，圈还没垫，你浪啥浪？"从远处往咀头上瞭见的那截枯树枝，立马就朝庄子里移去了。

如此看来，庄子前畔的田家老弟兄仨人，还真爱到咀头上来。

至于庄子后沟垴的那几户七老八瘫的老汉、老婆子，儿孙们成年后，差不多也都在外打工的打工，念书的念书，基本不着家，老人们同样被乱七八糟的活计绊着。再者，他们的腿脚本来就不灵便，便常年不来咀头张望。这么一来，就只有离得近些的这田家老弟兄仨人，把个咀头占着。

咀头毕竟是庄子里最豁亮的地方——眼前是庄里通往外面和外面通往庄子的盘盘路，转身即是庄子。

爱上咀头的田家老弟兄仨人，一年四季就这么不经意地轮换着盘踞在咀头上。冷刀子的风不怕，熬油的热不怕。

禳 解

邢家洼的阴阳先生吉祥，一年四季忙得脚不点地，这个村那个庄的，不是被请去指点坟院，就是被唤去打整人家。别的不说，单就邻庄野狐沟的那十来户人，三天两头的，动不动就叫他去禳解禳解。

1

正午日头正毒。

野狐沟的崔二爷照样在庄口那辘轳盘路上游荡，人老了就没一点儿瞌睡了，晚上硬是眼睁睁地盯着顶棚，大白天又哪来的睡意？可日子长得令人心烦，难熬得很。跟老伴唠嗑吧，耳朵背得越来越厉害了，常常只能依着老太婆嗫嚅的嘴皮辨认出那句“真聋了”的抱怨，倒不如一个人在山咀上转悠转悠，也时不时想想城里的儿子旺生和小孙子又有多长时间没回来过了。

崔二爷侧着腰，刚要在鞋帮子上磕烟锅，就听到了上庄噼里啪啦的声音，夹杂着含混的骂声。老人心里一紧，该不是？他急忙往上庄里赶，走得急，一只鞋要掉了，崔二爷把几个脚指头往前凑了凑，哈着腰一连爬上了几块地埂。唉，还真是满仓！侄子满仓，正抡着一把锈蚀了的老斧子，死命地砍长在地埂半腰上的一棵老榆树，他边砍边说：“砍了你！砍了你！”

狂躁的满仓，一边咒骂，一边将老斧子毫无章法地砍向老榆树。这树很是结实，虽伤了糙皮，却岿然不动。

老榆树下的地块里，躺着崔家的三代祖宗。

崔二爷发了急，呼哧呼哧赶到了树埂下，差不多听清了。口角流着白沫子的满仓一声连一声地骂着：“啥祖宗！啥祖宗！不保佑后代算啥祖宗！算啥祖宗！”

崔二爷抖抖索索地站在老祖宗的坟院里，仰头使尽全身的力气大喝一声：“满仓，你疯了！”

可不就疯了。满仓狂抡着斧子，看不见崔二爷，也听不见崔二爷的呵斥，不停地砍、砍。崔二爷腿软得没一点力气爬上那么高的埂子，也担心这老骨头扛不住侄子的折腾，就索性一屁股蹲在祖坟里，一个劲地祷告：“老先人呀，你们千万莫生气，看娃可怜，辛辛苦苦供子女到城里上了十年学，高考说是脱档了，娃心里苦，发起了心病。老先人呀，你们千万莫生气，莫生气……”

想那先人还咋生气？说起满仓这病，还不都是念书栽下的根子。满仓的爹，崔二爷的堂哥，当年是庄子里的民办教师，打开始就可着劲供几个娃念书。满仓是娃子中最勤奋的，不承想连续两年高考，总是离分数线差那么一丁点儿。等到第二年高考分数公布，一直埋头死命念书的满仓开始满山满洼地跑了，从胡言乱语到衣不遮体。满仓的爹带着他一趟一趟地跑天水的神经专科医院。折腾了多年，变成了间歇性发作，只要心里稍不畅快，就会疯疯癫癫的。山里念不成书的娃，只能卖苦力。病轻一些时，满仓跟着堂兄弟外出打工，到底书念得多，竟也哄来个河西媳妇。那媳妇不久便发现了满仓的病，只有无奈认命。满仓时常犯病，身体消耗大，扛不得重活，家里一应农活，媳妇都是主劳力。遇到农闲，女人还会外出打工，满仓一年四季只能帮媳妇打打杂。等到自家孩子上学，满仓的心病又犯了，满世界折腾，一个劲地要将两个孩子转到城里念书。城里学校转学难，满仓能有啥人脉？一根筋的病人，竟直接冲进了县委书记的办公室，两个孩子还真顺利地进了县城最好的小学。

满仓不成了野狐沟的传奇？庄里老少暗自嫉妒，说要不是疯着，山旮旯的哪个老百姓敢直接找县委书记办事？

满仓高兴，锅碗瓢盆洋芋面拉了半三轮车，带着两个孩子进城租房，安营扎寨。留下他的媳妇要么在山里务农，要么在工队当小工，供养孩子念书。

满仓洗衣做饭，一心盯着孩子，让他们发奋读书，一盯就是十年。两个孩子学习争气，庄里人看着眼热，一个一个学样儿，陆续不是把孩子转到镇上的中心小学，就是直接转到城里。加上学校撤并，没过几年，不但野狐沟，好些个庄子里的村学只有野兔、田鼠出没了。

满仓的女儿芳花，在静宁一中的珍珠班里，一直是前十名的娃娃。按说，这孩子一定能考个像样的大学。可高考填报志愿时失误了，芳花第一志愿脱档的结果一出来，满仓的病就犯了，是这些年里犯得最重的一次。

满仓要挖掉祖坟上的树，要换祖上的风水，谁能拦得住？只有他自己折腾不动了才肯作罢。

野狐沟村学里有满仓年少时的梦想，后来村学就像满仓的梦一样破落了，荒草疯长。意识混乱的满仓就把自己当成了一棵树，要连根拔起，要挣脱这野狐沟，要把他的孩子从野狐沟里抛出去。

可是，女儿高考脱档，考了高分的娃被二流学校录取。将来的就业更是未知了。

犯病的满仓，毫不顾忌地冲撞、冒犯睡在地下多年的祖宗。崔二爷见祖坟上的树被侄子砍得如此面目全非，心里发紧。满仓的爹过世好几年了，他这个当叔老子的不管谁管？崔二爷立刻喊来耳朵稍灵光一点的兄弟崔老三，让他用他的老年机立马给邢家洼的阴阳先生打电话：

速速来野狐沟，到满仓家禳解！

2

国仓是崔老三的大儿子。没念一天书，不识一个字，是野狐沟同龄人中少有的“睁眼瞎”。

国仓就只有一身力气了。也算不得一身力气，许是小时候家里太穷，营养不济，国仓生来一副面黄肌瘦的样子，看架势，稍微重点的活计就能将他压趴。可国仓偏是个背麻袋的。

野狐沟的各家各户，各操着各的心，从来没人过问国仓在白银背麻袋，究竟背啥东西。野狐沟的人只看见，每年年根回到家里的国仓，脸色黄得瘆人，比年初出门时又显消瘦。庄里人或亲房坐在一起唠嗑，有意无意总会念叨：“国仓这娃，看脸色是背麻袋背的……”

国仓口拙，若有人问：“国仓，今年在外干啥？”国仓只是含混地说：“背麻袋！我只能背麻袋嘛……”前一句是回答，后一句就是自嘲了。再不多说一句，别人也不再问。因此，在庄里人的印象里，国仓就是背麻袋的，别的轻巧些的活，怕是干不了。

在野狐沟，国仓属于那种过于老实巴交的人。可生活中的事，从来不会因为哪个人的迟钝缓慢而来得简单一些。

国仓到白银背麻袋不到一个月，就接到了爹的电话，说是他媳妇给镇上念书的孩子送馍回来，下山时摩托骑得快了，直接从野狐沟的大沟里飞了下去，伤着了腰……国仓知道庄里那个大沟的深浅，要是从那里掉下去，没死都是命大的。

国仓心里打着激灵，火急火燎地背着铺盖卷从白银往回赶。

媳妇躺在镇上的医院里，鼻青脸肿的，只一个劲儿地哼哼。大夫说是腰椎有一节粉碎性骨折，有一处错位。国仓一听，眼睛红了。要说这庄农人就靠腰杆支撑，女人守着家里的摊子，男人一年才能安心出去挣几个花销钱。眼下这灾祸，媳妇以后重活怕是做不了了，日子不更难过？

半个月后，媳妇出院，一直侧身睡觉，大小便也没法自个儿解决。女人身体结实，国仓早晚伺候她吃喝拉撒常常累得虚汗淋漓。十几亩庄稼，两头牛，镇上念书的两个孩子的衣食，让身子本来就单薄的国仓手忙脚乱。等三五个月后，媳妇能倚着墙根慢慢走了，他自己却垮了，脸色差得比背麻袋时还难看。

让国仓脸色难看的事情，不止一件。先是上高三的大儿子喜来，高考的分数不如自家场院里的苜蓿垛子高，只有二百来分。这么点分数能上个啥像样的学校？喜来学习一直差，当初考高中也就三百来分，离县内所有普通高中的录取分数线都差了一大截。后来，好不容易能继续上学。原指望着三年后有个盼头，可学习底子一直差的喜来，最后就考了这么点分数。国仓又能咋办？只好稀里糊涂地让娃去天水一家民办的职业中专，好歹有个学上。

还有小儿子喜愿，中考四百分挂零，离普通高中录取分数线差了二百多分。也只能上县上的职业高中。

国仓把两个孩子安顿到学校，已经到了秋收季节。媳妇什么重活都干不成。之前割麦子，正午了，国仓仍顶着大太阳在麦茬地里烤。分家后跟着老二过的爹娘看着心焦，一边抢收外出打工的老二两口子的麦子，一边摸黑帮着国仓收麦。等到两家的麦上场，国仓和爹娘差不多苦成了焦人。秋收时节，老二家十亩的玉米、洋芋收不过来，实在再顾不得帮国仓。国仓一个人在地里昏天黑地地拼命，别人家的秋田早收拾干净了，他家还有一大片玉米，棒子干得倒挂了下来。冬天，别人暖热炕，国仓仍在地里扯掰老玉米。

媳妇只能在家里喂牛，干些家务。

等到深冬，家家那些留守在庄农行里的老人闲了好久，国仓也终于忙完了。松了口气的国仓，脸色由早先的姜黄变成了黧黑，瘦得脱了形。等到过年，野狐沟那些外出打工的青壮年陆续回家，好多人无意中发现，国仓目光呆滞，常常盯着一处愣神。国仓的媳妇禁不住大家的关心试探，只得承认，国仓是有些不对头，整个人成天迷迷瞪瞪的，有时也胡言乱语。

崔老三明白，儿子是叫压垮了。于是，他就悄悄地叫邢家洼的阴阳先生吉祥偷偷来给国仓打整打整。

多大个庄子呢，阴阳先生吉祥的锣锣虽然叮叮当当敲得很轻，一庄子的人还是知道了，崔老三是在给大儿子禳解。

只是，谁也没有说什么。有啥说头哩？

3

野狐沟多事的人，还有崔二爷远房的一个堂侄——狗剩。

狗剩的官名叫胜军，野狐沟的人却只知道他叫狗剩。胜军这官名，只是上学时和各种证件上用的。乡里人爱给娃起贱名，为的是好养活。

高中没考上，狗剩就从野狐沟蹦跶出去，在兰州的家具市场专门给人组装家具。

狗剩个子高挑，长得周正，人也机灵，算是野狐沟崔家后代中除旺生外，又一个冒尖的。

狗剩领回个外地姑娘。是河南的还是河北的？庄里人马虎，记不大清楚，只觉得那小媳妇长得漂亮，胜过了旺生在城里有公职的婆娘。狗剩的爹娘脸上光彩，过年了，儿子领回她的俏媳妇，这住在庄子最顶头的一家人，在高处的场院里，只听得到他们的说笑声，人人眼热。

可到了第三年过年，庄顶头的狗剩家，正月初一只有狗剩一个人出来“迎喜神”了。庄子里那些好奇的婆娘，不几下就嘀咕清了：原来狗剩的媳妇生下个女娃不满一岁，就跟着外地的小包工跑了，丢下狗剩父女俩。那浪荡媳妇，自己跑了不算，据说还把男人这些年组装家具挣下的一点积蓄全卷走了。腊月里，狗剩黑着脸揣着娃回来，正月十五一过，又上兰州组装家具去了，把女儿撂给了爹娘。

狗剩的爹，为儿子的事心上吃了亏，只一个重感冒耽搁了几天，没过花甲就撒手走了。狗剩的哥嫂在镇上摆摊照看俩娃念书，野狐沟就只剩下狗剩娘和一个小女娃。庄顶头的这户人家，从此再没了说笑声。

狗剩一直没再找媳妇，只一门心思挣钱养活祖孙俩。等娃长到六岁，狗剩便在镇上租了房，让娘照看着在中心小学念书。女儿兰兰念书很用心，她和奶奶住的屋子，黑沉沉的土墙上一行行、一溜溜贴的，尽是各种奖状。

兰兰给狗剩长脸。孩子上四年级时，狗剩找堂哥旺生把兰兰转到了县城小学。兰兰上初二那年过年，狗剩在老家里专门给堂哥旺生和他亲哥摆了酒席。

酒到半酣，狗剩忽然清泪长流，说："两位大哥，我狗剩要给你们郑重拜托事情了！"

旺生和他大哥看狗剩这样郑重其事，一时发蒙，等到狗剩说清了事情，酒菜就再也咽不下去了。原来早在几年前，狗剩发现胳肢窝起了两个硬块，有些不舒服，到医院一查，才知道患了淋巴癌。为了不让母亲受打击和兰兰念书分心，狗剩便一直一边打工，一边偷偷化疗，瞒过了五六年。后来医生说也不过一两年的光景了，狗剩这才把隐情告诉了旺生和大哥，怕自己等不到供兰兰上大学，托付兄长们以后能替他多关照孩子。

狗剩即便不说出来，他的病也已经到了谁也瞒不住的地步。

狗剩的脸色，越来越差。狗剩的身体，越来越弱。再到后来，他的手连同指甲都青透了，浑身的肌肉开始坏死。

狗剩躺倒了。好在，狗剩坚持着，直到兰兰的中考结束。兰兰以全县前十名的成绩考进了静宁一中。水米不进的狗剩躺在医院里听到这个成绩，安心了，再也没力气挣命了。

狗剩殁了的第三天，兰兰噙着泪参加了静宁一中珍珠班的招生考试，依然以优异的成绩考进了这个农村贫困优秀生特招班。

兰兰在静宁一中的珍珠班里，领着孤儿救助，学习更认真，成绩更突出。

野狐沟的人都说：“兰兰，兰兰，越叫越‘难’！”野狐沟的人，一直 n、l 不分，认定了这个谐音。狗剩殁了，庄里人念叨着要给兰兰改名，可私下里谁都犯嘀咕，现在改名是不是太迟了？

但即便为了不再心慌，人们也执意建议崔家掌事的老人，赶紧请阴阳先生吉祥来给狗剩家打整打整。崔家的几个老辈，就开始着手请阴阳先生的事儿。

邢家洼的阴阳先生吉祥，不得不三天两头来野狐沟禳解。

也是，野狐沟人没办法解决和想不通的事，好像一概只能交给阴阳先生吉祥了。尽管阴阳先生吉祥也从来没有比他们更好的办法。

可在野狐沟，他们，似乎，只能如此。

野狐沟的夜晚

野狐沟里没有野狐。野狐沟里最多的是野鸡。

野狐沟的空气里充满了浓浓的野鸡的味道，仿佛那些野鸡在山野里吃了整天的东西后，打出一连串的饱嗝，在野狐沟的各处散布。

二娘就是在房背后那些野鸡“咯，咯咯，咯咯咯”的叫声里醒过来的，当然也不是一下子就能清醒过来。吃了四五年的安定药了，老伴和大女儿每天给她的三顿药粒，比吃饭还准时。吃完不到一会儿，二娘总是支撑不住，浑身酥，脑袋重，眼皮像黑云往下捂，二娘只好倒头就睡，睡得天昏地暗的。

午间的一顿药性过了，睡意也没了。二娘拧着脖子看，老伴又不在家，准是到凷上看他的两亩玉米去了。嘴里照样干得冒火，二娘想喊大女儿亮子给她倒半盅水润润，这才记起亮子今天进城去了。在工地上看门的大女婿的哮喘犯了，打电话叫亮子去照料着打几天吊针。

二娘胳膊肘支棱着身子，费了半天工夫溜下炕沿头，也懒得弓腰给自己倒盅水，就在老伴的茶盅里努力咂了口凉茶，润了润干燥的嘴唇。

二娘趿拉着她的塑料拖鞋出门，弓腰塌背的人最爱背搭手，能提提筋骨，头就不勾得慌了。日头已经滑溜到二娘的脑瓜背后去了，该是下午四五点的光景。这是庄子里每天最喧闹的时刻。整个野狐沟各处的野鸡“咯咯，咯咯咯，咯咯，咯咯咯”正叫得欢，各处呼应，像话多的婆娘隔着地埂闲聊。又有不少的布谷加入，布谷布谷的，在各沟坎里清亮地叫着。二娘的耳朵倒是极灵敏的，连路边野草里的各种虫子尖细的啾啾、喳喳声也听得到，只是她从不在意这些。这些声音天天灌在耳朵里，再加上天天要吃三顿药，任谁都会没精打采。

二娘扑踏扑踏地走过了亮子大爹家的门摊。老大家的门闭了半扇，开了半扇。半院子的阴凉，一院子的安静，像几年没住过人。其实二娘最清楚了，老大家两口子一辈子都住在他们的院子里，一天都没离开过野狐沟。要是有一天这庄里的人都走出去了，她相信老大家两口子一定还会留在他们的老院里。二娘心里明白，她坚信老大家两口子必定和他们老两口一样，一辈子都不会从野狐沟里走出去。这一辈子都不会。

二娘把老大家的门摊丢在了身后，扑踏扑踏地继续往前庄里走，她也想到老伴和亮子种的两亩玉米地里去瞅瞅，看看玉米行垄里种的大豌豆叫野鸡叨了没。再有什么可看的呢？二娘这样扑踏扑踏地踩着时间，想把日头瞅到山背后去，一天又过去了。

二娘才走到老大家的麦场边上，"扑啦"一声，一只野鸡忽然从另一旁的荒草里惊起来，扇着膀子朝山头飞去了。二娘的心也跟着咯噔了一下，人老了，心跟婴儿一样受不了声气。二娘站定吸了口气，才要往前蹭，好像又听到什么声气，有一声没一声的。

"人啊……"

"人啊，有人不……"

"人啊，有人不？拉我一把！"

二娘听清了，是有人在喊。是亮子大娘的声音！二娘立马屏住呼吸，凝神再听，很快听出声音是从老大家的麦场里传来的。二娘急忙把她的脚趾并紧了，往前凑了凑，屏着气扑踏扑踏地走下老大家的场院坡子，在几个陈年的麦草垛里穿来穿去找人。

有大娘的呻吟和叫唤引着，二娘很容易找到了她。大娘陷在了自家最大的一个麦草垛下，头顶抵在草垛里，仰躺着，两脚直蹬，两手撑地，像极了一只不会自己翻身的叫"死趴牛"的虫子。

"呀！人啊，你好着不？"二娘一阵手忙脚乱，一时不知从哪里下手。

大娘满面的汗污，气喘着说，她想靠在草垛上晒一会儿太阳，再扯些草烧晚饭去。不想躺了一会儿，腰酸痛得自己爬不起来了，咋费劲儿也爬不起来。要不是二娘耳朵灵敏，听到了她的喊声，今儿个非要死在这麦草堆底下了！

二娘也不多话，下意识做了个弓箭步，把左手撑在自己的左腿上，把右手给了大娘，要拽她起来。大娘一只手撑地，一只手拽着二娘的手，用劲想把自己塌着的腰从麦草垛里拔出来。可是大娘的腰身早叫自己压木了，越发没一点气力。二娘也叫安定药吃得软瘫了，哪有多少劲呢？二娘觉得自己就像一片在开水锅里烫过的白菜叶子，软塌塌的，心抽得晃晃的，浑身只是抖。一对老妯娌就在草垛下一来一去地折腾，一个笑骂一个，都成老完货了！笑着骂着，又都溢出了眼泪，满面地流。

“费了多少气力呢？”二娘终于抖颤着身子，汗流满面、泪流满面地把同样汗流满面、泪流满面的大娘的身子拉斜了，把她的半个腰身从麦草垛里扯了出来。大娘喘了一阵粗气，终于翻趴了过来。翻趴下了，大娘也就是个正常人了。大娘趴着走路有一年多了。多年的腰腿疼、多年的糖尿病没有好好治疗，大娘就变成了斯芬克斯之谜的谜面，只能趴着走路。

老妯娌俩抹干了各自满脸的汗和泪。没歇一口气，大娘又趴近了草垛扯草，要束一小捆回去给她和老伴烧晚饭。家里儿媳妇用过的电磁炉大娘不会用，只有烧陈年的老麦草了。二娘看着大娘扯麦草，就搭手帮她扯了一捆，又帮她抱到家里去。二娘弓腰塌背地抱着一束麦草扑踏扑踏地往场坡子上爬。大娘四肢着地，跟在老二媳妇的后面，老妯娌俩好像一辈子都没这么贴心过，这么好过。

二娘迈进老大家的门槛时，已经是满院子的阴凉，房梁早把日头遮不见了。日头该是快吊到山畔畔了吧，二娘忙着帮大娘，都没记得看一眼。院子里照样死寂，像是几年没住过人。二娘原本打算问一句亮子大爹干啥去了，看她的老嫂子正吃力地跨门槛准备进来，就忍住了没问。再说野狐沟老一辈的男人年龄多大了都是闲不住的，那些个留下来的不多的老汉，只要胳膊、双腿能动的，都可着劲儿非要种几亩地。亮子的大爹今年照样一个人种了一大片的玉米和洋芋，和亮子的爹一样，虽然动作慢得跟老牛一般，照样天天在他的地里钻出钻进地不停歇。

二娘替她的老嫂子把麦草扔到了灶火门上，就急急地说："亮子她大娘你做饭去，今天我也要回去给自个儿和亮子她爹下面。大女婿哮喘犯了，亮子到城里要照顾他几天才回来侍候我们俩。"

大娘听了，就"唉"了一声，说他二娘这些年有福了！说他二娘心急的病是害上了，虽说儿子忙，顾不得照顾，但几个女儿轮流照看，有人做饭，有人洗衣，少受多少罪！说不像她和亮子大爹，有个两儿子也不顶事。一个在新疆，一个在内蒙古，领孙子的领孙子，打工的打工，只撇下他们老两口，离野狐沟不知有多远！三个女儿也都像雀儿一样飞到了各庄，各有各的难处，各有各的日子要过，说留在家里的两个老人就只有受不了的罪……大娘说着说着，又揉她的迷迷糊糊的眼睛。二娘自从害了心急病，最见不得人伤心难过，心里像拧疙瘩一样难受，就赶紧撂下大娘说："娃都是身不由己，我们糊弄一顿是一顿，活一天是一天，有啥愁的？日头快跌窝了，都快做饭吧，两个没牙的老头子，一碗软饭也得在嘴里搅缠半个钟头哩。"二娘边说边走出了大娘家的厨房，扑踏扑踏地赶紧朝家里赶。亮子不在，一顿饭也能把二娘愁倒了。每次几个女儿轮换照顾她老两口出现替补空档时，孩子们都会把面条提前给她压好了，菜炒好了，搁在冰箱里，她只需要自己下个面。即便这样，每次下面，二娘不是忘了调浆水就是放了两遍盐。安定药把她的脑子变得糊涂了，前提后忘的，没了一点记性。老伴吃着二娘下的有盐没浆水的稀烂饭，一张老皱的脸皱得越发厉害。一辈子没进过厨房的二老汉，只好在二娘下面时站在一旁督工："盐已经放过了！调浆水！饭面子——娃炒的韭菜末子还没调，老婆子！"老伴俩好好配合，一顿饭才能端上炕桌。

二娘气喘吁吁地扑踏到自家敞开的门口，见老伴正弓着腰勾着头急急地往外赶，就大着嗓门喊住了。耳背的二老汉闻声抬头，立马狠狠地瞪了二娘一眼说："你又跑到哪里去了！我才准备到咀头上找你！"

二娘一听也火了，也气哼哼地说："我是个人，又不是木头！哪里都不叫去，成天给人吃药，只让睡死吗？"

二老汉耳朵虽不好使唤，但见二娘也急了，立马又展开了皱脸，折回上房去，一边还自言自语地咕哝，说他是怕二娘心急，自个儿又到山洼上胡跑咧，老胡跑，人才这么操心哩……

二娘也不和老头子说她在麦草垛里拉大娘的事，径直扑踏扑踏地进了厨房。日头该是快跌窝了，阴面的厨房开始罩了一股子黑凉气。都快立夏了，这野狐沟陷在一个阴窝窝里，一年四季比别的庄子不知要冷多少。阴坑冷窖一样的庄子，除了夏季，人大多时候都皱巴巴地缩着身子。尤其是老了的人，更禁不住凉意。

二娘打开了冰箱，冰嗖嗖的白气趁机赶紧往外逃。二娘抓了把冻成粉条一样的面条，打了个冷噤，赶紧关上了冰箱门。

二娘虽叫安定药吃得糊里糊涂的，但照样比大娘能干许多。这是她在城里带了几年孙子的长进。大娘不会使唤儿媳妇的电磁炉，二娘就会。到二娘自个儿做饭时，她也想扯一捆场里的陈年麦草来烧。堆了多少年的草了，又没个牲口吃，白白叫雨水下黑了，下烂了，也不让当柴烧，多糟蹋！但儿女们嫌烧柴草又脏又麻烦，硬是要使个电磁炉，也硬是不让二娘烧柴。二娘不能自食其力了，就让大家管住了。除了不让她在灶火里烧柴，还不让她填炕，让用电褥子。管得最厉害的，是不让她心急了满野狐沟里转悠。在这一点上，不但几个儿女把她照看得很紧，就连老伴也成了孩子们一伙的。这还不算，他们还天天给她吃药，让她安安生生的，不到处胡跑，好像只有她睡得踏实，他们才安心似的。

二娘一边想着自己身上这些可气的事，一边摁了电磁炉的按钮，一会儿又见着锅底滋滋地冒黑烟，这才猛一惊，赶紧在桶里舀了一马勺水倒进锅里。锅吱哩哇啦乱叫了好一阵才安静下来。二娘就叹了口气，也不生气了，觉得真是自己不中用了。想想大娘成天趴来趴去的，也没个着落，好在自己还有几个孩子隔三岔五地轮流照料，该是少受了不少苦。

水吱吱叫着的时候，老伴适时到厨房来督工。二娘还生着二老汉的气，脸便绷得紧紧的。二老汉则笑笑说："她娘，冰箱里娃炒的韭菜末子还没拿出来哩！"

两个人的两碗面咕咚咕咚终于熬烂了，一人一碗端到上房里去吃。二老汉断后，一只手颤抖着端面，一只手拴了厨房门。做一顿饭的工夫，天就全黑了。天黑的时候人最容易看不清。两个人就深一脚浅一脚地慢慢走过了上房台子，二娘斜着背蹭开了门帘进去，把碗放在炕桌上，又帮后面的老伴揭门帘。

二娘拉开了上房的电灯，玻璃窗外的院子一下子比照得黑哇哇的，夜全来了的架势。

二娘的一碗面早吃完了，老伴才吃了碗的上圈。二娘的牙口比老伴的好。二老汉满嘴没一颗牙了，面是用上下的牙花子慢慢夹烂的。能夹多烂呢？无非是胡乱地磨着牙花子走个过场。已经煮得稀烂的一碗面，即便在二老汉的嘴里走个过场也得费去不少时间哩！

二娘照样蜷着双腿，将两只手压在她的屁股下，有事没事就在炕上摇来摇去地呆坐着。忽然大门吱嘎响了一声，接着又哐当哐当地响。

二娘跪了起来，拽过炕墙上的灯绳拉着了路灯，朝玻璃窗外一觑，就见大娘刚刚跨过她家的门槛正往里来。

她大娘怎么这一夜来了！

听二娘自言自语着什么，二老汉端着碗正要问，就听院子里大嫂子已经喊开了："亮子她娘，赶紧叫老二过去一下，亮子他大爹像是不行了！"

二娘听清了，赶紧给老伴大声重复了一遍，老二一下子弹了起来，三下两下溜下了炕，鞋后跟也没提，就奔出了上房门，疾步奔向隔壁的老大家去。

二娘也顾不得往回折的大娘一路上黑咕隆咚的怎么个趴法，趿拉着她的拖鞋扑踏扑踏地紧追着老伴，撞天撞地地往老大家奔。

二娘进了老大家的上房门，二老汉已经趴上了炕，正跪在他大哥的脸前一愣一愣的。二娘明明白白地看见，大老汉的头和上身倚靠着炕的后墙背，两膝弓起，端正地坐着。他的眼大睁着，嘴大张着。他右手的炕上，还整整齐齐地放着他的老烟瓶和旱烟袋。

老二伸出一只手在老大的鼻子和嘴的前面悠悠地晃了几个来回，耳朵挨在老大的胸部上贴了好一阵，又捏着老大的一只手腕搭了老半天的脉息。

"走了！早走了！"老二平静地说，叹了一口长气，腰更萎了，又呆愣了一刻，就用一只手轻轻地抹了他大哥大睁着的眼睛，抹了好几遍，老大的眼睛终于阖实了。他又用手去抹那大张着的嘴，费了好大的劲，那老人的嘴还是半张着，怎么也闭不了。

老二就朝趴在地上一声不吭只管发呆的大娘说："老衣在哪儿放着？取出来咱给穿！本来趁人活着时就要给穿上的，哪能死了再穿？……"

大娘这才"嗷"的一声哭开了，叫骂着："这老东西，我下了碗挂面叫吃哩，吆喝了半天，死人一般不见应承。我趴进上房一看，他就这样坐着，叫也不喘，拉也不动！这老东西，下午我到场里麦草垛下晒太阳前，他已经挑着粪笼子到洋芋地里去了，还好好的，不知啥时爬到炕上的，现在成这样了！这老东西，不言不喘，先撇下我自个儿走了，倒会享福！这老东西……"

耳背的老二听不下去了，就吼了他大嫂一声说："赶紧把老衣找来，穿上都来不及了！都七老八十的人了，迟早都有这一天的，有啥哭喊的?！"

大娘就止住了号哭，费了半天劲，趴上炕，在老木箱里乱翻，半天总算找出老衣给了老二。老二的腰本来像把弓，也是七八十岁的人了，没一点气力，算上大娘和二娘，三个加起来二百多岁的老人，七手八脚的，对一个早死硬了的老人愣是没招。三个人不知折腾了多久，别说穿老衣，亡人的旧衣服脱也没法脱干净，就都哈哧哈哧地喘气，不知往哪里使力，不知该生谁的气，不知怎么办才好。二娘提议再叫些人手帮着穿衣服，二老汉就熊她说："你说叫谁？庄里平时就剩下五六户人，老三两口子的二儿子在县上做手术，进城几天了，你不是不知道。上庄的刘家老两口前一晌也进城照顾孙女去了。庄顶头张三留下的孤老婆子，自己走都走不稳，叫来能帮上忙？”

二娘还想说邻庄的野茅沟不知有人能帮上不，怕老伴又呛她，话没敢出口。再说，说也是白说，三更半夜的，凭他们三个残弱老人，哪里方便出门再找几个人帮忙哩？

二老汉缓了半天，回过神来，想了想，就让二娘赶紧去家里取他的手机，先打电话给他的儿子旺生，让旺生赶紧从县城赶回来，料理这一摊子事。

二娘扑踏扑踏地摸回去取来了手机。二老汉抖抖索索半天才找着儿子的号码，打通了旺生的电话，让他这会儿就开车回来，想办法给他大爹穿老衣，落草。还让他打电话明儿一早叫邻庄的阴阳先生来，再打电话让他大爹的两个儿子明早赶紧从新疆和内蒙古往回赶，让他大爹附近各庄的女儿这会儿就往家里赶……安排妥帖了，二老汉又一遍又一遍地叮嘱儿子说，反正老人已经殁了，黑天半夜的，路上开车急不得，慢慢回来就行。

电话打完了，三个老人一时没了事干，也都折腾乏了，就在炕上各处歪着。走了的老大被他们仨东一把西一把地翻弄了大半天，也没啥大的变化，依旧倚着炕墙，斜躺着。老大的眼闭着，嘴半张着，一副比他们三个还安详的样子。这情状倒像是四个老人坐一炕闲聊，都困了，正打盹儿的打盹儿，东倒西歪的东倒西歪。

没有星月，野狐沟的夜就像锅底一样黑透彻了，四面低沉地扣着。白天里四处“咯，咯咯，咯咯咯”叫的野鸡，不知到哪里歇息去了。布谷鸟睡着了，连路边野草里的各种虫子尖细的啾啾、喳喳声也没了，更没有狗或猫的叫声来打破夜的死寂。野狐沟的玉米、洋芋和地边的柳树、槐树睡着了，连野狐沟的所有荒草也睡着了。野狐沟在夜里就是这般死寂死寂的。要是在往常，野狐沟的老人总是最先睡着的。

只是，这一阵，在一个老人悄悄去了的夜晚，在野狐沟，有两个屋子发着好像不属于这个世界的微弱光亮——二娘家忘了关掉的屋灯，四个老人正歪坐着的这一屋的灯光。

还要等待多久呢？在野狐沟浓茶一样的夜晚，没有人会从这微光中走出来，也没有人一时半会从外面走进去。对于野狐沟里面和外面的人，那夜晚，是多么黑、多么远啊！

流徙记

小 孩

村庄的小孩不在村庄。

村庄的小孩在城里的各个学堂。村庄的小孩不但自己迁徙到了城里，他们还拉扯人。他们把本来不爱待在村庄里的妈妈拉扯到城里，或者把只爱留在村庄里的爷爷奶奶拉扯到城里。

村庄里的小孩因为不在村庄里长大，所以他们长大后，有一样和城里的小孩是一模一样的，那就是他们和城里的小孩一样四体不勤、五谷不分。

狗

村庄里再没有那种叫“土狗”的大狗：耳朵耷拉、尾巴卷翘、体量不小、步伐矫健。

村庄里的狗远远没有以前多了，不是家家户户都养狗。偶尔有几只，是各种袖珍的、叫不上名字的品种，也不被铁链拴着，只跟着主人或独自散心。有时在门坡上和巷口吐着舌头趴着，有时在园子和地头心不在焉地张望着。狗不看门了。村庄里也不再来乞丐和卖货郎了。偶尔来个用瓜换粮食的，开着呱嗒嗒的大三轮，比填炕的推耙大不了多少的狗也不敢吱声，就在一旁看好戏。

各种各样的狗在城里驻扎。有比猫还小巧的；有比老鼠还苗条的；有在夏天蓬头垢面，一身一脸长毛绣成毛毡的；有毛卷得比女人的烫发还拉风的。狗在城里扎根落户和没有计划地生育。城里的狗势力很大，它们根本不愁吃喝，许多垃圾场里各种来路不明的食物和四通八达的城市布局让它们的生活很是滋润惬意。

狗在城里过得有滋有味。有时，它们三五成群地在街头随便就召开个临时性的“常务会议”；有时，它们在斑马线的一头比人更有耐心地等着绿灯亮起；有时，它们在半夜里对街上的几个酒鬼趾高气扬地狂吠。

猫

猫在村庄里也不多。不多的猫在村庄里成了吃软饭的，人在它的锅碗瓢盆里盛满了稀烂饭和水。猫好像忘记了它抓老鼠的本能，也可能和村庄里的老鼠达成了和平共处的“国际协议”。少有猫不抓老鼠的，但此一时彼一时，村庄里仅存的几只猫，对现今村庄里的老鼠不只是睁一只眼闭一只眼，基本上是视而不见，听而不闻。

猫在城里只比狗少了一点点，也可能势均力敌，只不过没有狗招摇罢了。多数猫也啃垃圾，胡吃海喝，野游，妖声妖气地叫。还有一些显得尊贵的，和一些有福气的狗一起，养在宠它们的人家。天天洗澡，有各种应时的衣服，常常被带出去遛弯和散步。吃撑了就打个盹儿，和主人在一间屋子或一个被窝里睡觉。

总之，猫狗都不干它们以前在村庄里干的营生了，几乎集体转业，差不多全是“城镇户口”。

鼠

最坚守本分的是鼠。

老鼠尽量留在农村，一直干着它们偷鸡摸狗的本行。家鼠的本事愈发见长。以前它们打土洞，有骂狡兔三窟的，其实随便一只平庸的鼠就不知打了多少洞。先前屋子里到处是它们的天下，土炕也被它们跑遍了，到处冒烟。现在，它们对付的是水泥和砖头，不知比土硬实了多少，它们照样在这些水泥砖头砌就的村庄里无处不去，无处不在。有留在村庄里的人们的吃的，就不会少了它们的一粥一饭。

水泥砖头奈何它们不得，猫放弃它们了。村人寥落的鼠夹让它们嗤之以鼻。再没有新的天敌让它们抱头鼠窜。

村庄里人少，狗少，猫少。偌大的村庄总得被什么霸占着，老鼠就在村庄里横行天下。

麻 雀

真正在村庄里待不下去的是麻雀，这是早就有目共睹的事。

村庄里虽然还种着什么，但都不是麻雀的小小嗓子眼所能降服的：玉米和豆籽粒过大，胡麻籽包裹得太严实，挂在枝头的大果子和埋在地里的洋芋就更别提了，这些都不是它们的菜。

再说，村庄里各种作物上的农药差点让它们被灭了九族。麻雀也就到城里来了。猫和狗到城里是来享福的，麻雀本来是逃难来的，没想到一来也享福了。城里人往垃圾桶里倾倒的东西，漫流在外的就够它们祖孙三代活命。

自从狗、猫、麻雀成了城里的新生代，你倒是想不起，这城里的土著民原本是谁了。

野 鸡

村庄里以前极少，新近代替麻雀在村庄独步天下的，是野鸡。

野鸡扑棱扑棱翅膀，靠着它的一张又长又硬的嘴走天下。它的嘴特别能剜：种子刚埋进土里，它不用三两下，只一下子就将种子剜了出来，咕噜咽了，农人就得重新下种。它的嘴又特别能啄：庄稼的叶子长得又绿又大的，它几嘴就啄得千疮百孔。

农人们会被野鸡气坏。他们穿旧的正愁没人可送的衣服，就让木棍棍们穿着呆呆地站了一地。不知野鸡们哈哈笑了没，它们照样该剜时剜，该啄时啄，只是没有落在木人们的肩头上拉屎，算是给气急败坏的农人保留了最后一点面子。

鸡

村庄里暂时留下来的，鸡也是其中之一。不多，就几只。公鸡娃长大了，就叫杀了吃肉。村庄里没了在三更、四更、五更打鸣的大公鸡，先前一些呆头呆脑的才学打鸣的小公鸡在大中午打鸣的声气更没了。没有了公鸡们的吵嚷，村庄哑了一半。

几只母鸡表面上是养来下蛋的，实际差不多是给人解闷的。村庄里留下的出气的东西越来越少，鸡也稀缺。鸡总是战战兢兢的，但总受到人的呵护。一只鸡在村庄里的任何地方转悠，所有人都故意避开，不像以前“嗷食嗷食”地喊它或扛着老扫帚赶撵。既然鸡在村庄里像孔雀一样稀有，大家就都试着将它们留下来。

牛

牛还留在村庄，都在牛栏里。有时是三两头，在某个人家里养着；有时是几百头，在一个大场子里养着。

牛仔在一格格牛棚间忙碌，牛百无聊赖地反刍着那些被精心研磨过的合成饲料。不管是牛还是牛仔，终其一生，再没有到大片大片的草地上去过。

牛被拼命地喂肥、喂壮。不是让它们有更大的气力去犁地，而是被宰时能卖到更好的价钱。

驴、马和骡子

驴和马在村庄里彻底消失了。驴原来多是从凉州一带被赶来的，后来的都是近亲繁殖的。马最初可能来自草原吧，庄子里偶尔有几匹，是从农业社分到各家的。随着马和驴结亲，就有了马驹子和驴驹子。后来没人注意，驴和马不知啥时在村庄里消失了。既然没了驴和马，它们的儿子——骡子当然更没有了。

地照样要犁的，用的是机械。没了牛、马、驴、骡等大牲口踩踏的村庄，各条路上自然没了大坨的牲口粪要人去抢、去拾。牛一辈子把粪屙在牛栏里，踩在自己的脚下，不定哪一天出栏，被运到叫屠宰场的地方去。

稀稀拉拉的猫、鸡、狗让村庄哑了一半，再没了牲口的大声叫喊，村庄彻底哑了。

老 人

老人是村庄最忠实的留守者，和村庄一起静悄悄的。

有时，他们拄着拐杖在村口漫无目的地瞭望。有时，他们在日头下面打盹。有时，他们在山坡上铲几把白蒿。有时，他们在洋芋地里拔草。

有时，他们背靠在上房的炕墙上已经去了，眼还睁着，嘴还张着。是老伴端了饭进来发现，才叫了隔壁别人家的老人来。隔壁的老人费了好大的劲儿，才将那已经去了的老人的眼皮抹下，将他的大张的嘴合上。

有时，殁了的人的后代第二天从外面各处奔来，叫了几个庄子的老人帮忙，才将去了的老人埋到土里。

入土为安的老人，算是一直留在村庄里了。那一垄一垄的土堆堆，就会一直守望着村庄里所有所有的往来流徙……

走着的顺子

顺子将三轮车发动起来的时候，是清早的五点。

香香也不到四点就起来了，给顺子和两个儿子烧了几只荷包蛋，只有顺子吃了一只。梦春闭着眼睛在摸着系他的花裹裹纽扣。丑童还在奶奶的怀里扭成一团唔唔地哭，嚷着瞌睡死了，整得奶奶半天也不能把棉裹裹的一个袖口给他穿进去。香香端来的荷包蛋在箱盖上冒着的热气越来越没气力，奶奶一个劲儿地叨叨："梦春，快，快穿上吃鸡蛋去！都凉透了。丑童，你听话呀，奶奶给你穿衣服，穿上吃鸡蛋去。啊？这么瞌睡就不去城里了，不上幼儿园了，行不？啧啧，小祖宗！"

娃的爷爷帮着顺子把洋芋、面粉、粉条、包包菜、馍馍褡褡等乱七八糟的东西都放了半三轮车了，丑童和梦春的衣服还没穿好。

顺子进来吼了一声："梦春，丑童，不报名去了吗?！"

梦春闭着的眼睛猛一下睁开了，丑童也不敢再支吾。香香将荷包蛋端到两个儿子面前的时候，娃娃们谁都不肯吃。

"不吃拉倒！"顺子撂了一句，甩开门帘出去发动三轮车。

香香给梦春又加了一件顺子前几年穿过的棉裹裹，把自己那件过年买的新棉衣给丑童穿了。娃的奶奶找来两个头巾，把两个孙子的头和脸裹得只露出了眼睛。两个孩子就被"武装"成了小包子，只好由顺子一个一个抱着放进三轮车，在面袋子、洋芋袋子上坐了下来。香香是最后上去的，想把两个娃揽在自己的胳肢窝里，可哪能呢?娃包裹得厚，香香又是那么瘦小的一个女人。

顺子的三轮车突突地开动了，娃的奶奶还在后面踮着脚嚷着："娃娃啥都没吃！"

初春五点的山里，还黑乎乎的。黑乎乎的黎明被顺子的三轮车灯划亮了一道。那一道过去，山路重新黑了。顺子的三轮车转了个弯，上了柏油路。娃的爷爷和奶奶看不见顺子的三轮车忽闪忽闪的亮光了，就从山咀咀上往回摸。往回摸的时候，心里空空的。奶奶还在一遍一遍地念叨："娃娃啥都没吃！"说着的时候抹了几把眼睛，可黑乎乎的，娃的爷爷没看见。娃的爷爷是个话少的人，一路上啥都没说。

顺子的三轮车在山岭的柏油路上突突地飞，撵着天亮一定得进了城，不然被交警挡住了，是要被处罚的。

顺子的三轮车突突奔进的时候，正月的凛凛的风就扇到了他的脸上，灌进了他的脖颈，他自个儿呵出的气很快在眉毛上凝成了浓霜。冷风也把护着两个幼崽的香香吹得东摇西晃，两个娃不住地在她的胳肢窝下喊冷。

顺子不觉得刀子样的风在耳边嗖嗖地刮，却喊着对后面的香香说："把娃护紧了！叫钻到你的怀里去。"

香香实在是个单薄矮小的女人。两个儿子也不是羊羔子了，梦春三年级，丑童也上了幼儿园中班。一个崽子在她的怀里都钻不下，两个就更揽不住了。娃娃即便穿得像僵了一般，却还是一个劲地嚷冷，嚷脚冻得疼。

香香就说："把脚跺一跺，忍着！要念书，不受罪哪能行！别人家的娃娃还在城里上不了学呢，要不是你大妈妈……"

三轮车转了一个急弯儿，香香的后半句话就被车颠了去，被风掠了去。

三轮车从山岭的柏油路上下来了，在平路上行走就稳当多了。梦春、丑童也哆嗦得轻微了些。香香就把她那被车颠了去、被风掠了去的后半句话重新捡了回来："要不是你大妈妈给你们转学，你们哪能在城里上学！要好好念书哩，孩子！"

握着方向盘的顺子，任婆娘给娃娃们叨叨，再没有吭声，直到三轮车进了城。

到了他们租的房子，天才有蒙蒙亮的架势。顺子又一个一个地把孩子抱进了屋子。冷了一个假期的租屋，再怎么着也比三轮车上暖和多了。香香帮两个孩子一个一个地解衣服，收拾屋子。顺子挪腾三轮车上的东西。天大亮了，一切也都收拾妥帖了。

顺子说："过会儿，我领两个娃娃报名去，你去找年前问过的那个老板，人家要是需要，明儿个你就去摘毯子。娃娃名报上了，我要给梦春大妈妈送粉条和洋芋去。"

丑童、梦春在城里上学已经是第二年了。城里的学校办得肯定比乡村的学校好，娃娃上好学校，将来的出息肯定大些。顺子这样想着的时候，就鼓起了劲去找在城里上班的梦春的大爸爸和大妈妈。顺子和梦春的大爸爸是一块长大的堂兄弟，但孩子转学的事，梦春的大妈妈帮忙该容易些，梦春的大妈妈正好在县教育局工作。只是那女人平时冷冰冰的，顺子甚至有点怕她。但在孩子转学的事上，顺子啥都不顾忌。

梦春的大妈妈听到顺子要把两个孩子转到城里来上学，很不可思议："两个娃娃转到城里上学，谁管呢？你不出去挣钱了？家里的农活不干了？"

顺子怕梦春的大妈妈不帮忙，就一口气说："这我都想好了。家里他爷爷奶奶还能务庄农。租个房子，香香在城里给娃做饭。我在工地上干，晚上还可以骑摩托回去帮老人干些农活，另一边还能关照娃娃的学习，香香一个字不识。我留在县上干，就是工钱低些，不打紧的，啥都没娃娃念书重要！"

梦春的大妈妈就一个劲儿地说："你可想好了！虽然现在农村人专门陪孩子在城里念书的很多，但咱们那山沟坳的状况，这可是连根拔呀！两个孩子要在城里上多少年学，你算了没？两个老人还能苦几年，你想了没？上下几摊子顾不顾得住，你考虑了没？”

顺子就一个劲地说：“都想了，都想好了。不管咋的，娃娃一定要在城里上学，一定要在城里上！”

梦春的大妈妈后来就一声不吭了，让顺子再想想，等开学了再说。

顺子等开学的那段时间等得心焦。直到开学前一天，梦春的大妈妈的电话才来了，还在问：“你到底想好了没？”

顺子有些焦躁，就说：“早就想好了，不需要再想！我都把租的房子看好了，就等你的话了！”

梦春的大妈妈，那个一直很冷的女人，苦笑了一声，挂断了电话。

第二天，梦春的大妈妈又来电话了，是顺子一夜都在等着的电话。

就因为梦春、丑童上学的事情，顺子和香香两口子，把梦春的大妈妈看成了恩人。年头节下，总会送去一捆乡里人自家下的粉条和地里刨的洋芋，心里才舒坦。虽然梦春的大妈妈未必稀罕这些。

顺子给梦春的大妈妈送粉条和洋芋回来，忙着教梦春给自己包书皮，一边又和香香说：“工地上还得过段时间才开工，我先回去往地里送粪，干几天活计，你摘毯子回来要把梦春、丑童看好，叫他们不要在学习上偷懒。”

吃完晚饭，天渐渐变黑。顺子又开始发动他的三轮车，要乘着天黑，交警不挡的时候回去，帮老人再囫囵地干几天农活。娃的爷爷和奶奶都七十多岁了，到春种的时候，两位老人再怎么卖力，有些农活还是吃不消的。

顺子开着他的三轮车，在山里和县城之间早晚摸黑地走着，别说交警，好多人都不曾在意他什么时候来，什么时候走。

一路奔跑

香草几乎一夜未眠。

女儿燕子的话像针尖一样，戳她的心，又像无形的钝器，击打着她。香草翻来覆去，想是自己错了？女儿错了？还是别的什么地方错了？香草想得头疼，却怎么也想不明白，只好一遍一遍地摁亮手机，一遍一遍地琢磨着她和燕子的微信对话。那些尖锐的字眼一个一个在微光里闪跳，句句像凌厉的判词，一次一次抠挖着香草的心。

“妈，放寒假了，我要和同学去云南旅游一趟再回家。”

“啊？等两年吧！等两年你弟弟高中毕业了，暑假你俩一起去旅游好不好？”

“等等等！年年等！我今年怎么就不能去了？”

“你爸今年没到工地上干，这你是知道的。这两年你爸又一直看病，家里的经济紧张，这你也该知道的。等两年吧！再等等，等一切好些了……”

“我不用你们另给钱！我会省下伙食钱。伙食钱你们总得给我吧！”

“怎么能省饭钱呢！不吃好，身体怎么行！燕子，等情况好些了，我们一定支持你去旅游啊！”

“吃吃吃！就知道吃！你们的层次能不能提升一点啊？从小到大，我听到你们的嘴里天天说着吃吃吃。听到你们一直教诲我说咱是农村人，穷！这也不能干，那也不能干！农村人怎么了？农村人难道就不能享受生活吗?！”

“燕子，可能你说得对，可是……”

“好了，旅游的事先不说了，那我买个单反相机总行吧？”

“单反相机？得多少钱啊？不是上学期才换的手机吗？新手机的像素，照相应该可以啊！”

“又提手机！就因为要求换了个手机，不知遭到你和我爸多少刁难……不说这个了，一说更来气！但是你懂吗？我要学摄影！摄影艺术你懂吗？摄影艺术不是用手机照相那回事，得用专业的相机好不好！”

“哦。非得要单反相机吗？燕子，买个单反相机得要多少……钱啊？”

“钱钱钱！你只认钱是吧？但你知道我这两年在学校里是咋过的吗？别人眼中的我有多惨你知道吗？你究竟给了我什么？是让我会跳舞，会唱歌，会画画，会弹琴，还是给了我一个好身材？从小到大，你们除了给我灌输自卑和贫穷，就只会让我一声不吭地学习、学习。除了让学习，你们还给了我什么？”

“我……”

“真是越说越气人！旅游的钱，买相机的钱，给不给随便！明确跟你说吧，放寒假我不回家！哼，以前我只要犯一点小错误，你和我爸动不动就威胁我，让我别回家！现在好了，我终于可以反过来选择不回家了！是我自己不愿意回家，而不是你们不让我回家！”

“啊啊，燕子！放假了怎么能不回家呢？明天，我就给你打钱！民政局给你爸大病救助的钱，卡上还剩两千，明天我全给你打来。除了买车票，剩下的钱，你上回说的，想买的那件新款棉衣和小白鞋，应该够买了。”

“嗤！新款棉衣和小白鞋算什么？你别拿这个哄我，反正，我不回家！不说了，烦死了！我要睡觉！”

“燕子，可能你说得都对，可是……”

……

女儿燕子的种种怨怼，像沉重的夹板，压得香草喘不过气来。就像燕子说的，这些年似乎真有好多地方对不住孩子，没有为孩子做到的事情也很多。可回想自己多年和丈夫像举重运动员一般，每一天、每一刻的艰辛，就算再怎么努力，也没有余地为孩子做得更多更好了，大概只能做到这个地步。想来真是打击人啊！当初，燕子在村学里读书，儿子鹏飞还小。丈夫虎牛在内蒙古打工，每年直到腊月才回家，挣回一家人一年的花销用度。香草一年四季和公婆在山里一边种地，一边照管孩子，苦累是苦累，但毕竟是山里人的本分，日子倒也还过得去。燕子读书有灵气，在班里的八个孩子中一直是学习最好的。虎牛看着心欢，竟下定决心要让两个孩子到县城上学，一趟一趟地找在城里上班的亲戚帮忙，几番周折，竟办成了。那时专门进城上学的乡下孩子还极少，虎牛的思想算是很前卫的了。燕子成了县城一所重点小学四年级的学生，儿子鹏飞也进了县幼儿园。自此，租了房子，一家四口都进城了，只剩两个老人留在山里继续守着他们的田地。虎牛也不到内蒙古去了，在县城的工地找了活干，小城的工钱虽然比内蒙古低了不少，但一边帮着香草照顾孩子，一边抽空照料老人，毕竟方便了些。香草要给孩子做饭，只能在地毯厂里干钟点工。自此，小夫妻俩像被鞭打的陀螺，轮转得飞快。每个周末，香草都要骑摩托回乡下帮公婆干两天农活，再带些地里产的菜蔬回城。除了深冬，虎牛很少有休息的时候，香草回山里干活的周末，虎牛必须乘夜给他和孩子准备白天的饭食。每年的麦收季节，工地散工后，虎牛一连好些天得直接骑一个多小时的摩托赶回乡下，即使在没月亮的夜晚，也会在车把手上拴了矿灯，帮年迈的父母把麦子拉上场，第二天一大早又摸黑赶回县城。十几个春秋，小两口年年像晕头转向的陀螺一样混转着。

香草想着，在暗夜里叹了口气。苦算什么呢？苦对香草和虎牛来说，从来都不算个事。最叫香草和虎牛心里苦的，是两个进了城的孩子，并不能顺着他们的心愿，长成他们想要的样子。

女儿燕子上小学的几年，学习成绩一直让香草和虎牛放心。这个初来乍到的乡下孩子，一边怯怯地观察和感受着城里陌生的一切，一边铆足了劲只顾学习。在六七十个孩子的大班级里，燕子保持着前五名的学习成绩，一直到小学毕业。尽管在别的孩子上各种艺术辅导班时，经济一直拮据的香草和虎牛看着眼热心慌，但一想到燕子可喜的学习成绩，他们的心又安放到了胸膛里。

要是，要是女儿燕子一直那么乖该有多好！香草翻了个身，心头一阵钝痛。上了初中的燕子不知不觉开始变了，常常缠着香草要买新衣服，喜欢长时间逗留在租屋墙上的半面镜子前，周末假期也很少去泡图书馆，常常和三五同学约出去玩。燕子的学习成绩一天一天下滑，家长会上，香草成了班主任会后留下重点谈话的家长之一。香草和虎牛的心里着了火，父女间、母女间便常常“火并”。可是叛逆的燕子软硬不吃，越管越逆反，香草和虎牛除了束手无策，又能怎样呢？

香草又翻了一个身，头疼欲裂。想起燕子第一年高考，刚上四百分，能有什么好学校可上呢？香草和虎牛只有咬紧牙关，让对读书越发排斥的燕子再补习一年。可补习一年又能有多大长进呢？到头来还是四百来分，只好选报大专。燕子嚷着要去北京，说是世面大，念书是一半，见世面更重要。香草和虎牛大半辈子在世面极小的地方蜗居着，想不清这些，只好由着燕子的意愿，让她去了世面大的北京上学。北京的世面究竟有多大，香草和虎牛从未去过，也无从想象。只从燕子每学期高额的学费和各种花销中，感到难以承受的经济压力。要是像前几年一样，虎牛的身体没毛病，一年到头的工钱倒也能够勉强应付一家老小的正常开支。但自从虎牛病了，住院治病又不能干活赚钱，加上燕子到北京上学每年的各种支出，经济困难开始成为香草和虎牛最大的困难。输掉了燕子的学业，香草和虎牛觉得人生已然输掉了一半，开始怀疑当年留下年迈的父母，举家进城的举动究竟有多大意义。虽然燕子的童年是在乡下度过的，但十年城市生活的习染，燕子有了和城里孩子一样的消费观念和需求，尤其是上了大专以后，似乎更明显了。香草和虎牛从来不怕为孩子付出和投资，他们情愿为了孩子的未来而穷其一生地努力。可香草和虎牛最怕的是，纵然他们竭尽全力，孩子既没能成才，也没能成人。在将孩子的未来看作全部的香草和虎牛看来，生活中的失败，没有比培育孩子的失败对他们的打击更大了。

要是，要是儿子鹏飞能更争气一些，该有多好！香草努力想让她混沌的思绪消停，努力想回避那些更煎熬人的念头。可怎么回避得了呢？她长夜里的头疼，自觉不自觉地，从女儿燕子又转移到了儿子鹏飞身上。鹏飞从幼儿园开始就在县城生活。要是女儿燕子的童年还有村庄气息的一些熏染，儿子鹏飞则没有麻峡孩子的一点儿影子了。鹏飞完全变成了县城口音。鹏飞和燕子一样，从小没有干过一次农活，不认得好多庄稼。鹏飞当然免不了有城里小孩衣来伸手、饭来张口的生活习惯。要是仅仅这样，香草和虎牛也不至于过分担心。

最让香草和虎牛头疼的是，鹏飞还有好多不良的行为习惯：鹏飞从小学三四年级开始偷偷进网吧，不知从啥时开始学会了抽烟，总是跟那些不爱读书的孩子打得火热。初三的时候，鹏飞掺和打群架，竟然把同学的一颗牙打掉了，道歉赔付不说，还差点被学校开除。鹏飞没能考上县内任何一所普通高中，只能上县城生源很差的职业高中……多么幽暗的长夜！关于鹏飞的所有坏镜头像放电影一般在香草的脑海里穿梭。香草口干舌燥，眼珠子暴突，实在受不了了，她在暗夜中狠狠揪着自己的头发，恨不得拔光，整个人像搁在岸滩上的鱼一样透不过气来。穷孩子富养。香草经常夜里翻手机，看到类似的文章，她总是躲躲闪闪，没有勇气读下去。回过头来细细思量，香草终于隐隐觉悟，她和虎牛在女儿燕子和儿子鹏飞身上，百般努力，倾尽所有，总是想让孩子享受最好的生活条件，再苦再累，也舍不得叫孩子吃苦受罪，可能正是犯了这样的错误，两个孩子才长成了现在这副模样……

想到这个根由，香草觉得整个人又像被霜打了的蒿草，萎靡成一簇。香草听见丈夫在迷糊中一遍一遍地催促，让她别胡思乱想了，糊里糊涂地睡吧。香草长长吁了一口气，极力跟自己说不要想，不要想，想也是白想！极力克制的香草，再一次一只一只地数起了绵羊。

恍惚中，香草觉得自己不知要去哪里，只是一个劲地奔跑在一条非常崎岖难行的小路上。舌头一直在嘴里卷翘着，她在到处找水喝，好不容易找到了，可喝多少水都不能解渴，不管喝多少水，嗓子里照样冒烟。腿肚子打战，浑身酥软，一直想停下来歇一口气，却怎么也停不下来。一直想跑到某个想要到达的地方，却怎么也跑不到头，就一直不停歇地跑啊，跑……

香草大汗淋漓，正气喘吁吁地狂奔着，吃力地呻吟着。恍惚中，香草觉得身边的丈夫猛然摇了摇她的肩头，大声地唤她："香草香草，醒醒！醒醒！香草，快醒醒！你靥住了！"

香草浑身被汗浇透了，迷糊的头脑渐渐清醒了过来，身体慢慢放松。是丈夫虎牛听见她正在梦魇里挣扎，故意将她摇醒了。

"虎牛，我梦里喊什么了吗？"香草摸摸汗涔涔的额头问丈夫。

虎牛半天没作声，却在被窝里窸窸窣窣摸过来一只手，半天找见了香草的一只手，抓住了，直往自己左侧的胳肢窝里拽——香草猛不丁打了一个冷战，一下子醒透了，几乎是弹坐了起来。她惊问道："虎牛，你？"

虎牛长长地"唉"了一声，再不吭声。

香草从虎牛的手里挣脱了自己的那只手，在床上蜷坐成小小的一团。香草用两只手，紧紧地抓着自己湿冷的头发，死命地拽。

半晌，香草重新趴下了，偎近虎牛左侧的胳肢窝。虎牛又长长地"唉"了一声，在黑暗里将头别到了另一边，安静得没一点声息。

香草害怕极了！她的一只手抖颤着，顺着虎牛的肋骨试探着往上摸，又极度不敢往上摸。香草宁愿时间凝固了，让她的手永远停留在半路上，她的手，打死也不想再往上移动了！

是有多久呢？香草觉得自己的手，忽然间决绝地扑了上去，不，是奔跑了上去！香草该有多后悔啊！两年前，就是香草那只莽撞奔跑到虎牛胳肢窝的手，清清楚楚地摸到了一个可怕的东西！一个可怕的像杏核儿一样的东西！现在，照样是香草这只犹豫不决的手，忽然间又疯了一般奔跑了上去，香草就又一次清清楚楚地摸到了一个可怕的东西！一个可怕的像杏核儿一样的东西！

"……像医生说的，又复发了吧！"虎牛终于作声了，声音冷得像深冬里的麻峡河上的冰碴。

"怎么会？怎么会?！"香草忽然间像疯了似的，用两只手在虎牛的身上乱捶乱打，"虎牛啊虎牛！你还让不让人活了！让不让人活了！"

香草嘤嘤地哭了，最后又啊啊地哭喊出来。虎牛倒是平静极了，赶紧用一只手捂了香草的嘴，轻轻地说："别闹了，小心鹏飞听见！天马上亮了，娃还要上学……"

娃上学！娃上学！这些年来，就是因为将娃上学看成比天还大的事，香草和虎牛才选择了更艰辛的生活之路，离开了老人，忽略了自己。这些年里，香草和虎牛为了尽量缩小两个孩子的生活条件和学习条件与城市孩子的差距，总是有一分力使十分力，将黑夜当白天，将一身的力气当用不完的本金，一路重负，一路狂奔。苦累对香草和虎牛来说，从来都不算个事，什么事都不算。可眼下，虎牛这病……香草像一摊稀泥一样，整个人软瘫了下来。刚刚触到的虎牛腋下再度长出来的那个瘤子，像一颗无边黑暗中飞射来的子弹，瞬间击中了香草，击碎了她的心，碎裂成无数片，血肉模糊。前年年底才做的摘瘤手术，也化疗了四次，医生说发现得还算早，术后要看发展的情况。虎牛术后的日日夜夜里，香草一直惶恐，一直心怀侥幸，一直回避……她哪里会想到，这才过了一年多，那可怕的东西这么快又长出来了！

香草想起电视中看到的，丛林中那些弱小的动物狂奔着，试图逃离那些令人绝望得难以面对的危险，而最终逃无可逃地被扑倒。香草就像误了点而被列车落下的人，尽管一路狂奔着追赶，最终还是被留在了站台上。连恐惧都没了，香草觉得自己像轻飘飘的影子一般隐没了，四周是深不见底的黑色，绝望卡在咽喉里，再发不出任何声响，仿佛呼吸也因此停止，整个人像是窒息了一般，一动不动。

时间则一如既往地流动。窗外，黎明的曙光已然撕破了夜的黧黑，渐渐苏醒的万物，将按着各自的节律和无节律，在懵懂中走向新的已知和未知……

看　戏

“喝喊一声绑帐外，
不由得豪杰泪下来。
小唐儿被某把胆吓坏，
马踏五营谁敢来。
……”

不时地，当年《大秦腔》里死囚韩茂臣的那一声惊天地、泣鬼神的《斩单童》秦腔花脸绝唱，总会冷不丁地撞击而来，撞得人心里颤悠悠的，秦腔的大悲大喜、大苦大乐，从小就让我心醉神迷，爱恋不已。

二十世纪八九十年代，正是“我低头，向山沟，追逐流逝的岁月”满沟洼吼的时候，正是武打片《霍元甲》《陈真》

在文化馆里热播的时候，也是紧身健美裤正新潮的时候。除了对《冬天里的一把火》《甘十九妹》和其他孩子有着同样的迷恋外，我同时还对乡里人所谓的老戏——秦腔，情有独钟。我与老戏，有着太多的不解之缘。

翻 墙

与老戏的缘分，多来自我家得天独厚的地理优势。

我家院墙背后是大队的老戏楼，也就是红军长征会师路上途经界石铺时，毛主席在上面讲过话的台子。从我能记事起，被保护起来的“红军楼”已经不唱戏了，它只是我们偶尔爬上去藏马猴的一座行将倒塌的废弃的土楼罢了。唱戏的台子，是在“红军楼”右侧新修的，当时算是小镇上最气派的建筑了。小镇上的人虽穷，但对于用来唱戏的“界石铺镇人民舞台”可谓做到了力所能及。家家户户几毛几块的捐资，一个两个人力的投入……不知啥时，一座与全镇的其他所有建筑相比都更有气势的戏楼就伫立在那儿了。

新戏楼是镇上人最大的骄傲。令我欢喜的是在那上面演出的，各种水平的，来自各处的，一场一场的大戏。

最值得高兴的是这一场一场的大戏，我几乎连一场都没有漏掉，或认认真真，或马马虎虎，都算是看过了。

当时来镇上唱的大戏，很多是各处的剧团自己租场来唱的，这就是所谓的“卖戏”。既然是卖戏，那就有门票。那三毛五毛不等的戏票钱，我等囊中羞涩的毛孩子，想要进得戏场，只得另想法子。其实不用太费脑筋，我家的院墙，就是直接通往戏院的最佳路径。

六七个黄毛丫头，在大戏开演之前就已经着手开路了。白天乘着我爸和我妈上山干活，我们把满院子残破的胡墼和树疙瘩全垒到靠近我家院墙与叔父家的猪圈的墙根底下，直到我们都能踩着这些乌七八糟的东西先爬到小叔家低一些的猪圈墙上，再骑到我家稍高一些的院墙上。这时，直接可以一骨碌从我家院墙上翻到村文化馆的院里——文化馆的院子与戏院是相通的，再没有任何遮挡，等于我们已经直接到戏院了。

本来，卖戏的完全可以在这些敏感地段来巡逻，驱赶翻墙的人，但是有些不方便。文化馆的平房与我家的房后背之间有一个通道，那个通道理所当然成了看戏人跑到隐蔽处大小便的地方，男人们解决这类问题更随便，来这里的多是些女人。这里时不时有蹲下去方便的年轻女子和半蹲的老太婆。剧团里的人，远远地晃悠晃悠，也就不好意思来勘察了。巡逻人不好意思深入“禁地”，我们这些小孩便得了便，管他三七二十一，随时都会一个跟一个地从墙上跳下来，常常吓得随地大小便的年轻女子和婆娘们哇哇大叫着提起裤子就跑，引得我们又是一阵开心地坏笑。

但毕竟是翻墙，戏开演前，戏院两面农户墙根下时不时有剧团里张望的人，直到戏唱混了，我们才乘混翻墙。

开戏了，翻墙虽然有大小便的人们带给我们的屏障，但不能说每次都是顺顺当当、有惊无险的。譬如有一次，我们队伍中的头号胖妞——菊花，被我们托着硬实的屁股协助上墙，刚准备翻越下去时，一束电筒光直射而来，吓了菊花一大跳，就掉进我叔父家的猪圈里去了，打得猪粪泥尿四溅，惊得窝里从鼾睡中醒来的老母猪直哼哼。等到我们很不情愿又好不容易用半截朽椽把菊花打捞上来时，大家已经没了兴致。

翻墙到了戏院，却未必都是去看戏的，算是各有各的目的。小鸽她爸是教师，手头免不了常有三两分零钱，便引诱了嘴馋的小兵去买爆米花、糖精水什么的。变变和引兄比我们几个成熟，最爱钻进人群里偷窥啥个男娃和啥个女娃处对象。过过和茴香几个，喜欢在暗影子里、在人群里藏马猴。看戏最认真的，要数我和萍萍两个了。因为进来得迟，好位置是不可能有了，我们只能像大雁似的伸长了脖子，在人群里挤来挤去，吃力是吃力，却还能凑合着看清。虽然从来没有听清过戏词，可剧情从那道白里，从那演员的一招一式里都理解得差不离了。尤其是从那脸谱上，一下子就把好人、坏人、忠臣、奸臣、丑角之类的，分得清清楚楚。有时人太多，挤来挤去的，我们这些低人一头的，脖子仰得实在太酸，也就自动找过过、茴香她们藏马猴去了，直到戏散。

看由家家出了戏钱、大队统一请的公演的“神戏”和我们当地的社戏，本可以堂堂正正地从戏院大门里出入的，可我们这些翻墙高手，已成惯性了。再说，我们三天两头不是上树摘杏儿就是倚着墙根倒立，也是有瘾了。就像燕子李三，就像时迁，非得飞檐走壁不可。只是这时的翻墙，不论白天黑夜，我们都是随心所欲、无所顾忌的。除非大队的文书、支书之类的看见，远远地指着骂。骂归骂，翻归翻。唱戏翻墙，已成我们这一伙女娃子的专利了。

瞎凳子

由于打小实在爱戏，所以公演的大戏，我一直是认认真真去看的，再也不愿意和那帮无所事事的死党一块儿藏马猴鬼混。我会早早地翻墙过去，占到戏院最中心的远近最适宜的位置，并且一下子占两三个，那是为我妈和我大姑占的。等到她们急着洗了锅从戏院门进来，从已经坐定的好多人中挤到我占的位子上来，我终于可以安心地坐下来和大人们一起踏踏实实地看戏了。

只是，一直以来有个问题让人很纠结，那就是家里能拿来看戏的凳子实在是太少了。除了上房里的一把靠背椅和我爸自制的弹簧塌陷的单、双人沙发外，妈烧火用的方凳、半截歪树桩就是我家坐式家具的全部了。而我家不成文规定总是：大姑坐妈烧火的方凳，我坐树桩，妈坐几块破砖。尽管妈总是把树桩让给我，以免我坐在砖头上太冰冷，导致屁股里生蛆，可那树桩拧来扭去的，坐上去也舒服不到哪里去。

好在事情似乎有了转机。我也实在记不得是咋回事，反正有那么一段时间，当时待业在家的二哥迷上了木匠这一行当，特别是在某一次大队写了咸阳市人民剧团的戏时，二哥五花八门的板凳非常及时地面世了。二哥成天噼里啪啦推刨子、锯子，出手倒是极快，专做凳子，有方的长条的、靠背的不靠背的、高的低的，可以说是应有尽有。我当时看着二哥在房檐下摆了一溜的各式板凳，欢喜得心里和脸上都开了花。我再也不会为晚上看戏，大姑占了妈烧火的方凳和她女儿抢了我的半截木桩而耿耿于怀了。二哥指着他的一长溜杰作大方地跟我说："旦旦看戏，想拿哪个就拿哪个，每天可以换着拿，试试哪个坐着更舒服！"

结果，二哥的话果然应验了，我几乎每晚都要换一个凳子。只是不是因为我要故意尝哥哥每个凳子的"鲜"，而是哥哥的每个凳子，几乎全尝了我的"鲜"。哥哥不会给凳子套铆，也不知道给每个铆里加楔子。这是"嘎把式"木匠——我爸后来从我抱回来的"残品"中看出来的毛病。我爸的主业是镇上的理发师，这有赖于他当年给部队首长当警卫员的经历。我爸的副业是木匠，在理发之余，偶尔做几个桌椅板凳卖了以贴补家用。我爸的木工活虽不精致，但像二哥这样的低级错误是不会犯的。我爸忙得没顾上指点自学成才的二哥，二哥不知不觉走上技艺的"迷途"了，而我，是他失败作品的实验者。每晚当我喜滋滋地坐着二哥的杰作，准备好好看戏时，若前后稍有拥挤，或我自己稍不安生，"呼啦"一下，那些个凳子无一例外，会全散架了。坐不成事小，当着那么多人的面被凳子摔下来丢脸事大。每次狼狈地抱着一堆木腿、木板，一身臭汗地回到家里，我会把这些零散家伙气鼓鼓地丢给二哥，恨不得几天不理他。二哥总是憨笑着说："意外意外，明晚带个好的去！"可想而知，结果更惨。在散戏那一刻，凳子散架了，我连件数都没有捡拾够，还差点被人踩踏。与二哥相比，我更沮丧，并自此对二哥的木工作品避之不及。在自我挫败和我满鼻腔的不满中，二哥很快放弃了他的木工大师梦，而“瞎凳子”则是我对二哥木工水平最权威的评价。

迷 恋

外请的“神戏”，或自行来卖票演出的剧团的戏，都属于我认认真真看的那种。我看戏最痴迷的阶段，是上小学那阵儿。我白天要上学，晚上急急忙忙把作业赶成，就直奔戏场了。不管是唱四天还是唱六天的戏，我几乎不会误掉一个晚场。

有那么多的戏名，如今依然记忆犹新：《金沙滩》《卜河东》《黄河镇》《铡美案》《三滴血》《玉蝉泪》《生死牌》《斩秦英》《周仁回府》《辕门斩子》《屠夫状元》《狸猫换太子》……

有那么多的戏剧人物，如今依然历历在目：穷而不失义的花仁义、刚烈的秦香莲、忠烈的韩琦、悲苦的周仁、悲冤的窦娥、悲怨的慧娘、悲情的玉蝉、黑脸的包拯、英武的穆桂英、《拾黄金》里的胡来、《杀狗劝妻》里的泼辣媳妇、《烙碗记》里的恶妇马氏……

有那么多的剧团和演员，如今依然难以忘怀：定西县（现定西市安定区）剧团忘掉了名字的老花旦，平凉市剧团的张春林，我们县剧团的张世忠、王桂兰……小镇写的戏也罢，自行来卖票的戏也罢，虽来不了大名角儿，但对于当时文化娱乐生活相当匮乏的农村人来说，能够看到这种层次、这些演员们的戏，已经是在享受饕餮大餐了。

况且，隔三岔五的，我们还能够享受到各种形式的戏剧，像木偶戏、皮影戏之类的。尤其是陕西各县市来的戏，有时还会加演一折半折眉户剧，像《张连卖布》之类的。

总之，一切与老戏有关的，都是那么神奇，那么美妙；而唱戏的演员们，都是那么叫人喜欢，叫人迷恋。

村上每次写的戏都会安排演员们到一些农户家吃住，但这个差事从来都不会落在我家头上。因为我家相对更穷，吃住条件更差。为此，心里那种暗暗的失落，真叫人难受。能够稍稍安慰这种失望的办法就是，借故到安排了演员的人家去转悠，好奇地去琢磨，那些厉害的演员们，和我们相比究竟有什么不一样的地方，但这个问题我从来就没有琢磨明白过，直到长大。

最令人难受的是，每个剧团整个公演或卖票演出结束，三下两下收拾了戏箱，戏楼就一下子恢复到平日里的静寂状态，真是让人揪心！每次剧团走后，我几乎难过得要掉眼泪。我妈就在一旁笑着打趣："戏戏戏，看上七台想跟着去……"

戏散了的第二天一早，我们这些小戏迷们会不约而至，到戏楼侧台的化妆间，捡拾演员们丢下的干掉的油彩和残破的头花。然后像宝贝一样，珍藏着这些东西，到我们自己心血来潮，郑重地攒在一起“演唱”些不知所云的戏时，就都派上用场了。

另 类

最让我们不以为然的，就是村上社火班子的戏。

首先是社火班子里的那些演员们，很不靠谱，太让人闹心，几乎没有一盏省油的灯。

先说“老妖婆”——安小小的爷爷，他忒会编戏词。他执着一把老笤帚，要么“说是哎嘿”一声，要么“啊——啊——啊——啊”地出了场，剩下的唱词，差不多都是编的了。

记得有一次我藏马猴，正好藏到前场台口底下，不小心听到了安小小爷爷的一句唱词。安小小爷爷唱着：“啊——啊——啊——啊，把儿好比板凳上坐……”虽然我几乎很少听清过戏词，但这句不经意却恰恰听清了的唱词，实在令我大惑不解。回到家里，我专门请教了也在社火班子里主演丑角的我爸，问安小小爷爷唱的是什么意思。我爸听后嗤地笑了：“老东西从来不记唱词，满嘴里胡编哩！”

再说唯一的俏旦角——缠娃。缠娃也是个上四十岁的老媳妇了，在庄里的婆娘中长得算俏，但她家的男人，也实在是太小气了些。怕社火班子的男演员和他老婆多说了话，或挤眉弄眼了，两口子动不动就干上了，闹得鸡飞狗跳，闹得缠娃时不时地上不了台子，经常要由嘴噘得老长的穆桂桂来顶缺儿。众人一看穆桂桂那翘嘴，怎么着也和“小姐”“佳人”的曼妙联系不起来，很倒胃口，没人爱看。

再就是小个子的“相公”——和平子。和平子身高一米五左右吧，相公的戏服都是用针线缝了半截穿的。这么矮的“相公”，怎么着也和“才子”“风流倜傥”联系不起来，小个子“相公”和翘嘴的“小姐”使“男才女貌”彻底破产，这样的“才子佳人”，我们根本没有兴致去看，不如藏马猴。

还有专门混吃暖锅子的王朝、马汉和白蛇。王朝是我二哥，木匠做不成之后，有一段时间他又热衷于在社火班子里当“吼娃娃”，马汉就是他的铁杆哥们儿国仓。国仓脸盘大得像葵花，脸用油彩涂了，很有包青天的气场，可惜王朝二哥和马汉国仓一句台词都唱不出来，只混了一顿暖锅子，生生被我们一群娃娃笑话，最后下场了。还有白蛇光瑞，是她反串白蛇角色的父亲的第一个梨园弟子，可惜第一次上台刚一张嘴，就“哇”的一声哭着下台了，也被我们讥为“混吃暖锅子”之列，从此也没敢再上台。

所以，总体上说，社火班子里的好多角儿，都不怎么样。统一的只是精气神好，上台的勇气足，参演的热情高，仅此而已。

更要命的是，社火班子里的戏，太爱“热残汤”了。所以，好多戏我们不报戏名，别人问：“今儿个啥戏？”大人、娃娃异口同声地回答：“热残汤！”不信你听听，开戏第一天唱的是《八件衣》，到散戏那天唱的是《八件棉衣抹一刀》。就算是糊弄从没看过戏的人，大家一听也明白，《八件衣》和《八件棉衣抹一刀》绝对不会是两本戏。

但不管怎么说，社火班子里的戏再怎么没看头，也是我们所必需的。我们盼望着正月里或五月五，或八月十五，社火班子里的锣鼓咚咚锵锵地响着，吵着，我们需要各家做的暖锅子冒着腾腾热气往戏台上端时的那一种兴奋和火热。

今 戏

如今，都不怎么看戏了。没有太多的闲暇，没有方便的场所，似乎都成了不去看戏的理由。

从整体上说，我戏虽然看得少了，但偶尔有机会，免不了还是会去凑场子的。看戏的愉悦，不减当年。

一次，我在烽台山看县剧团唱庙戏。其中一位小生的道白，搞笑得让人忍俊不禁。如果是在以前，我必会自言自语，戏谑一通。但现在看这样的角儿，已能设身处地地想一想了。毕竟是县级剧团的水准，不必苛求非得达到怎样专业的程度。惹人善意的发笑，本身已达目的。

还有，当地这几年发迹了的房地产开发商总会时不时地特邀西安易俗社、陕西戏曲研究院、宁夏回族自治区秦腔剧团、甘肃省秦剧团等大团的名角儿来我们这儿演出，像李梅、李娟、窦凤琴、柳琴、苏凤丽、刘随社、李东桥、李晓锋、李小雄等，动辄大腕云集。对于这些名角的到来，我总是尽可能不失时机地前去观赏，因为这实在是一种难得的视听享受。

更多的，则是自己兴致来了时，在网络上搜看名家的戏。

四大名旦之一的梅花奖得主李梅的《鬼怨》里的眼眸，齐爱云的《打神告庙》里的水袖，秦腔历史剧《杜甫》里的台词……都是一种至美的艺术享受。

如今看戏，少了一份贪图热闹之心，多了一份品鉴享受之情。审视大西北秦腔，它更多了一份庄严与肃穆。

秦腔，农村人俗称的“唱乱弹”，在陕甘两省尤为盛行，特别是在陕西省，八百里秦川，妇孺几乎皆能吼一嗓子。

作为大秦正声的秦腔剧目，多讴歌忠诚义士，如杨家将、周仁等；鞭笞丑恶，如铡美案、丑角戏等；或教化民众，如拾玉镯、三娘教子等，绝无淫词滥调。

秦腔的曲调高亢激昂，绝无卿卿我我的小家子气。苦音激越、悲壮、深沉、高亢；欢音欢快、清新、明朗、刚健。它是天籁、地籁、人籁的共鸣。

秦腔的各种角色，生、旦、净、末、丑，或朴实，或细腻，或粗犷，或深刻，或诙谐。喜、笑、怒、骂、悲、哀、愁、爱、恨、憎、欲，明显而强烈，让观者为之或热耳酸心，或血气震荡。

秦腔的文武场面，阵势壮大，气势恢宏。文场面上的板胡，尖细清脆；琵琶扬琴，珠落玉盘。武场面上的锣鼓铙钹，高亢激越。据《秦腔记闻》中讲，秦腔的音乐特点是“大锣大鼓，宫商杂糅，冠冕堂皇之中，兼具中正和平之美。此秦腔之故有风格也，亦乱弹所成立之要素也”。

秦腔形成于秦，精进于汉，昌明于唐，完整于元，成熟于明，广播于清，创新于今。

京剧虽为国粹，但对憨直粗犷的大西北人来说，唯有吼一嗓子老秦腔，那才叫过瘾。

唱老戏，看老戏，戏里戏外，正是：

日月灯，云霞帐，风雷鼓板，天地间一场大戏；汤武净，文武生，桓文丑末，古今人俱是角色。

戏 迷

我见过最泼辣的女人，是大秦腔里那个叫秦香莲的。都说秦氏香莲可怜，这女人其实可厉害了。秦香莲不但告皇帝女婿的状，还非逼着包大人把驸马的头铡下来才肯罢了。你个陈世美负心已够狠了，居然还派人杀我母子，逼得侠义之士韩琦自刎，那我叫你也活不成！陈世美的脑袋就搬家了，管他是不是皇亲国戚，有天不怕的包大人替她撑腰，百姓家的女儿秦香莲最终得偿所愿。秦香莲骂人也是一剑封喉，一下子就骂到人的本命上。

岚屏公主：你本是百姓人家身贫贱，见公主不跪为那般？

民妇秦香莲：……修夸你富贵穿绸缎，做出事叫人下眼观。国王家女儿你学下贱，你不该下嫁后婚男。先娶我来我为大，后招你来你为偏。我乃一大，你乃一偏，下得车辇，跪在我面前，口称姐姐理当然！

戏里那女人，叫一个酣畅痛快！

戏外这观众，看一回，入魔一回。有为秦香莲啪啪鼓掌的，有对包大人心里称赞的，也有忍不住为韩琦落泪的，好不费感情。

再有戏里那周仁，被他的拜把子哥哥杜文学误解了，挨了好一顿毒打。他扑倒在妻子墓前抠土，抠得十指血淋淋的，悲苦得肝肠寸断，让人不由得跟着痛煞心肝。还有那千古冤女子窦娥，怒斥天地鬼神，临刑前发下三桩誓愿：血溅白练、六月飞雪、亢旱三年。怎不叫人跟着悲愤交集？再有那风尘女子敫桂英，被负心汉王魁羞辱，悲愤欲绝，恳求海神爷主持公道，桂英的绝望，亦引众位看官如剧中人一般怨恨。“西子湖依旧是当时一样，看断桥桥未断，却寸断了柔肠”，李氏慧娘，幽幽鬼怨更惹人怜。台上台下，戏里戏外，戏迷与角色哪分你我？早已合二为一，浑然一体。

一个戏迷，除了身不由己地迷陷在戏里啼笑哀乐，好多年轻的戏迷还练就了许多戏外功夫。戏迷们普遍热衷于看夜戏，夜戏更让人入戏。站功是看夜戏的基本功之一。大秦腔历来在亮场子、野台子上吼起来过瘾。一本戏，打打哐咪，少不得要四个小时。若加演一折，时间更长。做观众的若不能提前一个半小时到场，那些急性子的老头儿、老太婆和一些无事的婆娘可不会把场芯子留给戏开场了才悠悠踱来的人。再说，那些年轻的戏迷，日头还红杠杠的，为看夜戏就拿个小凳往戏场赶着抢座位。这么一来，要想踏踏实实看本戏，不练站功怎么能成？若是外地来演出的大戏，戏场的人，有的坐着，有的站着，戏场像凹陷的盆地和箍桶，围站着的观众如沸水一般涌来涌去，既不断往里边坐着的人的地盘上蚕食，又相互煮饺子似的挤呀冒呀，一刻不得安生。在人堆里这么站好几个小时，到戏散场，腿弯子的筋就叫拉直了，硬邦邦的，没了弹性，打不得弯儿。脚更是麻的，用手捋上半天腿弯子，跺上半天脚，筋才柔和了些，能弯曲了，方可开动“机器”走路。那些站着的戏迷们每每囫囵看一本戏，腿就叫站傻了，忘了它是干吗用的。

再就是伸脖子功。戏场里最被刁难的是高个子的人。男人女人，越是长得高，越傲视群雄，不可一世。像我等小女人，只有鸡立鹤群，不伸脖子还能咋办？一会儿像崖畔上的松鼠打着愣愣，一会儿像芭蕾舞演员踮着脚，一会儿像鹅伸张着脖子，一会儿又像高高昂起头的蛇在人群里吐着信子。能咋挣扎就咋挣扎，恨不得长出长颈鹿的脖子，为的是能在那些镶在你眼前的高个子的脖子空隙、耳根子下面看到台上那些角儿的唱念做打。老鼠的尾巴肿了能有多粗呢？再伸脖子也解决不了根本，一会儿，那脖颈酸得像醋坛。踮起的脚后跟不时落下缓一缓，要是不注意，踩了别人的脚面，定遭白眼和咒骂。可到底是不甘心，在人堆里像鼹鼠一样瞎钻，可钻到哪里都是一山更比一山高。泄了气，只好靠台口站在一堆高个子的屁股后面，继续像松鼠一样打愣愣，鹅一样伸脖子。每每挣扎到支撑不住了，就暂且畏缩在人群后，只听唱念、胡琴、锣鼓、唢呐的声音，等蓄了些精气神，再伸脖子，再瞅空隙。如此这般，到一本戏结束，台下这些戏迷，比台上那些个文武戏份都很足的主角不知要辛苦多少！

至于挤在人堆里“享受”各种各样的气味，就更是家常便饭了。烟味，汗味，劣质脂粉味……各种气味弥漫在人群里，被密匝匝的肉身挤得没了出路，最喜欢往鼻孔里钻，只有闭了气憋着。尤其是五六月里看戏，锣鼓喧天，暑气腾腾，戏迷一个挨着一个，像煮在一个锅里的洋芋，又如馒头刚放进蒸笼，火候极足，人人身上洋溢着热腾腾的复合气体。秋冬里，冷凉之气又从脚底一个劲地往上蹿，从裤管里一直蹿到脖颈里。不管有多少人挤着，彼此都是硬邦邦的，像穿了铠甲在摩擦，都叫自个儿冻坏了。冬练三九，夏练三伏，只要有大戏可看，戏迷们哪管严冬酷暑，自有各种功夫招架。

说真的，现在的戏迷，早不是当年看社火的口味了，一般的剧团、不入流的演员，难入法眼。你道是怎样的戏班子、哪些角儿能叫戏迷们宁肯出力受苦也要追着看？尽是些大团、名角儿。像静宁这大西北的小县城，动辄请来的是三秦大地的戏曲研究院所属剧团、宁夏演艺集团、甘肃省秦剧团等。团是大团，角儿是名角儿，仅中国戏曲梅花奖的得主就有不少。宁夏演艺集团的李小雄的《杀庙》，西北花脸王张兰秦的《三对面》，陕西省戏曲研究院的李小锋的《打柴劝弟》和

《白逼宫》，齐爱云的《打神告庙》和《宇宙锋》，等等，那可不是一般的精彩。这样的名角儿、大腕儿登台，看上一折，看上一本，谁还能让台下那些胃口极度膨胀的戏迷再能回到社火班子的兴致上去？戏迷们照样是些由俭入奢易、由奢入俭难的不能惯着的人啊！所以现在一些乡间好不容易存留下来的社火班子，常常台上唱的人比台下看的人要多得多。其实，那台上唱的，很多时候还不是台下的这些戏迷？

台下这些戏迷们，要么自言自语，要么相互论说着剧情和台上那些角儿孰长孰短，他们自己，无论老少，往往也能爆出各种荤素奇葩的料来，令无意听者无可奈何或哂笑不已。

《窦娥冤》“托梦”一折中，那窦娥的老爹窦天章出场时，戏场中有老妪问老伴：“这人是谁呀？”

老伴正色道：“窦娥冤的大大！”

《铡美案》“三对面”一折中，包大人正吼得斗气冲天，有那陪着戏迷媳妇的很少进戏场的青壮汉子看了，也不由得跟老婆感叹：“啊呀啧啧，这陈世美唱得真好！”

有时两口子坐一起看戏，被一些剧情刺激到了，就会在戏场里直接开战。男人挑衅女人：“哎呀，有时你真贤惠得像朱春登二娘！”

女人不假思索地直接回怼：“怎么不说你连胡来都不如！”

朱春登二娘是戏里臭名昭著的恶妇人之一，胡来是《拾黄金》里不学好的乞丐。夫妻双双是戏里行家，随便拣一两个角色拾掇对方，不在话下。

看《游西湖》“鬼怨”一折，泛舟西湖，裴生和慧娘隔船传情，被那奸相贾似道一剑刺去，剑落人亡，戏场里有婆娘惊呼：“吓死人了，看以后再敢红杏出墙！”周围的人哈哈大笑，单这一句，直接叫一折悲情戏煞了风景。

除了个别的有些叫人受打击，多数戏迷是本本戏都精通，个个团都熟悉，每个角儿都熟得很。他们也大都爱在人堆里讲，认识的，不认识的，能搭上话的，搭不上话的，总是没完没了。哪个团实力强，哪个角儿厉害，得了啥奖，是何方人氏，年龄多大了，离没离婚……都是一本细账。戏场里说三道四，戏迷们个个表现出行家嘴眼、里手做派，就像棋摊上没有一个不是谋士高人。

这些戏迷们在场子里看起来像水浪一样一波一涌的，像是没规则，其实大家都规规矩矩的。比如，被他的六七十岁的儿子搀到戏场的八九十岁的老爷子，就在坐凳子的那一拨戏迷的边缘上坐着，要是前面有那站着的，脑袋晃来荡去遮着他了，他必定会执起他的拐杖后跟，戳前面那人的头。前面那人，瞬间怒上心头，恶狠狠地扭过头来即要发作，但一看对象，立马蔫了，乖乖退到了边上去。

因为他看见，那八九十岁的老人，老得眼里泪花汪汪的，像小孩子涎不住的鼻涕。都是爱戏的人，谁还忍心跟这样的老戏迷叫板？

居无定所

政府后院

那年，贴着大红喜字的桑塔纳“呜”一下将我带进了政府大院。礼堂背后的架子房，其中的一间被爱人单位的同事折腾得花花绿绿。闹过洞房之后，我正式成了一名政府部门工作人员的家属。

当时的单位很温暖，政府部门供职的后生，只要有居住上的困难，且自己乐意，都可以在本单位提供的职工宿舍里结婚，居家过日子。

政府礼堂背后的这三排架子房，之前是办公用的，后来变成政府统办楼里几个部门的职工宿舍。分给爱人的是当初民政局的一个大办公室，是个套间。里间只有十来个平方米，外间却有五六十个平方米。爱人把里间黑漆漆的墙用白灰滚了一遍，光秃秃的房顶用彩色塑料纸拉了顶棚。房子里摆了一张双人床，一个三人皮革沙发，一张小茶几，一组低矮的小门柜，便满得只能容一两个人走动了。冬天要再架个炉子，随意活动差不多要敛气屏息。外间的房子大得没法下手，基本维持原状。爱人在一个屋角用砖头垒个了正方形的坑，倒了堆炭。正上方靠墙的地方是搁案板的老木桌，低一些的长条椅上摆了煤气灶头，墙角立着煤气罐、老家拿来的面和洋芋袋子，椅子下胡乱塞着盆盆罐罐。我们的家当差不多就这些，五六十个平方米的房子显然太大。结婚第二年，我从乡下调到城郊小学。开学第一天，校长安排的任务是教会全校学生才兴起的第八套广播体操。乡下总是落后几拍，那套广播体操我第一次听说，好在有一个同时调进来的师妹会。那师妹每晚饭后被我请来，在我们的大套房里，一招一式地教我一节体操。第二天，我便站在学校水泥砌的高高的乒乓球台上，把前一晚学会的那节操，再形散神聚地教给全校学生。足足两周，我和师妹在大套间里踢腿、伸展、跳跃，任尘土飞扬，大套间显得更宽阔了。后来，我参加全县的语文课堂大赛，又从乡教委借来一个超级大的投影仪，摆在大套间正中，早晚虚心捣鼓，终成正果。大套间帮我的大忙，记住的有这两件。

住在政府的职工宿舍，很受优待。上百瓦的灯泡，二十一英寸的彩电，任性地开着，录音机唱得响亮。要是我们当时电器够多，尽可以放开了用电。还有用水，凉水不限，洗衣淘米的，只管去水房里提；开水是中午和晚上准时供应，几个暖壶灌得很满，塞子乱飞也没人在意。

之前单身时还住在同一排的小马、小窦，结婚时借钱买了楼房，搬新房、娶媳妇一揽子办了。留下还单身的小戴、小孙，与我们小夫妻为邻。小戴和小孙的宿舍，墙面和房顶自个儿没啥由头处理，就还是黑漆漆和光秃秃的。我们住在这简陋的职工宿舍，其乐融融。像每天的集体会餐，每个人表现得就很有胃口。学校里经常加班加点，到我晚归，“贤内助”立等着面片子下锅。单身的小戴和小孙擅长的也不外乎揪面片。四个人端着盛满面片子的大铁碗，蹲在台子根下，围着小戴娘的腌萝卜，摆成半圆，哼哧哼哧地抢着吃，个个饭量了得。打个腌萝卜味的饱嗝，洗了锅，小伙子们会抱了球，在政府办公楼侧面的篮球场子上比赛。我是选修过体育的，也跟着一起玩，啥时脑门子上的汗水蒸腾得人乏马困了，才肯进屋。我家那位有我这个管家婆，多时耐着性子一边看电视一边陪夫人，小学教师要么忙着改拿回家的测验卷或卷皮作文，要么抄教参，以备检查。热闹非凡的是隔壁正处在瞅对象黄金期的两个小伙子。小孙性格开朗，人缘好，甚是招蜂引蝶。那些经别人介绍或毛遂自荐的女娃，一个一个趁着妩媚的夜光陆陆续续来找小孙，常常三三两两地撞车，撞见了，彼此也不介意，竟热闹成一片。按说，这样的规模不适宜处对象，可还是羡煞了隔壁的小戴。小戴最初一见女孩子就脸红，后来脸皮渐厚，听小孙的屋子里不时笑语激荡，便常常绞尽脑汁，一会儿当当当敲小孙的门，说："小孙，借洗衣粉一用！"一会儿又用锅铲敲敲小孙的窗玻璃，说："小孙，又饿了，借两个洋芋出来炒了吃！"好像是二十世纪六十年代断顿的人，缺这缺那纯属正常。当年门庭若市的小孙和车马稀落的小戴，心里都沸沸扬扬的，可他们最后娶的老婆，都不是在我们的宿舍里瞅的。后来，他们都在结婚的时候，在县城买了房子。买楼结婚，结婚买楼，可不仅是个顺序问题。

只有我这位政府职工的家属，堂堂正正地住在后院，俨然一副主人架势。每天骑着陪嫁的自行车穿门而出时，政府走车的大门还未打开，只开了侧面小门。人民教师春夏秋冬一早不到六点半出门，上班比政府人员足足提前了两个小时。但每天中午、晚上下班时间，差不多和政府工作人员在一个时间点上，公务员们三三两两地从政府大院涌出，我纵然不敢再骑单车长驱直入，却总是昂首挺胸地与他们迎面走过，从没觉得矮人一截。到了寒暑假，则随时蹬着仿皮高跟鞋噔噔走出政府大门，再提几根菜回来。自个儿这么大大咧咧也就罢了，小夫妻俩的三五朋友或乡下亲戚，来串门或有各种杂碎事情，要进得政府的门来，门卫老汉必要拦了，语气硬匝匝地问："找谁？"那些人必定也会理直气壮地答了那谁谁谁家，或那谁谁谁的媳妇家。好像政府就是我们家似的。门卫一听，也从来都是放行了的。后来更甚，小儿出生后，我们家最殷实的资产就是那家伙的尿布了。那时囊中过于羞涩，也不记得给娃扯些新崭崭的白棉布当尿布，娃的外婆和奶奶硬是凑了几家人穿破的腈纶的秋衣秋裤，裁成一绺一绺的。小家伙早晚得几十片尿布伺候，捂在屋子里，怎么来得及晾干？爱人便在礼堂背后，我们门前园子的两棵大树间拴了铁丝，那一绺一绺大红的、玫红的、亮蓝的腈纶尿布，便搭了一长溜。这有什么关系呢？我们浑然不觉。直到有一天，娘家的哥哥来探望我，进门就“炮轰”，说：“怎么这样？政府礼堂背后是‘联合国’了？各国‘国旗’飘扬，难道没领导过问？”我们才有了点点觉悟，平日里铁丝上照样彩旗飘飘，只在礼堂有会议要开时，爱人才会临时收了所有尿布，待会后再重新搭上。宽容的环境纵容得我们有些麻木不仁。

可梁园虽好，终非久留之地。在宿舍的两三年里，使我大受打击的事也有很多。

其一是在我怀孕期间，该是怀孕七八个月的时候吧。按照母亲的教导，为了生孩子利索，整个假期，我都给自己订了活动计划，每天早餐后，要出外环城一趟。出门时大多九点过了，不会遇到多少上班的同志，各位领导也只偶尔从出进的车辆里彼此瞅个大概。因此上班期间，我这家属照样大腹便便地出进政府大门而无所顾忌。直到某一个晴天朗日，我挺着肚子溜达归来，经过政府大楼时，不经意扭头朝侧面瞅了一眼。可不就坏在这一眼上！我看见了太阳光将自己打到政府楼上的身影。天啊！那样子怎么形容呢？我才一下子惊觉了，自己这样一副尊容成天在政府大院里旁若无人地招摇过市，真是过分啊！此后一连几天，我憋着不肯出门，至多只在大套间里来来回回地转，转得头晕。好在，爱人很快又给我指引了一条迂回曲折的道路。原来，政府紧邻县招待所，为了公务接待方便，政府与招待所的隔墙特意开了小门，隐蔽又偏僻，也是成天开放。从此，上班期间，那小门差不多成了我的专用通道。从小门出政府进招待所，再出招待所大门就到了街道。招待所毕竟是公众场合，常人走得，孕妇自然也走得。这得算一段“溜墙根”的尴尬日子吧！

还有更闹心的。礼堂背后的三排房子，除了第一排住了小戴、小孙和我们夫妻俩，再就是最后一排住了另一个单位的一对年轻夫妇。每排房子间都有一片种了树或荒着的地块。政府里干零活的老汉，在未住人的第二排房前的荒地里种了蔬菜：大葱、芫荽、萝卜和卷心菜。那老汉随时在他的菜园里拨弄，几十棵卷心菜的叶子虽然被蛆虫啃得出现了一个个窟窿眼，但每棵菜好歹卷了个小气的包儿。就在那老汉的菜蜷缩着不肯继续长的期间，某天黄昏，菜主人一下子发现两棵卷心菜的“心”不见了，立马怒火中烧。老汉开始在通向我们地盘的土路上背着手大步流星地走向前来，又梗着脖子踏着细碎步到后面一排房子去，如此这般来来回回，像一个村妇一样咒骂那偷菜心的贼。我们几个照样圪蹴在台子根底下吃晚饭，小戴妈的腌萝卜还没到季呢，盘子里是我家那位切成大圆片的红心萝卜，正一人拿了一瓣下饭吃。老汉这么来来去去、明里暗里地挑衅，人人憋得难受。小孙先要爆发，被我家那位拦住，说买账的话，人家莫不认为贼不打自招？大家便都气哼哼地躲到屋里去吃。老汉见我们躲开，愈发疑心，音量又提高了八度，直嚷嚷到口干舌燥。

此事让大家愤愤了好久。许多说不清的感觉也是最后决心搬离政府后院的一点动力。

一套二手房

总算商量妥当，在住房资金中心上班的一位同志，有一套七十五平方米的二手房要出手。三万九，一手交钱，一手腾房。多年前的三万九，可是扣在我们头上的一个又大又沉的锅盖。当时我们小夫妻俩的月工资每人也就七八百元。

我们纯属白手起家的新一代“无产阶级”，来自农村老家的资助除了油面再没别的。仅结婚一项，彩礼、家具、待客等，我们夫妻俩先前就已筑起了近万元的债台。到房债降临，这笔七挪八凑的账还没还清呢。

当时不兴工资按揭，巨大的款项唯借、贷两种办法。乡下的公公，觉得儿子结婚时都没能掏出几个钱，心里愧疚，执意要把半辈子辛苦积攒的麦子全粜了，支援儿子、儿媳买房。公公把粜麦子粜的六千元送到我们手里的时候，钱被他攥得汗津津的。

再就是爱人的一个朋友在关键时刻慷慨解囊。爱人曾陪那朋友去外地办私事，朋友自个儿驾车时追了一辆三轮的尾，差点酿成大祸，两个人吓傻了，算是患难兄弟。那朋友手头宽绰，也是肝胆相照，一下子借给我们一万。其他的穷朋难友，即便有心意，也没实力。再说，摊上借钱这事，亲友大多也是避之不及。

那就只有贷了，还得托人说情。工商银行、农业银行、建设银行……各个银行的贷款条子应有尽有。终于筹够了房款，又叫匠人订了张大木床，比直接买成品便宜些，再就是买了套上千元的红木沙发。终于搬进了自己的房子，转身总算是城里人了。

要说当时确实没有多少定力，扛着三四万的债务，心里成天像被猫爪抓着。想着又要掏这费那费的，倒不如继续在政府院里住着。日子一下子紧得透不过气来。没法开源，只能节流。别的地方没法省，就克扣吃穿。当初对自己那个抠啊，现在回想起来，后悔得想淌眼泪，因为青春一去不复返。那时我已调到局机关工作，我生了娃以后脸色一直绿黄，再穿着结婚时买的那几套不上档次的衣服，整个人没了一点自信。最体面的衣服，是单位做的两套福利性的西装。俗话说：“人靠衣装马靠鞍。”身为女士，哪能没有三天两晌换心情的衣服？于是，我便常常去百货大楼，眼睛尽瞅着廉价的衣服。最难忘的是一件夹克，25 元成交。外表还行，淡淡的米白色，内里不知为什么刷了一层胶。穿着这样一件刷胶的夹克，别说在单位跑来跑去打杂，就是安然待在办公桌前，那脊背因为密不透气而冒汗，汗液不断地冒啊，冒啊。找不到出路，窝藏在内的汗气就把脊背搞成了蒸房，又热又潮又痒……哪还有心思办公？只能不时扯开拉链，偷偷扇风透气。好在活人总不能叫尿憋死，领教了三两次之后，我狠狠心，就把这糟糕的便宜货塞到死角里去，大不了长年累月穿着单位发的服装，不讲时尚罢了。

再就是一双让我丢脸的鞋子。那是我在商业街花了十八元买的，说是皮鞋，可十八元的皮子鬼信。掏的不是皮子的价，管它呢，反正至少看起来像那么回事，走起路来照样噔、噔、噔的。至于舒服程度，脚知道。也就是这样一双像模像样的伪皮鞋，有一天，当我忙着噔噔噔一路小跑着上单位楼梯时，只听“咔嗒”一声，一只鞋跟掉啦！顾不得脚脖子灼痛，也没来得及四下里留意看客，就听到了身后呵呵呵呵的笑声！凭声音，我立马判断出是老樊，好在是老好人老樊。我红着脸转身，一边咒骂着捡拾掉下的鞋跟，一边趿拉着残废的鞋子一高一低地朝办公室逃去……

衣服鞋子的配置尚且如此，脸上涂抹的之类的开支，更是向来马虎，尽可以忽略不计。

按说，这么省吃俭用买的房子，该要狠狠地享用才对，事实并非如此。我们买的二手房恰好是边楼，一到冬天，正像歌词里唱的，“不管是西北风，还是东南风”，都是它的菜，一刮就透了。就是不刮风，那冷气也一个劲地往水泥墙里钻。要说暖气烧得好也就罢了，关键是县城家属楼的暖气，烧得煞有“地方特色”，大致遵循两个原则：一是上班期间基本不烧，理由是人大都去单位了，烧也是白烧；二是太阳出来了基本不烧，理由自然不用多说。除了这两个原则之外，还坚持一个基本点，就是暖气温度从来不超过 16 摄氏度！我们一家人在这极易冻透的房子里，每个冬天都是一窝寒号鸟儿。大人还可以钻进被窝里或坐在沙发上裹着被子，可那才刚学会走路的小儿，尽管婆婆小心翼翼地关注着，整个冬天却差不多一直是感冒状态。那几年，县医院儿科的护士大夫，几乎个个知道我儿的大名。孩子常常不是感冒就是肺炎，频繁穿梭在家和医院。

一年四季，家里是冷冰冰的地砖，外面不是水泥路面就是柏油马路，婆婆牢牢拽着孩子，不是怕磕着摔着，就是担心四处乱窜的各种车辆。时时处处被束缚的孩子体质愈发弱了。有时，我眼看着感冒得一个半月下不了楼的儿子，想起自己小时候上山摘杏、下河溜冰的张扬，心里堵得慌。于是，我便用杏仁露的罐子，在周围家属楼的台阶上装来些脏兮兮的沙土故意倒在阳台上，美其名曰让孩子也“刨土玩儿”。

那些年，这个国家级的干旱县沙尘厉害，生态极差。烦闷的时候，我倚着卧室的窗台，透过被经年的雨水打砸得模糊的窗玻璃，望着外面灰蒙蒙、光秃秃的一片，像是鱼搁在了岸上。我心里盼望着啥时能朗润一些，住得能温暖一些。

换了套商品楼

我们在二手房蜗居了三四年，重新折腾买房子，是由于有开发商要在中街破产的糖酒公司的基地上修家属楼。那开发商和我们机关有建设项目上的合作关系，因位置抢手，声明我们单位职工可以优先定购房子。

除了优先定购，价格上纯属商品房，提前分期付款，到房子竣工，房款必须全部缴清。新定的房子比住的二手房大三四十平方米，一平方米八百元，房价翻番，这意味着，要搬进新居，我们至少需拿出十万元招架。

十万元，多年前对我们来说又是一个唬人的天文数字！

我们的债务，向来叫债上垒债。二手房的房款尚在漫漫无期的偿还之中，新的房子又开始张开血盆大口。好在还有一种话粗理端的说法，叫虱子多了不痒。

大概我们夫妻俩已适应了债台高筑的节奏，为这一套商品房筹款，又开始乐此不疲地上蹿下跳，老办法：除了借就是贷。到了房子快要竣工催交最后一笔款时，我们差不多黔驴技穷了，但总不至于山穷水尽。将那一套二手房出手，加上之前的筹借，我们就可以气喘吁吁地上新楼喽！

为了节俭最大化，爱人在已经废置的老供销社办公楼的二楼每月掏四十五元租了一间房子。是那种彻头彻尾的黑房子，双边楼的楼道本来就是黑沉沉的，临街的窗户，又让一楼做生意的大广告牌给遮了，房子里就更黑咕隆咚的了。奶奶和孙子两个人睡的一张大床，加上我们的盆盆罐罐，差不多已把黑房子塞满了，还有一张床和电视之类的杂物，只有乘黑搬进了我单位的宿舍。那段时间，我们一家四口两地“分居”：租的黑房子，奶奶和孙子住着，黑房子还兼带厨房功能；单位宿舍是我们夫妻俩的临时落脚点。

时间不长，却是一段不自在的日子。孩子白天上幼儿园，晚上在黑房子里心急得直嚷嚷。茶余饭后，我带着儿子出进单位解闷儿。虽然谁也没说什么，但早已不似当年在政府后院那么没有觉悟了。

终于要乔迁新居。

甚至都来不及让简单装修后的甲醛有挥发的机会，我们就急着搬进去了。看窗下的车来车往，听四面的嘈杂喧闹，终于在心底吁了一口气：在县城，我们这些乡下人，总算有了一个能够安心落脚的新窝！像那戏中之词，倘有人问起“你家在哪里？”我虽不能文艺地回答：“我家岷山头，吃过百家饭，走过千村路，学过百灵叫，听过黄河哭……”但总算能够告诉他人：“我们的房子，买在中街！”

要说中街这房子，我们一开始还是挺满意的。特别是冬天，不再像那阴冷的二手房，阳光透过四楼的窗户，一天内有好几个小时倾泻在半个客厅的地上，有道是“清风明月不用钱”，这个可是一本万利的享受啊！

说实话，拼尽全力购买这么一套吃喝拉撒一条龙的家属楼，够让人沾沾自喜。可在敞亮的上院里自在惯了的乡下公公未必这么认为，他偶尔来一趟，宁可上街头的公厕，也不肯在我们家的马桶上解决问题。

也是，要真计较的话，是有那么些熬煎需要忍耐的。

先是一个“吵”字。房子地处县城正中临街地段，是商铺连带家属楼的类型。楼下和对面的一溜饭馆，常有烂醉如泥的醉汉，扯着嗓子在马路上纠缠到深更半夜。隔壁的县医院，深夜偶尔有凄厉的号哭惊破睡梦。街道上，每每有夜行者和吵架者的喧哗由低渐高，由高渐低。尤其是白天被稠密的人群和车流压制得没一点精气神的流浪狗自由组合队，晚上总是积极担当城管，一呼百应地“汪汪”个不停，自觉义务维持治安毫不懈怠。有时大中午睡得正酣，冷不丁有瓮声瓮气的汉子闯进家属院，拖着长腔不换气地喊："磨刀磨剪子了！"受不了的还有：成天推着自行车在街上来回叫卖"热玉米"的妇女——那玉米会从早上一直热到晚上；一些店铺门口从早唱到晚的音响——要命的单曲循环，《遇见你是我的缘》或《男人哭吧不是罪》。

过了几年，有不少当年的同事把这已住旧的房子或出租或转手，那些新搬来的邻居也是越来越有特点了。比如，楼下就潜伏着经常在大半夜燃起战火，打砸吵嚷不休的外地婆媳。走在楼下，也常常被不知另一只高跟鞋子啥时掉下的问题困扰。

再就是下水管道和暖气常遇麻烦。因离学校和医院近，一楼的商铺搞餐饮的最多。说是家属楼下不能经营餐饮，可说的和做的不一样才叫常态。牛肉拉面、麻辣烫、包子、米线，应有尽有。各饭馆油腻腻、稠乎乎的残羹剩汤，常常被老板哐噹噹地直往下水管里倒，堵塞了，便用铁签子、铁管子狠狠地搅，狠狠地砸。三天两头的，下水管子不破才怪，污水屎尿直把地沟填满了。暖气管子能不泡坏？一院子的居民，常掏腰包不说，一场一场的纠纷接踵而至。

就在我们坚硬的房子内，每个人随时都会被那些有关无关的东西困扰和惊动。

绝不是五柳先生"暧暧远人村，依依墟里烟。狗吠深巷中，鸡鸣桑树颠"的那种畅意。

又要买房啊

与富人累加财富的激情一样，那些逐年下降的债务大概也是每个囊中羞涩者的暗自欢喜吧。因此，这个世界上的许多快乐其实不可思议。

住在城里的房子，可能还会有一种喜悦，那就是有一天这水泥壳会彻头彻尾属于自己：没了一分钱的债务，有了百分之百的产权。

奔波近二十年，怀着满心的欢喜，总算拥有了一套房子，可就在享受着无债一身轻的日子不久，我们很快又清醒地发现：可能！又要！买房！

起初一平方米还停留在一千八百元的时候，家里那位有一天凑到我面前跟我商量："我们，要不要，再买一套房啊？"

我犹如被医生用小铁锤敲了膝盖，立马高度警觉："又想干吗？"

"难道一辈子要在债务的沙漠里做骆驼吗？真是够了！"

多年"共苦"的同志眼见我反应激烈，也跟着泄了气，说："不买算了。我是想用工资按揭买房，逼迫着自己存点钱，房子就是钱嘛！眼看着老人老了，娃大了，用钱的地方更多了……"

提及又要背债买房，我的头立马肿大，一时严重排斥那种深谋远虑过日子的打算。就这样，我故作麻木，没心没肺地想让自己好好过一阵没有债务的轻快日子。

可这两年，得病的婆婆要人侍候，公公自顾不暇，别说长远打算，很现实的问题就摆在眼前。我们分身乏术，不得不考虑把两位老人从山里接到县城，以便于照顾。

不可能像在大院子时那样四世同堂，除了再买房与老人分开居住，没有什么好法子。

这小城，房价一直噌噌地飞涨，尽管专家们天天嚷着“房产泡沫”，可在老百姓这里，房价一直是实打实的高。

在这城市森林里，“房奴”们高举债务，同时也将家升到半空，变成一个门牌号。

好多人惶惶然如我，大半生搬迁，多时举债。只有房子，家的概念却是越来越淡了。

春天在这里的候鸟，冬天去了别处，来年回来。南方北方都有它们的家，免费居住。更何况很多鸟儿从来都不曾迁徙。方知人是从来不如鸟的。

有一种战争

有一种战争说的是丈夫和老婆间的那些个战事。平日里见识得多了，说起来也是婆婆妈妈的。

两口子长期的拉锯战，可不只存在于哪一对好事的夫妻之间。就像牙齿和舌头，一直搅和在一起，难免会出状况。丈夫和老婆，有为柴米油盐掐架的，有为打翻了醋坛子出手的，有时只莫名其妙地想要开火，情形有很多。

就单说为了各自家族和亲友的尊严之类而爆发的捍卫战吧，明争暗斗的，火力也是相当的密集。

改　口

小两口婚前，没有不装模作样的。彼此说起对方父母，虽说“你爸”“你妈”的，语气倒也亲切顺和。要是在对方父母面前，也是谦谦君子和大家闺秀居多，“叔”啊“姨”啊的，舌头软和，语气轻柔。

婚后另当别论。我们这地方，年龄偏大的一茬，把“爸”叫“大”，当然现在的娃一律改叫“爸”了。叫“大”也好，叫“爸”也好，听听都是咋改口的。

做老婆的呼唤自家父母：“大（爸）——咦！妈——咦！”

那大，那妈，叫得瓷瓷实实的，响亮饱满。一个尾音“咦”，甜美得像百灵鸟一样。

再听听儿媳妇当面是如何叫公婆的：“大（爸）咦……妈咦……”

好像舌尖之前叫牙齿咬伤了，再不敢碰牙花子，只拿上下嘴皮沾出个字儿，好像音乐里的弱起。轻声儿化，像深秋快不行的蚊子趴到了耳门子上。

这算表现好的。有些儿媳妇更过分，“叔”不叫了，“姨”不叫了，索性啥都不叫。有事儿，直接走到公婆面前这个啥那个啥的，开门见山，直奔主题。

至于做女婿的称呼岳父母，我们这里有叫“大（爸）”“妈”的，有叫“姨夫”“姨娘”的。好多女婿，也是能省一声是一声。叫出声的，也是干巴巴的，像乡下老汉劈喝茶用的硬柴，嚓、嚓的；像社火班子里打鼓，邦、邦的。

小两口这么为难地改口，在一边听着，彼此很不满意，却不说破，只在心里暗自生气。五十步笑百步，都有些自知之明，就显出“难得糊涂”的聪明来。

要是娃生下了，一下子把两口子解救了。媳妇这下轻松了，不再纠结，不再挣扎，张口就说“娃爷”“娃奶”怎么怎么了。公婆明明就坐在附近，却动不动满屋子喊着：“宝娃，叫你爷吃饭！乖蛮，喊你奶冲奶去！”

做丈夫的，悟性当然不赖，从此满嘴里“娃外爷”“娃外奶”的，比讲普通话顺畅得多。

风平浪静的时候是这样。一旦火药泄露，一下子回到原始洪荒时代，“你大”“你妈”又硬邦邦地在两口子嘴里飞出飞进，好像一切都是双方老人的不是。言外之意就是：“啧啧，你大、你妈生的你！”

此类战斗，在两口子的战事中，尚且属于暗斗。

护　短

人没一个不护短的。两口子彼此护短，一个比一个厉害。

做丈夫的，比老婆还严重。做这个结论并不因为本人是女同志，要为做老婆的辩护而得罪一大片男人。本来在护短这一方面，男人这貌似迟钝的动物就表现得更灵敏些。

你还别说人家父母兄妹如何。可有好多的说不得，否则无非是睁着瞎眼，动太岁头上的土。

庄里的路说不得。你说：“你家这路曲里拐弯的，要拧断人的肠子？”男人反应很快：“万里长城那么曲折，还是世界遗迹哩！”

就连庄里的社火没人看都说不得。你说：“台上的人比台下的人多得多，还唱个什么社火！”男人冷笑着说：“易俗社的戏好，你看不上！”

人家庄里的一根草，你也别说长得不是地方、长得太威猛了。人家护了前襟护后襟，你是自讨没趣。人家平时在人多处说个话、在会上发个言哼哼唧唧的，要是需要他为家乡和家乡人民两肋插刀，那思维、那嘴巴，都是你始料不及的。要是人家在回乡的路上一路哼唱“谁不说俺家乡好”，你只管玩手机得了。嫌这嫌那，无非是招得人家一路再不理你！

自然，做老婆的对娘家方面，也是可了劲地护了后襟护前襟的。

做丈夫的务必记住，有时和老婆吵一架都行，但千万不要说老婆的爸妈和兄弟姐妹一丁点儿不好，否则她直接跟你拼了！实话实说，这样的“悍妇”多的是。明白了这一点，即使老婆自己偶尔嫌弃自家的这个那个，做丈夫的也只需听着，要是不知深浅，也跟着嫌弃，立马会吃一杆不轻的回马枪！倒戈一击绝不是冤案。阿Q说的，和尚摸得，我摸不得？人家自个儿嫌得，你还就是嫌不得！

丈夫和老婆为自家护短不遗余力。有些两口子懂策略，反其道而行之，为了达到某种暂时不可告人的目的，讨得对方欢心，也会“违背本心”投其所好。比如，做老婆的有一天想让丈夫给掏腰包买一件衣服，就会做出无意的样子，忽然间夸张地说：“哎，你发现没？娃他爷养的毛驴那个白眼圈真漂亮！”

男人就会拊着肚皮呵呵笑，说：“没发现你还是个有心人呐，我怎么就没发现他爷的毛驴眼圈好看？”有时夸男人家毛驴的白眼圈比夸他本人帅气还有用。做老婆的乘着男人得意，话题就迂回曲折地绕到在商场里看见的那件衣服上去。

再比如做丈夫的，某一日在家待闷了，想开溜跟哥们喝一场、搓几把，也会突兀地跟老婆说：“依我看，娃外爷的脾气虽臭了些，人却是厉害！”

那老婆怎么会意识到这是个陷阱？就像球赛看到了兴奋点，立马瓦沟里倒核桃似的，咣当当一阵阵倒一堆亲爹过五关斩六将的丰功伟绩。丈夫心不在焉却又耐着性子听老婆好不容易讲到口干舌燥，赶忙见缝插针地表白想要出去透透气。老婆正在兴头上，说不定就放他一马。

彼此吹捧一番，各自欢喜，各达目的，两全其美。可要是没有想法，两口子这样江湖义气的时候不多。他们最喜欢对鸡眼，互相拆台。一个死命揭短，一个拼命护短，你来我往，见招拆招。直到战斗双方精疲力竭，方肯偃旗息鼓。

仗“势”

两口子依仗“势力”，都是在自己最亲的人面前。

很多时候，老婆还算明事理，小家里要是男人“娘家”来了人，婆娘便会装腔作势，一副贤妻良母相，轻易不使家法。

丈夫平时拖地，洗锅，顺顺当当的，要是乡下的爹妈来了，转眼就只做“三件事”：躺沙发，抽纸烟，看电视。饭熟了，要人呼喊。地脏了，视而不见。碗碟堆了一锅，杳无人迹。俨然大丈夫是也。

等到爹妈回乡下，不待老婆训斥，最是识时务，立马灰头土脸回到原位，该拖地拖地，该洗锅洗锅。

当然女人回了娘家，也是公主回驾。上了炕，坐在炕芯芯。做爹娘的，暖锅子，凉拌菜，好吃的摆了一炕桌，任由人家公主东拨拉一筷子，西拨拉一筷子。

那做丈夫的，只爱吃面，不好意思张口，看人家公主卤肉片子嚼得满嘴流油，只有坐在那里爱吃不吃。

在仗“势”这一点上，丈夫和老婆也是一般见识，离高尚愈发远了。到了各自的地盘最爱耀武扬威，低级到低等的程度，大概得从“灵长目”类剔除出去。

尽管战斗低级，但终归是棋逢对手，旗鼓相当。

回 家

根在山里的主儿，年头节下要是带老婆和娃娃回去陪几天爹娘，最是受气。

“红漆了叉，银铮了斧，甜瓜苦瓜黄金镀，明晃晃马镫枪尖上挑，白雪雪鹅毛扇上铺。”要说一路扬尘来到乡下，平日里在城里高就的男人该是高祖荣耀还故乡，可偏偏就有那不配合的婆娘和娃娃。

老婆总是嫌这嫌那。嫌炉灰乱飞，嫌炕烟呛人，嫌厨房里阴冷，嫌炕热得屁股疼，嫌上边飘的冷气又冻得头疼。娃娃也不省事，说庄里没有足球场咋整，说沟里挑的水里面有蝌蚪咋喝。为人夫、为人父的就泄了气。堂堂七尺男儿为女子与“小人”折腰，一边不得不小心翼翼地讨好母子俩，一边气得咬牙切齿，硬生生练就了一身忍气吞声的好本事。像那大年三十，做后人的捧着已故祖宗的牌位要领娃和家族一干人去庄头的干涝坝烧纸钱，“接先人”过年。娃在电视上看明星正看得入魔，被催急了，张口就说：“接什么接！”做爹的傻了眼，举起的巴掌半天不忍落下，只得又拿老婆说事，说都是那坏婆娘教坏的！骂完老婆就找个台阶下来。

做老婆的自个儿虽然表现得不怎么样，可也巴望着要把丈夫改造成自家爹娘的半子。丈夫吃亏多了，巴不得有机会出出恶气，能不摆出一副“姑爷”的架势？丈母娘请吃饭都搬架子。做老婆的回婆家怕做饭，怕受冻，故意七拧八扭的。做姑爷的到了丈人家，七碟八碗，席上席下地被尊着，也爱去不去的样子，老婆心里能舒坦？一句话，那些做丈夫的和做老婆的，在回自家的问题上，总是不肯成全对方“我们是相亲相爱的一家人”那个美好的奢望。

时而和风细雨，忽而一地鸡毛。

时而晴天朗日，忽而一声惊雷。

为捍卫家族，捍卫亲友，捍卫自尊，做丈夫的和做老婆的，随时剑拔弩张，随时一触即发。胜败兵家事不期，有屡胜屡战的，有屡败屡战的，有难决雌雄的。但输赢转头就忘，战斗双方总是保持着昂扬的斗志，战争格局风云莫测。世界上再没有哪一种战争能让参战双方始终保持如此热情。

不灭就是存在的理由。丈夫和老婆，注定了非要打长期战和持久战不可。

好在双方毕竟是有底线的斗士。两国相交，互利互惠，两口子大多坚持着吵架属于人民内部矛盾这一原则，战斗不息，调和不止。作为长期的作战对手，你中有我，我中有你，战斗已然成为一种惯性和需要，成为生活的小插曲和润滑剂。要是哪一方长期独孤求败，反倒怪没意思的。有时宁可打一仗，总比无所事事好。

也好在一遇到对方家族亲友有大事、要事，就算平日里那些个睚眦必报的夫妻，也会瞬间团结一致，成为最可靠的盟友。心往一处想，劲往一处使，大局意识比任何组织都强。对待丈夫方面的事，贱内转眼变身“王门李氏”——王门在前，李氏在后。对待老婆方面的事，家里掌柜的，何止是“半子”，岳丈家的事立马成了头等大事。丈夫和老婆端的是：吕端大事不糊涂。

总之，除了在大事、要事上保持着风度，做丈夫的和做老婆的，平日里那些鸡毛蒜皮的事儿，怎么也掰扯不清，只有任君子动口，小人动手去了。

时间之手

1

电动门哐当一声打开，引导的男医生合上他的文件夹，示意我自己进去。哐当一声，门又在身后合上。

这个完全陌生的大房间里已经有六个病号，五女一男，分别坐在轮椅和长凳上。带轮子的床摆了一地，三五个护士在工作台和里间的手术室的长廊间来来往往。是手术等候室吧，我琢磨着在两名女病号坐的长凳的一边坐下来，想这是头一回，要是永远不熟悉这里的环境就好了。

等候室朝外的门窗上贴了玻璃纸，看到外面的几个头影时隐时现，上下左右晃动。过了一会儿，有一只鼻尖拓在了门玻璃上。我在猜测，那几个头影，哪几个可能是哥哥姐姐和爱人的，那拓了鼻子的，一定是儿子了。我看到了他们的头影，他们却看不到我也正在努力地找寻他们。

坐在轮椅上的男病号拉了一只大垃圾桶到眼前，一直咔咔地往里咳痰。每个人眼里都是灰蒙蒙的，没人说话。除了咳痰的男病号，一律呆坐着。

护士忙她们的，没人理我们。时间凝滞。

有一些恐惧，一些茫然。胃不舒服，恶心，头晕。我的腰不由自主地塌下去成了一张弓，手指没一点劲，神思恍惚。一些事摊在眼前却无能为力时，人就会把自己置换成不相干的局外人。

“你做的啥手术？”

坐在同一条长凳上的一个女人突然问另一个。问话的女人年龄偏大，脸色青黄，有一种藏得很深的恐惧潜伏着。

“不知道！”被问的女人一动不动，很冷，口气像寒冬的冰碴一样。

接下来是长久的沉默。张皇失措的病人被更无助恐惧的病人所怼，不知怎么让她们有些放松，一时让我很迷茫，一愣神，出窍的神思又回来了。都是些什么样的病人呢？总之都是在劫难逃，我的脸上该有她们那样的表情才是啊。

开始点名。一名护士翻开文件夹，高声叫了一个病号的名字，坐在轮椅上的一位中年妇女低低应了一声。护士推了那人朝等候室里间的走廊去了。车轮嘎嗒嗒、嘎嗒嗒地渐行渐远，碾在我们的心上。每个人都动了一动，又回到先前的静默，除了一直咳痰的男人。

此后每隔三五分钟，就有一名护士拿起一个文件夹，带走一名病人。等候室的门开开合合，陆续有新的病号被引导进来。门每开一次，哥哥姐姐、爱人和儿子就在门口急急地找我，看我是不是被带走了。我在长凳上朝他们招手，微笑，像是在旅行的火车上等候车子启动。

叫到我了！我忽然想起眼镜还戴着，就一把抓了下来，眼前一片模糊地跑去打开等候室的门，把眼镜胡乱塞给了姐姐。七百多度的近视，我摘了眼镜看什么都是糊的，我没看清门口亲人们的脸，径直回头跟上了护士。医院发的病号服对体重两位数的我太过松动了些。我想起小时候母亲插在糜子地里吓雀的草人穿着宽袍大袖的破烂衣裳。我就这样像空洞的草人似的跟着护士，迷迷瞪瞪，深一脚浅一脚地跋涉在长长的走廊上，身后甩下了一间又一间的手术室。

“15 号手术室到了，进去吧。”护士推开手术室的门，和里面的几名护士打了个照面，合上了她的文件夹。

交接完成。我像一名犯人，终于被遣送到该到的地方了。

2

没了眼镜，我不能对手术室的状况一目了然，一切只有轮廓。

电脑前有位男医生，模糊地捣鼓着什么。三名女护士，模糊地忙乱着。眼里模糊，心里就马虎，智力随之下降，我糊里糊涂地站着，听凭护士让我先站到这儿，再挪到那儿。

也不过两三分钟，又像是很久，护士让我上手术台躺下，把病号服解开，盖了被子。先是在左脚上挂了吊针，再在胸部沾满了心脏监护仪的管子，三下五除二，我全然被束缚在了床上，主刀医生还没有到场，又告一段落。我静静地躺着，只活动脖颈，继续模糊地观察手术室的各种动态。

“哟，这位女士的心态真好，心率太匀了！好多病人一上手术台就哭，问为啥哭，说是心里难过啊！”两位护士在我的床边边忙边笑着嘀咕。

我侧转头朝她们笑笑。被护士表扬了，我像孩子一样沾沾自喜。我甚至有些迫不及待，想让麻醉师尽快麻醉了我，让医生尽快打开我的腹部……我已经很累了，不仅是手指没一点力气，浑身都没一点力气了吧？我想，没有比手术前的这个过程更烦琐的了。手术前两天，从早上八点到晚上八点，宫腔镜、彩超化验、胸透、妇检等，一共做了八九项检查。血压在 48 ~ 93 毫米汞柱徘徊，一天内抽了九管子血做各种检验，我就像被捅开脖颈放了血的鸡，整个蔫了下去。单妇检一项就重复了三遍。第一次是助理医生做的，刚走出检查室又被唤了回去，说是主刀医生必须亲自检查。主刀医生做完，说我这个病例很特殊，要再让实习医生感受一下。哪一个医生不是在无数病人身上手艺精进的？年轻医生要在实践中成长，需要多少患者给她们提供机会。结果，三遍妇检后挪下检查床时，我差不多忘记了走路的本能。手术前一天，又是各种术前准备。只清肠涮肚喝的药汁，就比整天吃的饭多。我是真心等不及手术了。护士表扬我了，我心里失笑，瞬间明白那些英雄人物因何会至死不渝，原来一个人一旦做出决定，凡事不过如此。医院里没有叫逃避的东西。大病摧毁强健的躯体，恶疾粉碎年轻人的梦想，富人的所有财产在绝症面前一文不值。决绝之境，人们不管不顾就不足为奇了。在病痛的各种折磨面前，没有软弱者的立锥之地，我们只有以极大的勇气去面对。那些逃无可逃的人，只好返求于自己并像弥尔顿笔下的撒旦那样认定：

心灵是它自己的园地，在它自身里可以把地狱造成天堂，把天堂造成地狱。

我盼望的主刀大夫张医生来了，绿衣蓝帽蓝口罩，只露出那双温和且微笑着的眼睛。张医生一进来就轻轻地拍拍我的肩头，问："还好吗？"

我朝她微笑点头，心里同时好笑地说："我好的话，能在您的刀下？"

一直蹲在电脑前，先前只询问了我的身高体重和以前有没有没麻醉过的麻醉师，终于来劲了，开始麻利地工作。他在床头的地上摆了什么器械，又把一个什么罩子套在了我的嘴上，我的嘴就被撑开、撑圆了。我睁大眼睛等着见识他怎么麻倒我。

又不见了。张医生和麻醉师在手术室似乎又忙别的去了。我戴着口罩专心致志地等着，脑袋里一时呈真空状，没有恐惧，没有茫然，没有胡思乱想。

麻醉师一直在我身边不经意地走来走去，忽然，他走到我面前，双手在我的嘴上猛捂了一把。

世界全黑了。时间停止。

我睡着了。医生游走在我身体里的刀子也睡着了。

这只是一瞬间的事，是因为医生们做事迅速无比，还是因为没有知觉的世界本来就是时间的黑洞？

3

护士在我耳边说："好了，你的手术结束了！"

眼前的黑幕慢慢拉开，各处的声音依稀灌来。我如筛糠一般地抖颤，不是很清晰的疼，是各种混合的难受！刹那间，好像有千斤重的东西轰然压在身上，而我至多只有承受百十斤的气力！这千斤重压像厚实的墙壁一样，毫无保留地一下子倾轧到我全身的筋肉骨骼和每一个毛孔，嘎嘎作响……石山压在了孙行者的头顶、肩膀，将他压趴了，压没了……我蹲着，妈把一大捆苜蓿抬放到我的肩背，我梗着脖颈单膝跪地，驮着苜蓿抖抖索索地想要慢慢立起来，苜蓿捆猛地压了下来，将我压倒、压没……半梦半醒间，我抖颤着，不能承受，不能逃脱，没有地缝可钻，没有任何力量可以依傍。唯有哼呜一般地呻吟。头脑沉沉，床的轮子吱吱呱呱地响。我被一路推着，像刚从火焰升腾的战场上抬下来的伤员。

不少人举着抬着，将我挪到了病床上。

"醒了没？醒了没？"

"醒来！醒来！"

各种呼唤，好嘈杂，好烦人！我只想睡过去。睡实了，那背不动的，就不介意再背着了。苦痛倦极，麻醉与昏迷竟是最大的向往。解脱的本质其实是逃离罢了。半梦半醒间，我听到护士跟亲人们叮嘱，要一直呼唤，不能让我睡实了，麻醉过后九小时才允许正常睡眠。

顾不得别的，我只想逃掉那背不动的千斤重压，沉沉入睡。焦急的呼唤与痛苦的呻吟交织纷杂，我像一只被插住的鹅，在火炉上被滋滋煎烤。

辗转恍惚间，一声一声的抽噎忽然在耳边飘来飘去。是儿子哭了？

我一个激灵，要挣脱迷糊。我努力地想要睁开双眼，跟亲人们说："别急！你们别急！我不是好好的嘛！"我只是在心里努力地跟他们这么说吧？我连嘴唇都没有气力嗫嚅一下。

过去了该有多久呢？有一束越来越亮的光从暗淡深邃的另一头，徐徐透了进来，然后四溢开来。那千斤的重压，终于把我压成了能压成的状态，也把我的呻吟压到了最轻微的程度。

我问守在床边的亲人们午饭吃了没，他们就放松了脸色，一齐笑我。姐说："妞儿，下午六点了，你以为呢？你是早上八点进的手术室，中午快一点回到了病室，一直迷糊，才刚清醒啊！你以为过了几分钟？"

痛苦恍惚的时间似慢而快。过去式有时该是一种多么好的状态！

熬煎继续像楔子一样扎在时间之中。狂风骤雨熬过，各种苦痛折磨绵延而至。人生的很多磨难，你是怎么也逃不掉的。那些必须要承受的，一寸都不会少，一丝都躲不过。

待我好好看看自己，可不是遍身的囚徒枷锁？输尿管、引流管、止疼棒、心脏监护仪、输氧瓶、吊针。这些仪器将我更彻底地捆绑在病床上。

时间换了一副温和的面孔，在输液管里滴答，滴答，不急不缓地淌下。我仰望着时间就这样一滴一滴地流走。

腹部如被针扎一般的刺痛，是止疼棒不能完全抑制的刺痛。听说医生从我的子宫里切出了半盘葡萄样的肉瘤，有二三十颗。从最初发现的两颗，十年里，我的子宫成了葡萄架了，一年一年，一颗一颗的肉瘤滋生，长大，长密，直到把培植它的子宫挤压拉扯到无处容生。医生的刀子从我的腹部打了三个洞进去，像铲荒地里疯长的野草一样，把这些蓬勃的活物从子宫上一颗一颗、一层一层地削了下来。子宫被铲遍了，刀铲所经之地，是一片混沌的止疼棒也不能完全抑制的刺痛。整整一夜，我的本来就很大很突的眼睛，愈发的突大。

姐说："你能不能把眼睛闭上，好好睡觉，老睁那么大干啥？"

姐知道我疼，可她能有什么办法，谁也没办法。那些必须要承受的，一寸都不会少，一丝都躲不过。

疼痛挤占了一个不眠之夜。而在第二个不眠之夜占据上风的，是术后排气之前的腹胀。又是整整一夜，胃腹之气膨胀到我的很大很突的眼睛，于是眼睛睁得更大更圆。连续几天不能翻身，第三个晚上，腰酸到无处安放。白天黑夜，无论我在病床上怎样像煎饼一样折腾不止，时间还是拉着它的老牛车极尽地磨蹭。

在有些境况下，人的需求会降到最低最低的生理需求。那些所谓的名缰利锁、富贵荣耀、锱铢必较、睚眦必报……像无事生非的笑话。

我和邻床那个二十八岁做了卵巢囊肿手术，一直被医生和护士笑话太胆小的女孩一样，变得一样胆怯了。护士打针，我把脸背到一边，攥着拳头。护士来拔引流管，我和邻床的女孩异口同声问疼不疼。刀口拆线时，我和女孩又一次高度统一地问疼不疼。

无知者无畏。但被蛇咬过后，我们开始惧怕所有的草绳，不管粗细。即便在医院这个治病救人的地方，在它的所有时间里，各处盘踞着我们各自心中极度恐惧却又无法逃离的蛇，连菜蛇也怕。

4

时间的台板上摆着富贵、幸运和长寿，也摆着贫困、疾病和死亡。庄子说："方生方死，方死方生，方可方不可，方不可方可。"有时偶然碰到伤心的事，你来不及哭。有时真正从内心发出的笑声，你事先也来不及安排。人一生中要面对的贫富贵贱、君子小人、荣辱毁誉、饥渴寒暑、苦乐得失、生死浮沉，都满布在时间的枝杈上。不管枝叶何等纷繁，时间之手总是在摩挲剪除，没有什么是在时间里过不去的。每个人不过是走在各自的时间和命运里。

术后第六天，病检结果出来，没有坏消息，我要被“刑满释放”了。

但凡是省级以上的医院，总有一拨一拨的病人，就像车赶趟儿一样。我认为人最密集的地方有三个：长假的景区，春节前后的车站、机场，医院。医院算得上是最最密集的。一拨一拨的病人摩肩接踵，一拨没出院，一拨已经等候了好久。

我和邻床女孩还没输完液，新安排的病人已经来病室几趟了。看我们一时半会还不能离开，病人和家属就在楼道里踱来踱去地数着时间等待，就像我们数着时间看注射液急急如律令般流进血液。可时间从来都是按照它自个儿的性情悠游，从不顾及我们是急躁还是安然。

女孩的母亲和弟弟早早收拾好零碎，以最快的速度输完液，一家三口逃一般地离去。邻床新来的病人入住，是一个一脸愁容的河西女人，由她的娘家嫂子陪着。两个人坐在床边，唉声叹气地商量家里的种种琐碎，女人一声一声出着长气，说她的手术做了，小饭馆就要关门了，地也种不成了，看病的钱从哪里来呢?

我终于输完液了。二哥提前回单位了，出院时间也正是儿子寒假结束返回大学的时间，爱人开车送儿子去机场，现在在返回的途中。暂时留在医院护理我的只有我姐一个人。两个人协作才能将我从床上挪腾下来，姐无可奈何。我费了好大的气力换下病号服。肩肘并用，费了不少时间，我慢慢蹭到床头，调转方向，把两只脚搁在床边的方凳上，等着爱人来了扶我出院。

河西女人看我一头虚汗地躺着，惊问："你做的什么手术？六天了还这样？"

原来女人要做的也是子宫肌瘤手术，要切除子宫。做也就做了，问题是，她的丈夫三天前才做的直肠癌手术，就在这家医院住着。女人也是新近才查出的病，赶着和男人差不多同时手术，主要为了省钱，从河西到省城兰州，往返要花几百元的车费，少来一趟是一趟。女人原以为切个子宫是很小的手术，一周出院后就可以好好照顾他切除了直肠和肛门的男人了，让暂时护理丈夫的儿子继续打工，不然一家两个病人，怎么过日子呢？

河西女人看我的情形，该是明白手术后一周就爬起来好好伺候丈夫的想法显然是不现实的。她愁眉紧锁，除此没有别的。

流泪会有用吗？罗素说："我是必然要死的。但难道我就必须呻吟而死吗？我必然是被囚禁的。但难道我就必须哀怨吗？我是必然要遭流放的。但是难道因此就有任何人能阻止我，使我不能欢笑、勇敢而又镇定了吗？"

我无力安慰那个河西女人，祝福的话更是苍白无力。爱人和姐扶我走出病室，新安排的病人推门而入，河西女人就在身后说了声再见。

每个人不过是时间的臣民。时间就在过去和现在，也在未来，等待着所有人走过。米格尔·德·乌纳穆诺说：

时间的夜河
自永恒清晨的源头
流淌……

第三辑

风物人情

在成纪故地，有一种果木叫苹果

黎明时我向窗外瞭望，
见棵年轻的苹果树沐着曙光。

又一个黎明我望着窗外，
苹果树已经是果实累累。

——切·米沃什

1

古成纪静宁，一度十分贫苦，号称“苦甲天下”。山连山，山环山，那是山的迷阵，辨不清那些山究竟从哪里开始，又要到哪里结束。山们此起彼伏，蛇行蜷曲。每一道梁，动辄七倒八歪的，毫无章法。塬地皮就这样皱着脸，似乎还一直笑着。但生活在这里的人们，脸曾是苦瓜样。

生活总是大同小异的，家家不过种些自给自足的粮食。但庄稼撒下去了，是好是歹，老天爷说了算。要是老天爷心情好，遇着风调雨顺的年份，一年的口粮就不愁了。若是风云变幻的灾年，略有盈余的人家还好说，那些一年一年勒紧裤腰带过日子的，只有东拼西凑，寅吃卯粮了。多是旱，十年九旱，旱它个天干地裂。一边是大太阳火烧火燎地烤，一边是风卷残叶，地里被炙烤搜刮得瓦干瓦干的。洋芋的苗苗才努力着钻出地皮，就被打蔫了，农人们壅上再大的土堆，也别指望能长出一颗洋芋。玉米更是萎蔫，细秆矮身，蔫头耷脑，牲口草都没得收，更别说结棒子。主口粮麦子，遇着旱情也压根儿抽不了穗。有时之前雨水还是好的，眼看着麦子胖胖的，要吐穗了，就开始旱了。能毒死人的日头，不几天就把这可怜的庄稼残害了，麦秆儿软塌塌地耷拉下来，哪还能收一粒粮食？要是遇着冬旱了，落不了几粒雪，山路上的尘土尺把厚，细得比白面还匀，走上去扑通扑通地响，直吃鞋子，呼的来一股子妖风，漫天黄土，能把人埋了。地里干透的冻土坷垃，踢上去梆梆响，来年根本没法下种。不但庄稼渴，连人喝的水都大有问题。那些海拔高一些的山庄，深挖几十丈也挖不出一滴水来。只有围个涝坝蓄些难得的雨水，时间长了，蝌蚪会摇曳着尾巴在黑绿的水里成群结队地游荡。有些庄子连个涝坝也没法围，一庄人只能在沟底里抢冒眼里的一点水，连汤带泥地舀呀，刮呀。水比油金贵多了。

要说十年九旱，有时偏偏又涝。有一年，眼看着麦穗穗笑憨憨的，秫穗穗直挺挺的，老天爷只需再忍耐三五天，农人们就可以把庄稼抢收上场了，可那刻薄的老天爷偏偏又往死里下雨。农人们眼看着到嘴边的麦子，活活给下趴了，下霉了。趁早抢收了些，码在地里没来得及送上场的，在雨地里站多了日子，湿气腾腾的，都出了芽子，打磨了也是芽麦面，难吃不说，终不顶事。靠天吃饭就这么个样，祖祖辈辈，山的子民，在这里生活，就这样活着。外面发生了什么，这个国家发生了什么，世界发生了什么，他们都不理会，一切与他们似乎没有关系。

有一种苦就是，你不是你自己，因为你的生存全赖着泥土中所生的谷粒。

2

俗话说："上帝在关上一扇门的同时，也会打开另一扇窗。"

第一个发现这块黄土地也能养人的，是个叫刘秉乾的人。当地的好多百姓，都不知道"刘秉乾"这个名字，对"刘背锅"却是连穿开裆裤的娃娃都张口闭口地叫着，因为这样叫着，比那些土生生的名字或很严肃的名字更亲近些。乡里人知道这"刘背锅"是个可怜人，是个好人，更是个厉害的人。直到现在，这离世已经好些年的"刘背锅"，那些上了年纪的人一旦提说，就像怀念已经离开了他们的亲人一样深情。

按说，这“刘背锅”的叫法总让人不舒服，即便那被叫者的形象名副其实，如此直接凌厉地挂在嘴上，难免叫人觉得满是无礼和戏谑。但当了解了这名字的由来，你会不由得心生怜悯，你才会明白，乡人们直呼“刘背锅”，是只有亲人间才有的那种亲昵和怜爱，绝无半点鄙夷和恶意。

被附近几个乡的百姓直呼“刘背锅”的人，当初父母给他起的名字叫“刘秉乾”。刘秉乾生在静宁南部最贫困的山里，是“松鼠台台”上的人。为啥叫“松鼠台台”？因为那几乎没有一块平坦的地，多是崖茬子，只适合乡里常见的一种脊背有花绺绺的松鼠上蹿下跳。种庄稼的地，都是山民们一绺儿一绺儿，一方儿一方儿就势垦挖出来的，东一块西一块，最宽的也就几十米，最窄的不过一米。山路像是七拧八扭随意甩上去的绳子，别说通架子车，人走都有些悬乎。听说常有娃娃大人走路不留意，就从崖畔沟渠里掉下去，不是摔断了胳膊，就是摔伤了腰腿。听起来像是极度夸张，这事却实实在在发生在庄里的小孩子刘秉乾身上。托“松鼠台台”的福，不幸的孩子就成了“背锅”了。那时的乡人尽管苦，可苦中仍有苦中的乐趣。小孩子刘秉乾就是在正月里庄子里耍社火时吃的亏。没有人记得还是小孩子的刘秉乾究竟有多大了，反正这个生龙活虎的小男孩已经能混在大人堆里，一起撑船耍狮子了。大人见他可爱，就让这个尕娃“男扮女装”，做“船姑娘”了。结果，这孩子在撑船耍社火的时候，一不留神，一脚踏空，从他们庄子里的崖上飞了下去。即便身子再轻的小孩，从那突兀狰狞的崖上掉下去，也绝不是闹着玩的。命是保住了，可正在长个子的小孩子刘秉乾，从此不再长个儿了，似乎只在生猛地长背部那个骨折后随意长起来的结，直到长成像是背着一口锅的大人。

从此被叫成“刘背锅”的这个孩子，他的伤痛，没有人能够体会。但他的伤痛，这块土地记得。乡人“刘背锅”，痛苦地背着他永世没法卸下的“锅”，囚徒般被困在绵延不绝的沟壑里。他一定是铁了心的，他“刘背锅”，无论如何再也不能让他的子孙后代再“背锅”，他要让他的后人们昂首挺胸。不但要挺立，更要昂首阔步地行走腾跃。

“背锅”的刘秉乾，终于找到了一条不但让乡人，甚至让所有成纪人挺立的路子。在中国苹果之乡，在静宁苹果种植史上，刘秉乾是第一个发现“新大陆”的人。终身残疾的刘秉乾，当初贾河乡政府的这位小秘书，在 20 世纪 80 年代，当上了仁大镇的党委书记。擎起静宁苹果种植大旗的，就是这个一辈子背着“锅”的矮小的男人。苹果，这种静宁人并不陌生的水果，终于在这片贫瘠的土地上闪亮登场。砸在牛顿头上的苹果，激发了一位旷世伟人的科学灵感。静宁苹果的“红娘”，则是一生残疾的大山的儿子“刘背锅”。

静宁县地理坐标为东经 105 度、北纬 35 度，介于比较湿润的天水与非常干旱的定西之间。据专家考证，得天独厚的海拔、光照、昼夜温差等条件，正好让静宁县成为苹果适生区。据说北纬 35 度线左右是一个神奇的地带，不仅是世界多个古文明的发祥地，孔子、柏拉图等世界历史文化名人的诞生地，珠穆朗玛峰、黄山等世界著名自然风景的集中区，也是苹果生长的适宜区。世界上出产苹果的著名地方，像我国新疆的阿克苏、山东烟台还有日本青森都在这个地带附近，静宁不正也处在这个神奇的地带上？

当有一天漫山遍野的苹果树气势磅礴地包围了这块曾经贫寒不堪的土地，当地的人们是多么兴奋与愧悔：这么好的一块土地，竟然被辜负了那么久！

现在，若是你在金秋九月走进成纪故地，击中你的，便是那漫山遍野的微笑的苹果。那一棵棵苹果树，舒展着身子，将无数根系深深扎在这方一度旱魃为虐、如惔如焚的土地上，安如磐石。

3

当初春的大地还没有完全从冬寒里苏醒过来，那在冬天里萎死枯竭的草木茬上，还不曾透出一点绿意。大年刚过，黄土地上的果农们已经开始了新一年的工作。

春天的手一路抚摸，果农们钻进了他们巨大的园子。及至四月，漫山遍野的苹果花开了，成纪大地，葫芦河边，山川沟壑，是铺天盖地的汹涌的粉白。百万亩的粉白铺排开来，是一种不可描述的大泼墨、大写意。

睿智的梭罗说过："的确，我从未在太阳升起的过程中出过什么力，可是，不容置疑的是，太阳升起时你正好在场，这才是最重要的。"站在密不透风的苹果园里，劳作的人们更是可以理直气壮地说，整个生长的过程，他们和苹果树一直是在场的！施肥、打药、疏花、疏果、套袋、取袋……哪一个场面，太阳不曾见证果农们的汗水？难道苹果树自己不曾感受主人们无时无刻的抚爱？

果子成熟的时候，苹果枝被压弯了下去。站在树下，感觉一嘟噜一嘟噜的苹果沉得可怕，让人有些担心。它的细密质感在你的视线里密布，犹如彩色金属。看起来并不坚韧的细长枝条，左一列右一列，密密匝匝地长着几十颗苹果，让人害怕枝条随时会折断了，或是那些苹果忍受不了，失声跳了下来。与山里野生的果树相比，它们究竟应该生长多少颗苹果才算够数？究竟应该收获多少才不至于辜负果农的心意？野果树只是随意地长着，似乎长了几个果实就是几个，似乎果实也只是它的副产品，而它的茁壮、野性，杂乱的枝条和繁茂的枝叶才是最为重要的，似乎从它的枝叶间穿过的风才是最为重要的，享受阳光才是最为重要的。所以，我看着这些常年被果农侍弄着的苹果树忘我地、拼命地繁衍硕大甜美的果子，只能为这些深情的果木感动不已了。

苹果从当年园子地头堆砌的果山，以及来年从冷库的包装箱里，一直走向国内各地和世界各处，随时随地散发着它们的甜美馨香。转眼一个轮回，秋天到来，又开始收获新的苹果。所以，成纪大地上的苹果总是新鲜明丽地走在一年四季里。由于果农们没有牛马和更多的雇工的帮助，暂时也未获得改良的器械的助力，所以他们工作时一丝不苟，殚精竭虑。因此，果农跟他的果树们，是何等亲密啊！那些苹果树们，一边在大自然的原始状态中生长，一边与一年四季抚弄着它们的果农心有灵犀。果农们则一边在园子里劳作，一边尽情地给他的果树们唱着四季的牧歌。

普兰斯特·马福德说：“有一个无所不在、至高无上的力量掌管这个大千世界，而你是这力量的一部分。”

4

成长的苹果树们，岁岁年年被一双双勤劳之手一天一天地摩挲爱抚。果子总会被阳光、雨露和一双双粘着泥土的手抚摸着长大。站在田野上的苹果园，倾尽欢颜，到了金秋，道足喜讯，一个个村庄便在色彩的渲染中，举行收获的盛大宴会。那时，整个成纪大地便沉浸在硕果累累的金色画卷之中。

千山染翠，万树摇红，硕果盈枝，香飘秋野。这是怎样的一种景观哟！这曾经的贫瘠之地，何时变得这样满目繁盛、色艳香浓？

几十年前，不说别的地方，单就静宁县城，烽台山、文屏山、五台山、北山、南山，山山都是光秃秃的。每到春天，稀稀落落的野草盖不住地皮，微微弱弱地粘在荒山上，山山皆是一片灰白。春风一刮，三两月嗖嗖不止。夏秋里动辄沙尘袭来，卷得漫天塑料袋、垃圾飞舞，迷人眼目。狂风大作，高压线呜呜嘶鸣，空气里尽是污浊和躁乱。而那乡间的河湾，不时水竭石露，南北的庄稼地里，常常龟裂瓦干。正是这个旱极了的地方，在不知不觉中一天天温润了起来，明丽了起来。

几十年来，大片大片的苹果树，在这里繁衍了起来，蔓延成浩大的阵势。

还有那些梨树、杏树、果蔬之类，甚至山毛桃、沙棘、刺槐、旱塬柳、油松、针叶松等绿化林一族，在这个山头那个沟洼，占领了所有的梁峁沟壑，不留一点空隙。山野就这样被再造了。果木和林带，硬是把一个干旱之地盘踞成了花果山，弥漫成了小江南。

剩下来的一些土地，玉米，洋芋，大豆，胡麻，各种拼命吐氧的绿色植物，也都在各自适合的地盘，生机勃勃地长着。

丰腴的水，在黄土地渐渐被养肥了的肌肤下，喷涌着攀爬到山头，汩汩漫流到四处。

疏阔张扬的路，逶迤缠绕着彩色的庄园。

古朴或华丽的屋舍，掩映在花红柳绿之中。

菽禾飘香，花木争艳。笔墨所列，略举大端，何可尽述？

面对沉实的大地，与静宁同样“苦甲天下”的会宁的那个很著名的，因为他的家乡干旱缺水写过一首《饮驴》诗的诗人牛庆国，也不无钦羡地为一衣带水的静宁人写下了这样一段诗：

一个人 又一个人

那么多人

在山川里站着

这么好的阳光

还穿着一身的绿蓑衣
他们的衣服里有什么秘密呢
走近了
一个人就从怀里
给你掏出一只苹果
就像静宁人说着说着
就给你掏心窝子一样
此刻 阳光飘香
每一句话都飘香

四季果乡，色彩纷繁地走过春夏秋冬。盛装披挂的百万亩苹果树，站在这片天空下，就站在叫静宁的这块成纪故地上，注解所有来自大地的汗水和甘甜。诗人叶芝说："愿她长青如月桂，生根，在一片可爱永久的土地上。"

苹果树的宣言

光辉曾经那么耀眼
现在却从我的视线中消逝
纵使再也唤不回
那绿茵葱郁、花朵绚烂的一刻
我们不会悲伤，而是从残留中
寻找一股力量

被誉为中国苹果之乡的静宁，劳作在这里的人们沐浴在果木的繁盛荣耀之中。华兹华斯在他《永生的宣言》中所宣泄的情绪，有时也会在这些欣喜的果农心中滋生，并带给他们更坚韧的力量。

有时是因为大自然无常的暴虐。苹果树一旦能够在山川梁峁上开花结果，果农们无论忙着还是歇着，无论走着还是站着，都无时无刻不在窥视老天爷的脸色，都无时无刻不在触摸空气的脉搏。可果农们再怎么小心翼翼，大自然不定何时何地，忽然会发一通神经。寒流，霜冻，雹灾，如利刃般悬在果农们的心头和他们的苹果树上。大自然很少顾及人们的感受和苹果树的处境，随时随地要小性子是它的特权，极度蹂躏着果农们的情感，苹果树的花果也常常被残害。

有时是充满风险的市场魔咒。苹果销售的“市场黑洞”，同样让果农们辛辛苦苦种出来的果子历经考验。由于独特的品质和口感，静宁及静宁苹果荣获“中国地理标志产品”“绿色产品”“中国驰名商标”等多张国家级名片。由于品牌效应和利益驱动，有些不法商贩打着“静宁苹果”的旗号到处销售非静宁产区的苹果，一度使静宁苹果的声誉和销售量双双受损。当然，不能科学预测市场行情，人为地惜价抬价，导致苹果滞销，也使果农们时不时受到“谷贱伤农，丰收成灾”的打击。

但不管遭受了什么，或者还会面临什么，果农们总是同他们种植的苹果树一般，有着百折不挠的基因，犹如他们常常收获的“雪里红”金果。天灾也好，人祸也罢，总不至于从根本上摧毁他们和他们的苹果树。任凭冻霜雹雪，果农们都在一心一意地拾掇这一块大地的表面，让这片以前生长稀薄的庄稼和狗尾草，生长苦涩的野果和暗淡的花朵的地面，现在来生长苹果树。他们对苹果树尽了什么心力，或者苹果树对他们默许了什么？在果农与苹果树之间，是息息相通的默契。人们像爱护自己的孩子一般爱着他们的苹果树，苹果树也总是努力地回馈珍爱着它们的人们。果农的援军是滋润苹果树的雨露，沐浴苹果树的阳光，以及含在土壤中的肥料。他们的敌人是野草、害虫、霜雪、冰雹，甚至恶商。这些曾一度把他们的果子败了许多或败得精光，也可能继续作恶，可是，果农们有什么办法去阻止大自然的冷酷暴虐，把它那转瞬变脸的脾性给改掉呢？他们更不可能逆转市场法则和淘汰机制，唯有一点可以确信和引以为豪的，就是他们总能够与果木们一道，去面对所有的困难和抉择。

在山山环扣、沟壑纵横的静宁，缠山绕梁、攻城略地的苹果，从南部乡镇一路爬山越峁，北上蔓延到城川。这个地方，地界最是开阔，苹果树集中连片，长成了一地气势。站在城川镇的东山梁上，这个最早发展苹果产业之一的乡镇，全然淹没在了苹果树的浩荡喧哗之中，沟壑梁峁和一带平川，展眼尽是苹果树铺排的阵仗。这里的果农，在辛勤的劳作中享受着苹果带给他们的最大福祉，也同样经受着所有果农们不可避免的各种考验。

相比南部各乡镇的土地稀缺，城川一带的人家，户户拥有相对丰足的土地。吴庙村的杜广源家，苹果园的规模有十多亩。广源在镇政府上班，媳妇在本村的幼儿园里当“孩子王”，家里这么多的土地，基本上是广源的父母料理。

还是三年前的一次采访中，正值苹果套袋，我跟随广源去了他家川地里的一块果园。这是一块老园子，苹果树主干粗壮低矮，分枝旁逸斜出，不是张牙舞爪伸向半空，就是一拧三扭弯向地面，整个园子里的树庞杂密集，一副不可收拾的样子。因是周末，广源的媳妇也在园子里和婆婆一道给苹果套袋。

广源的父亲杜叔，正拿着一把锋利的剪刀，咔嚓咔嚓地剪一些枝条。“都阳历六月中旬了，还剪树？”我很不解地询问。杜叔解释说：“这些苹果树二三十年了，好多都腐烂了，蜕皮了，品种也不好，我打算明年把这一块的老树全挖了，栽新苗子。反正还有好多苹果树，这几年先卖钱，等小树几年后能挂果卖钱了，其他渐渐老了的树也就陆陆续续换掉了。现在把这块地里一些没挂果子的野枝条剪掉，是为了集中营养，让这最后一茬果子长得更好些。”

杜叔曾经是村干部，城川镇是全县发展苹果产业最早和种植规模最大的乡镇之一，在种苹果方面，这老人自然是很权威的见证人。这位多年的老果农，边修剪老树边感叹说：“苹果可是个养人的宝贝疙瘩，是家家的摇钱树，是人人的幸福果。种粮、种菜、种药、养畜，我们都尝试过了，唯有种苹果让我们富裕了。”城川镇从 1986 年就开始大量种植苹果，1998 年已经有上万亩的川区果园。果园入川转向果园上山后，不到十年里，全是苹果的世界了。

老人歇口气说：“现在你看我们镇上的各个村庄，高门广厦的，哪一户人家住得不像别墅？谁家没有个车子、存款的？哪个人吃得不好，穿得不阔？都是种苹果带给我们的福气啊！只是这几年种苹果，市场风险太大了，像我们家前几年一年还能卖七八万元，这几年市场不稳，一年也就卖个三四万，这还不算老天爷整人的茬口。可不管咋说，半辈子在苹果树下钻来钻去习惯了，果子卖多卖少，都是舍不得撂下园子的。”

杜叔说因为气候、光照等自然条件的差异，城川一带的苹果的品质、光泽度、含糖量、口感等方面都不及南部乡镇的，即便是最好的果子，价钱也只能卖到南部乡镇苹果价格的一半多。虽然家家种植苹果的亩数多，但收益却远远低于南部各乡镇。

南部的苹果卖颗颗，中部的苹果卖堆堆。光源在一旁搭腔，说他们卖苹果是“数箱子，滚袋子”。前几年卖得好些，一箱三十斤左右的苹果，能卖七八十元，卖得最好时一斤三块二。这几年不景气，一箱子三四十元，一斤也就一块多。装在袋子里的残次品，一斤两三毛，滚给收果子的。我听到广源那个形象的“滚”字，五味杂陈。想那果农那么辛苦，一颗不管大小优劣的果子，终归要忙碌大半年，到头来一“滚”，也就“滚”个几块钱。那装箱的，价格虽然听起来不是很低，可一个纸箱子就值七八块，在气调库里存一个周期又要五六块，加上网套、农药、人工等，各种成本核算下来，最终能有多少收益？但不管怎么说，种苹果总比种粮食划算得多，始终舍不得把地撂荒的人家，自然也舍不得撂下他们的苹果园。

意识到自己苹果种植的各种劣势，城川人这些年开始致力于苹果园的改造升级。在广源家屋子背后不远的地里，种了百十棵小苹果苗，是镇上免费发的苗子，杜叔已经嫁接了据说是山东新品种的富士苹果。城川好多人家，开始重视老树换新苗，老品种换新品种。广源还说，百姓认识到苹果太稠太小，卖不了多少钱。这几年，果农修剪果树，“下手重了”，想着要种大苹果，要把果园务精务好。要是在前几年，果农们根本舍不得修剪，疏花疏果也不科学。不是因为果园规模大和劳力不足，就是因为管理粗放，城川的苹果种植，一度隐含着“有量无质”的潜在危机。这一危机，沉浸在果园里几十年的果农们渐渐意识到了，当地政府更是吹响了转型升级的“集结号”，主动出击。城川遍地果木，当城川人和他们的果子面临同样的困境时，当然不会坐以待毙。他们要让已经滋养了他们这么多年的苹果，永远与他们不离不弃。一些人家在果园里装了防雹网；为了应对霜冻，果农们也想出了不少好办法。在冯渠村的山梁上，有县果业局和镇政府设立的矮化密植苹果山区示范点，几百亩的梯田地里，绿意盎然的小苹果苗苗，在朗朗晴日下又站成了一地气势。因为山地苹果优良，在吴庙村的半山腰上，能看到一些早年退耕还林的荆棘树木，镇政府引导果农们拔除绿化林，换种经济林，一律栽上了苹果树。

三年过去了，这片种满苹果树的土地，眼下又成了何等气象？今夏苹果套袋之季，我有幸与朋友一道再次来到城川镇，游观走访，又禁不住满目欣喜与感怀万端。

在吴庙村五百亩老果园集中改造现场，排排行行新植的苹果苗木，犹如接受检阅的新型部队，精神抖擞地站立在一眼望不到头的平坦土地上，蔚为壮观。城川镇的贾军平镇长是个果业专家，他对我们介绍说，老果园改造是由镇上统筹，村党支部牵头，与大塬果业农民专业合作社共同组织实施的。村两委班子成员任合作社理事长，将老果园集中连片的九十五户群众，包括十三户贫困户，以及集中改造区域外的二十五户贫困户纳入社员，由合作社按照统一栽植、统一管理、统一销售、统一分红的“四统一”的原则，集中改造五百亩老果园。同时，合作社还分散改造了另外二十五户贫困户的五十亩园子。合作社的收益归村集体，集中区和分散区贫困户只受益，不参与合作社分红，确保贫困户有最大的收益。

不让一家一户掉队，不让一个人受穷。在贫困程度相对较低的城川镇，人们继续依赖使他们致富了的苹果，努力践行着一句大家都很熟悉的广告词：大家好，才是真的好！

与吴庙村五百亩新植果园近相呼应的，是靳寺村由镇政府与甘肃德美地缘现代农业集团有限公司联合创建的德美地缘现代有机苹果示范园。示范园里，五百亩无病毒苹果良种苗木长得郁郁葱葱、生机勃勃，五百亩矮化密植苹果园里已经套满了果袋。

《易经》云：“穷则变，变则通，通则久。”遍地果木的城川镇，这个静宁苹果产业发展曾经的领头羊，在自然灾害、市场规则、优胜劣汰和自我制约的重重困境中，挺身突围，集科技普及、集约经营、现代营销理念为一体，创新推动苹果产业的升级发展，正昂首阔步地行走在由传统果业向现代果业突进的征途中。

低吟或长歌，彷徨或疾行，果乡的一枝一叶，一花一果，绿意和芳香，是没有什么能阻滞它的。劳作在这片土地上的人们永远执着于他们挚爱的苹果树，就像苹果树永远钟情于他们一样。

苹果花开

人间四月芳菲尽。

在还没有一只田鼠或野兔跑过大路，在还略显清冷的太阳升上草木之时，春寒料峭里，粉迷迷的桃花最是按捺不住，先是一浪一浪地漫开，开满了各个梁峁山头。粉嘟嘟的杏花不甘落后，在更高大张扬的枝头上，随之喧哗成一树绚烂。这些都是结果子的树，自比那些只为炫目、绽放一时的花更热情性急，更铺天盖地。

事实上，在桃花杏花争先恐后的当口，雪藏一冬的苹果树也已经在酝酿着她的花事。只待桃杏一地落红，花讯去了，苹果花立马在她的枝头上先是羞羞答答地开，接着尽是清雅脱俗。

这大自然中的开花者，无非两种。一种为观赏而开，千般旖旎，万种风情，千姿百媚与浓情蜜意，尽在花期。旦夕之间，花瓣零落，便碾作泥尘，香消玉殒。一种为结果而开，譬如桃杏，譬如苹果和梨子。那些结果子的树，枝干里凝结着沧桑遒劲，性格里浇筑着沉静稳重。故苹果花开，不骄不媚，不事张扬。苹果花开，是一种清丽雅致的妍容。叶子已经相当繁茂了，苹果花苞还是不急不躁的样子，劲挺着细而有力的花柄，烘托出一颗饱满圆润的玫红花蕾，像颗粉嫩嫩的宝石。随之，这嫩嘟嘟的花蕾，孔雀开屏般，要一层一层地绽开了，你都没怎么在意，訇的一下，全开了，层叠交叉的五瓣，托举成一个朝上打开的伞盖——那做花蕾时先前的嫩红，一下子隐退了，藏到了花瓣的背面，一朵绽放了的苹果花就成了一点淡淡的粉白。一簇苹果花就成了一团淡淡的粉白，一树的苹果花淡淡地粉白着，像素颜而又粉嫩的女子，淡雅天成。那素白中旋着的红晕，是少女娇羞的面庞，笑颜浅淡嫣然。巧笑倩兮，美目盼兮，雅到极致即是骨子里的绚烂。

在花事更替的四月，在被誉为"中国苹果之乡"的静宁，有这么一个地方，苹果花率先开了。这里便是地理位置和气候条件独特的素有"静宁小江南"之称的仁大川，苹果花从这里开始开花，然后再向南向北蔓延，一路爬山越岖，像泼了粉彩的写意画，一时间，花团锦簇，山河缤纷。葫芦河边，漫山遍野，汹涌着一大片一大片的粉白，满满当当，铺天盖地。

山川沟峁，大片大片粉白的苹果花，将整个静宁大地装扮得艳丽非凡。百万亩苹果花开，就是一片浩瀚的苹果花海了。这个美丽的果乡，处处弥漫着清清的、淡淡的香，由四月向五月蔓延。

要是再看远一些，你似乎可以看到，那一颗一颗、一树一树、一山一山微笑着的硕大鲜嫩的苹果，像诗经里妙不可言的女子，已然走来……

油菜花的一季

我听说了，先前那一场凛冽的霜冻之后，故乡那雪一样的梨花，就香消玉殒在了当季。虽不在现场，不曾目睹，但心一样是疼的。因为，那是关乎故乡的花事，那是关乎亲人的希冀。

我也听说了，不久前那一场肆虐的雹灾，故乡多少丰茂的庄稼转眼叫杀害了，那是被碾进泥尘的破碎和衰败。油菜花同样遭遇了这一场劫难。冰雹过后，无数叶片和早开的花朵凋零一地。这开花的庄稼的佝偻身躯在狂风中滴沥着残雨，从瑟缩僵硬中缓缓舒展，再度抬头迎向渴慕的阳光，它们，竟奇迹般迎来了重生的花事！原来油菜花的灵魂，就是“加油”！油菜花的生命力顽强，“加油”即是它的花语。生机盎然的油菜花扑面而来，满眼是饱胀的生命力量。若置身其中，更是忧烦尽褪，唯有被感染和激励。

在故乡的油菜花经受了雹灾的洗礼之后，今天，我来了，来到故乡，来到现场。满眼所见，是一种多么摄人心魄的景致：在这个明朗热情的夏季，故乡，已然变成了油菜花的海洋！

愣神之际，我吃惊地四下打量这一向熟悉且充满儿时欢乐记忆的天地，山川梁峁，每一种庄稼都各具情态。劲挺着枝叶的玉米，开着白蝴蝶花的洋芋，金灿灿吐黄的麦子……而最炫目的，无疑是这山川里竞相开放的油菜花了。

在这个金黄的世界，带着欢度节庆般的心情徜徉于任意一片油菜花地，你自己，和那蹁跹于花朵之间的蝴蝶和蜜蜂，又有什么区别呢？随意拈起一簇，那稚子般的蓓蕾，似乎羞于见人，更怯于窥探世界，正憋足了劲，酝酿着突然绽开的勇气；那些正盛放的花朵，习惯了惬意地享受露珠的沐浴和晨阳的接纳，在夏日奇幻的蔚蓝里展颜欢笑。这所有含苞待放的羞怯和朵朵绽放的笑颜，让晨露、煦日、轻风、蝴蝶和蜜蜂都来殷勤讨好，漫山遍野的油菜花便一齐向生命舒开了忐忑的心，学习如何把握梦幻相随的一季。

遍野的油菜花，这么不眠不休的，只为实现它们唯一的心愿：要更快、更热情、更狂野地绽放。最重要的是要结出最丰满的籽实来，可不像那些只为开花的花。油菜花的心思，不在它的花容，而在于它的果实。难道不是吗？你看，就在任意一根茎杆上，有多少早开的花蕾已经遁去了，伸展着一株一株颀长的果茎，透露着籽实将一天一天饱满和成熟的信息。乾隆皇帝有诗云："黄萼裳裳绿叶稠，千村欣卜榨新油。爱他生计资民用，不是闲花野草流。"

油菜花的种子含油量达到 35% ~ 50%，可以榨油或当作饲料用。油菜花的嫩茎和叶子可以当作蔬菜食用，微苦而又清冽。油菜花是中国第一大食用植物油原料，味道不比胡麻油浓烈却不失清香。用油菜花制成的果汁据说具有预防高血压、贫血和伤风的养生功效。要是成百上千亩的油菜花连片成带，又会是一种极其美丽而壮观的景象。

置身于油菜花地，你得闭上眼睛，向那素净的花心嗅闻，它不给你过分的香气，甚至连吐露一丝淡淡的馨香都有些吝啬。虽然它这么平淡和内敛，但是它一定会在你心中悄声叮咛，叫你牢记故乡。这漫山遍野的黄花眨着金色的眼睛，撩拨着我丧失已久的童心，唤醒了早年黄金岁月的记忆。

故土界石铺，这片中国工农红军长征两次途经和三大主力胜利会师的赤色土地，在这个色彩浓艳的夏季，蔓延成一幅绿色打底、黄色铺陈的盛大画卷。我暗自思忖，此时此刻何以我独爱油菜花？只因它是我故乡大地上，这个夏天开放得最繁盛的庄稼。

迷恋油菜花的风采，我本拟采一株回去，终究还是不忍摘下一朵来，只有拖着不舍的步履，空手回城。向往，便成了另一种思乡。

山野之味

有一种味道，纯粹地道，历久弥香，属于童年，属于山野的四季。

1

我们盼着初春，最后一丝残雪融尽，依然泛白的土地上，有一天不经意地冒出一星半点的绿意，一下子，成了一簇、一团、一片、一地。

路边，常不被人踩踏的空地上，一片一片绵延的，是春天最细密的语言。学名“辣辣菜”，我们直呼为“辣辣”的，是春天里大自然馈赠给我们的第一份美食。

被大人用弃了的掉了木柄的锈钝的小铁铲，或者，一根粗一点的铁丝，一根随便的细木棍，就是最便捷的工具了。侧斜着挖一铲，或用铁丝、木棍一下一下地剜，那一棵或一簇柔弱的草，便露出了白白的根茎。不需要挖那么彻底，逐渐松动的辣辣，只要两三个手指头并拢，搓住头上的草叶，一边轻轻地摇动，一边顺势柔柔地往上拽，那从冬天里刚醒过来的土地，惺忪着，放松了警惕，辣辣一下子就被拔出来了。起初挖出来的辣辣，根常常很细很细，因为辣辣们来不及长大，孩子们就已经等不住了。

不管粗细，孩子们急匆匆地用手大概捋一下上面的土，就放到嘴里嚼，略微带一点辣酥酥的味道。先打个牙祭，止住口水，便开始慢慢享用。太细、太少，不过瘾，等挖出数根、数十根，一下子都放进嘴里，那是充实的、辣酥酥的味道，有时竟能辣出眼泪来，越是这样，越觉得带劲、解馋。一连几天，挖辣辣是孩子们最主要的事。三五个一伙，今儿个在村子里大麦场的墙根下挖，明儿个在通往各家地块的路埂边挖。只那一种吃法，也早腻味了，便每人美美地挖了一把，掐了头上的草叶，带回家粗鲁地揭起离炕眼门最近的那一块炕席，也不理睬席篾下厚厚的炕土，直接将一把辣辣铺开摆匀，仍旧扔下炕席，只等那热炕烤辣辣吃。按现在时兴的说法，要是给起名的话，大概该叫“干煸辣辣”。经过一夜热炕的烘烤，第二天那“干煸辣辣”就可以取出来享用了：沾着炕土的辣辣，烘烤得过干的，那叫一个脆，烘烤得柔干的，那叫一个韧，不管是脆的还是韧的，塞进嘴里咀嚼咂吧，只一个字：香！油津津的那种辣香，别提多有滋味了。

常与辣辣为邻的草儿中，还有一种“贵族”，我们叫“芦爬”的，至今不知它的学名。它之所以被视为“贵族”，是因为数量太少。在挖辣辣的过程中，我们偶尔会发现，有一种相比辣辣更大，叶子的边缘略带深红色的草——芦爬。一旦谁发现一棵芦爬，定会兴奋得大呼小叫，大家便一拥而上，在一旁攒着，瞅着最先发现芦爬的伙伴，小心翼翼地将它挖出来，并放到自己挖的辣辣中。一把白辣辣中加入一根红芦爬，大家看着眼馋，便更专注地搜寻，也巴望自己找到一棵芦爬。到最后，若是一起的伙伴人人都至少挖到了一根芦爬，大家便歇下了，各自享用；要是有人始终不曾挖到一棵，伙伴们总会公平照顾，有时甚至把一根芦爬掐成几截，人人有份。孩子们把那一截红红的、或粗或细的芦爬依然顾不得捋一下土，直接放进嘴里很舍不得地嚼一下，再嚼一下，甜丝丝的感觉便在嘴里、心里弥漫开来。

比芦爬更稀缺的，是“驴奶头”，学名有叫“地瓜瓢”或“地梢瓜”的。驴奶头是生长于陕西、甘肃等西部地区的一种野果，为啥当地人要这样叫它？可能是因为它的样子与驴的乳房太相似了吧。我们这些放驴娃，在山上众多的野草丛中，偶尔会发现一棵袖珍版的小树，说是树，其实只是一棵草。那小巧的草树上，挂着三两个乳房样的果实，两头尖，中间圆，绿绿的。我们惊喜异常，小心翼翼地一颗一颗摘下来，捧到手心里，终于忍不住放到嘴里咬一下，一股乳液状的果汁簌簌地漫散开来，清香，甜嫩，妙不可言。

辣辣、芦爬、驴奶头。我们如同山野里的那些驴驹子、牛犊子一般，和着泥土，贪婪地品尝着这些野草、野果，满口生津。

2

天气转暖，随后从地里钻出来的，有苜蓿、韭菜和葱秧儿。

其他的地块都包产到户了，之前农业社的苜蓿地虽说也分配给了各家，但界限只是概念上的界限，实际上看起来还是几十亩一大块，漫了半个山的。

我们便到那依然貌似大集体的大苜蓿地里，每人挎一个给猪拔草的绊笼儿，拿一把崩豁了牙的割过麦的镰刀，做出万事俱备的样子，打算要剜一笼子苜蓿，提回去让妈妈炸了吃。

苜蓿芽嫩嫩的，从前一年刮过的老苜蓿留下的干茬茬旁边，钻出了一瓣又一瓣。看起来长得有点气势了，要真正剜起来，却半天揪不住一棵。剜上一朵或一簇，里面和着的不是干草屑，就是粘带了一颗半颗干羊粪。剜上老半天，苜蓿连笼子的底儿都还没盖住。都是三分钟热度的娃娃，便心急得蹲不住了。他们一会儿跑过去看别人剜了多少，一会儿又想爬到苜蓿地上头的空地里去小便，总之，耐不住性子的早心猿意马了，且一个影响一个。苜蓿到底没剜下多少，娃娃们倒是在地里打起了滚儿，跑跳，撒欢欢。各家的妈妈也都知道女娃子是凑在一起图热闹新鲜的，不只为剜苜蓿。那剜回去的一两把带草屑和羊粪蛋的苜蓿，虽说嫩嫩的，但要拣拾干净的话，倒不如让她们重新去剜还省时些，所以多时还是撒给鸡吃。我们真正吃到的喷香的凉拌苜蓿，都是妈妈抽空剜回来，炸熟，用油醋拌的，真是好吃的野菜！这样的野菜摆上炕桌，塞得腮帮子像松鼠的，都是娃娃们，大人们一副爱吃不吃的样子。当时不大理会，现在才明白，饥荒年月，父辈们就是靠苜蓿野菜这些东西垫补充饥的，早吃得没了胃口，自然不怎么喜欢。

韭菜是村里人家最主要的“饭面子”，各家不是在自家院子背后的园子里种上一畦，就是在离家最近的地块的某个角落种上一片。大人们吃韭菜，一定是割回去洗净切段儿，用油炒了，面熟了，调一撮炒韭菜，油绿鲜香。我们偏偏爱生吃韭菜，不管是谁家的园子或地块，冷不丁跳进去，掐上几根儿，放进嘴里，嚼得满嘴辛辣，一口绿水，却是解馋。

好吃的是葱秧儿，初春栽的小苗苗，不似从土里钻出来的隔年大葱那般辣人。葱秧儿的葱白短，叶子多，竟有一股甜丝丝的辣味。我们就喜欢那种不蜇眼睛、不甚刺激的辣味儿。别人一不注意，我们就跳进人家的园子或地里，一边彼此吓唬着“人来了”，一边慌乱嬉笑着掐几把，可怜那蓬蓬勃勃才准备好好冒高的葱秧儿，胡子眉毛被一把撸了。撸了葱秧的，胆子再大也不敢待在人家的园子或地里享用，先逃离了现场，再一伙人一屁股直接塌在路当中，有把葱秧儿一根一根放进嘴里细嚼慢咽的，有直接塞进嘴里一股吃的，被辣得挤眉弄眼，泪水涟涟。

韭菜和葱秧儿长得最鲜嫩的时候，我们这些黄毛丫头嘴里成天异常难闻，特别是那些没有生吃韭菜和葱秧儿的人，更是受不了那种怪怪的味儿。我们自己早吃得满嘴麻涩，浑然不觉，见别人最怕这生葱、生韭菜的怪味儿，便乘不设防，故意冲到那人跟前，照脸“哈”出一股怪味，再扮着鬼脸逃之夭夭。

所以，春天里有一段时间，女娃子们和生韭菜、生葱是同一种味儿。

3

娃娃们不只盯着地里长的解馋，还惦记着那树上挂的。

先是榆钱儿。杏花缤纷落地，山野路边的棵棵大榆树上，浅绿的榆钱儿开始挤满枝头。那榆钱儿薄薄的，圆圆的，一片一片、层层叠叠地镶嵌着，真像堆砌的钱币。我们中间，身子灵巧的孩子，双手攀住榆树粗壮的主干，两脚踩住榆树糙糙的树皮，屏住呼吸，骨碌骨碌几下爬上去，撸下一串串榆钱儿，急着塞进嘴里，一股甜丝丝的味儿，恰到好处。那上了树的家伙，直到坐到树杈中吃腻了才肯下来。没本事上树的，只得在树下打转转，蹦着跳着，偶尔抓住低一些的枝条，直把上面的榆钱儿一口气吃个精光。有实在够不着的，不得不求上面的伙伴折下几枝扔来，算是食“嗟来之食”。

榆钱儿才吃罢，五月的洋槐花又一嘟噜一嘟噜地开了，雪白，稠密，漫山遍野飘满了浓郁的香气。孩子们的心也如槐花一样怒放了，三五成群地聚在大槐树下，有人从家里偷出了大人割草的镰刀，绑在长长的木杆上，用那长把镰刀去钩槐树枝。槐花枝弯下来，孩子们欢快地攒到一起，抓牢了槐花枝，一朵一朵地采摘，白色的小花像颗颗洁白的珍珠，跑进每个人的嘴里，我们便又成了满嘴飘香的孩子。

每个孩子衣兜里揣的时间最长的，要数青杏。杏花谢了没几天，我们已经爬到长满了杏树的山上，开始打量起青杏，到了馋不可耐的程度。那还没有褪尽花瓣的小杏儿，刚露面目，只不过一粒麻子大的光景，我们已经按捺不住要动手了，掐几个扔进嘴里，有一点点涩味。自此，不再罢手，上学放学和周末时间，我们三天两头钻空子上山。那些毛茸茸的可怜小杏儿，被我们挑三拣四，从这棵树摘到那棵树，又折回来，嘴里还说着："这棵树上的好吃，那棵树上的不好吃！"

我们起初吃时根本不吐核儿，因为太小实在吐不出来。等到杏子慢慢大些了，再连核吃就实在苦涩，便会小心翼翼地咬破了，剥出白白嫩嫩的杏核扔掉。有时，我们还会从妈妈的针线笸箩里找一团棉花，剥一两个嫩杏核用棉花包了，塞进耳朵里，说是暖着暖着，能抱出鸡娃来。当然，没有哪个孩子最终能抱出鸡娃，但大家对这个游戏总是乐此不疲，因为它简单而又让人开心。等到过段时间，杏核渐渐硬实起来，啃完杏肉就可以攒一把又一把的杏核儿，乘着课间三五个攒一堆，弹着赢对方的杏核儿，输了赢了，同样激动人心。

就这样，那一山的杏树，在整整几个月杏子的成长期内，几乎天天被我们光顾着，从这一棵到那一棵，从山根底下到山顶上，几乎棵棵都被我们检阅过。起初的时候，有好多杏子还伸手可及，慢慢地，树下够得着的已经被我们扫荡得所剩无几。我们便又一个一个，不是自个儿蹿上了树，就是被其他伙伴托着屁股爬上了树。我们踩在树杈上，先吃饱了，再把上衣和裤子的所有的衣兜摘得满满的，才肯下来。

所以，有几个月，我们蹦跳在路上，不是一边走一边裤兜里溢出一颗一颗的青杏，就是吸溜着口水，大嚼特嚼着青杏。妈妈洗衣服时，从我们的衣兜里掏出来的，尽是蔫了的青杏。晚上睡觉时，从我们的衣兜里溜出来的，总是被弹磨得光秃秃的杏核儿。

六月，满山的杏子跟麦子一道黄了，一村的大人娃娃，背背篓的，提绊笼的，上山抢收野杏，剥了打了，卖杏干杏仁，这是婆娘娃娃私房钱的主要来源。那时就不仅仅是摘了，大人们为了装得更多更快，常常带了一根长些的木棒，朝着山埂滩洼直接往下打杏子，青黄的杏子带着枝叶，落得一地狼藉，娃娃们多在一旁捡拾。那些长在陡坡上的杏子打下来，会漫山漫洼地蹦跳着滚了，大人们便上树去，连叶带杏儿，一把一把地捋，待背回家去再慢慢清理。没过几天，满山的杏子便被洗劫得不留一颗。

我们无比扫兴，在家里那苍蝇嘤嘤嗡嗡欢舞的杏堆上，拣起这颗咬一口，扔掉，挑起另一颗咬一口，再扔掉，全然没了自己从那树上精心摘下的一兜杏子的鲜香感觉。

杏黄前后的一段时间，娃娃们成天揣着杏子，嚼着杏子，面色蜡黄，萎靡不振，不是叫唤肚子疼，就是躲着不肯吃饭。

妈妈们便会埋怨，都是那烂杏儿吃的！

妈妈们哪里知道，烂杏儿我们根本不吃。只要那青黄不分的一堆山杏倒在自家空屋子的地上，大人们准备捏杏干、打杏仁，我们便对杏子再没了一点兴致。

只盼来年，那杏花再谢的时节。

4

山野的好多东西，真叫香啊！贼香！贼香，是因为几乎离不了一个“偷”字。

我们最爱偷的，是豌豆角儿。种豌豆的人家不多，一是豌豆产量低，二是家口大的庄农人，主要靠麦子、玉米、洋芋之类的当口粮。那些种豌豆的，收成了，也多是粜了豌豆变钱的，自家倒不怎么吃豆面，给牲口当料就更舍不得了。

既然村子里豌豆种得少，我们这些专偷豆角的贼娃子便显得多了起来。偷豆角讲究技巧，就是打时间差。多在正中午，山上干活的大人都回家吃饭午休，孩子们乘机三五个一约，直奔山顶零星种了豌豆的地块。离庄子越远，我们越是放心放肆。到了豌豆地里，我们急着挑最大、最饱满的豆角儿，先把几个衣兜装满了，再摘上一掬一捧的，一屁股塌在地边上，直到吃得打出草腥味的饱嗝儿，豆荚丝铺了一地才罢休。有那贪心的孩子，所有的衣兜装满了仍不满足，又把贴身的小背心扎进裤腰带里，把豆角从脖颈灌下去，装得满肚皮都是，活像只大肚皮的青蛙，这才心满意足地离开豌豆地。大人们午觉起来上山，我们早已安全撤离“作案”现场，不是在河边水里拍打脚丫子，就是在先前农业社的集体大场的草垛下躲太阳，继续剥吃囤积的豆角儿。

那些种了豌豆的人家，见了满地的小脚印和地边干得打卷的豆荚丝儿，想必一定生气，但我们从来不曾听得有哪家的大人咒骂过孩子们偷了他家的豌豆。这不是明摆着惯我们馋嘴偷吃的毛病吗？

更让我们垂涎三尺的，是下川队闫老二家的樱桃。那时的人固执，就是不知道随便在庄头地畔种棵果树，整个村子里有樱桃树的人家实在没几个。便是有的，也都内敛低调，只在自家的深宅大院里，开花结果吃樱桃，与外人不相干，随便馋不着我们。偏那闫老二家的樱桃树，就长在他家院墙根下，院墙纵然很高，个子不高的樱桃树还是很急切地有几枝想要“红樱出墙”来，这不是成心诱惑我们吗？

闫老二家那樱桃，打从树叶底下冒出来，就被我们瞄上了。我们每天上学放学经过他家院墙，免不了要打量一番的，直到那樱桃一日一日地泛红。

我们估摸着能下手了，便开始密谋，在有月亮的夜晚行动。因为非得将一人支高了才能够得着，才能摘上那几枝伸展出来的樱桃，人多了反倒碍事。一天，我便和冬香合计，晚上要把那差不多伸到墙外的樱桃摘了来止涎水。一切照计划进行。天黑了下来，月上枝头后又清朗起来，我和冬香蹑手蹑脚地到了闫老二家站着樱桃树的墙根下，商量之后，决定由我支肩，顶着精瘦得被称为“猴儿精”的冬香上墙采摘。

我心甘情愿做狗蹲状，等冬香骑在我的头上，两只赤脚丫在肩头踩踏稳了，便憋足了劲，顶着她慢慢站起来。冬香虽是瘦猴精，但毕竟和我年龄一般，个头一般，身材也差不多，我憋得脖颈的血管几乎爆裂了，裤带大概也不怎么安全，才两腿打着战将她顶起来。我在下面龇牙咧嘴，冬香在我的肩上抖抖索索，半天拽不住一根枝条。都是叫嘴害的，我们才“硬叫挣死牛，不叫打住车”。

这时，最不该的是，我一边驼着猴瘦的冬香两股战战，一边不经意地把头朝身后扭了一下——隔着条路的身后，是一条大荒渠。那渠老早是灌水用的，后来不知怎的不用了，成了荒渠，里面一年四季是一人深的蒿子荒草。按说，一条长满蒿草的荒渠也没什么特别，偏偏这条荒渠，对我而言是有故事的。每年的大年三十，我们一家和叔父一家一起守夜，为了逗孩子们，叔父总喜欢讲各种各样的鬼故事，且那一个一个的鬼故事，都有具体的时间和地点。偏偏叔父的鬼故事其中的一个长发白衣的无脸女鬼，就是从那个荒渠里摇摇曳曳地上来的……而且，就在我不经意把头朝身后扭了一下，瞥见清幽的月光下那黑黝黝的荒渠时，那长发白衣的无脸女鬼，像真的正从渠底里幽幽地往上摇呢！这么幻想着，我“啊”地大叫一声就忘乎所以了，早忘了肩上还顶着个“猴儿精”，只抽身就跑。可怜那正拽着枝条捋樱桃的冬香，冷不丁被突然抽身的我撇下，整个人簌噜噜从墙上擦下来，上衣被撩起，肚皮直在糙土墙上擦过，其情状不说也罢。

等满脑子疑惑的冬香一边抚着肚皮一边趔趄着追上我，

我已沿着一条小岔路逃离荒渠几百米了。冬香还以为是闫老二家有人发现了我们来赶攆，一听我结结巴巴地说是荒渠里有一个怎样怎样的白衣女鬼，冬香便瞪着杏眼，异常生气地说："串难朋友才是真朋友！"我知道，冬香是想活学活用我们英语课上的谚语翻译"患难朋友才是真朋友"，却不认得那个"患"字。两个人随之又因为"患"和"串"的"官司"笑得人仰马翻，荒渠里那摇摇曳曳的白衣女鬼，冬香那擦得红一道白一道的肚皮，一时又被我们忘到了脑后。

5

丰收的秋天，我们照样有口福。

先是那在秋白菜中撒种的红红的水萝卜，辣中带甜，脆嫩脆嫩的，好吃得很。不似那春天里撒种的水萝卜，太小的时候吃起来又辣又老，长大了没几天又成了空心大萝卜，根本没法吃。秋白菜中的水萝卜则水灵灵的，在松软的土里，爆出半个红艳艳的圆润身子，我们只需两三根指头捏住萝卜叶子轻轻一拔，一根乖巧的萝卜就在手里飞旋了起来。离拔萝卜的地头稍远一些，在糜子地里赶雀的或放驴的几个伙伴凑一起，也是直接塌坐在地埂上，根本用不着下馍，和泥带土的水萝卜就在我们每个人嘴里咔嚓咔嚓地脆响起来，如交响乐一般。

不知为什么，我们对向日葵的心思一直不重，从来不敢掰了整坨子来，大不了，只是把它们掰成花边——种了大片葵花的人家看得紧，地里我们是轻易不敢进去的。我们瞅准的葵花，多是玉米地里野生的，也多是长在地畔边的。每次有意无意走过那些玉米地里站了三两棵葵花的地畔，四下里一瞅，没人了，我们慌慌张张拉下葵花的头来，战战兢兢地掰一块儿，立马逃之夭夭。一棵大葵花坨子也耐掰，三五个娃娃好些天才把它掰得只剩一小喇叭样的秃头，朝天扎着。那玉米地里野生了几棵葵花的人家，从来没指望着自家能吃上一粒葵花籽。因为不是娃娃们一块一块地掰完，就是那狡猾的松鼠蹲在葵花背上，两只爪子举着籽儿，磕一葵花背的空皮儿，只留葵花心中间的一撮瘪籽儿，葵花坨子则依旧低眉顺眼，貌似籽粒饱满沉重，只给人个眼欢喜。同样是做贼的，松鼠比起我们，更像个高手。

接着，荒山坡顶，狼烟起了。又是一伙放驴娃，将牲口们全都赶到草早已被啃得稀短的野茅沟里去，害不着庄稼，也不用看管。自己则爬上野茅沟，有流窜到人家玉米地里掰棒子的，有跳进洋芋地里揣出几颗洋芋蛋用衣襟撩的，有满山洼捡拾柴棍的。原料、燃料一应备齐，一伙“祸害精”倚着地旮旯，挖一个类似火炉样的灶坑，先把各处找来的柴火点着，将玉米棒子架在上面烧烤，洋芋搁在坑里，被未烧完全的灰烬埋着，等到烤得乌黑的玉米棒子啃完，埋在灰烬里的洋芋也差不多熟了。即便不熟，我们也都一颗一颗急着掏出来，就那样半生不熟地啃，再没有比那滋滋冒着热气的烧洋芋蛋更好吃的东西。更有甚者，既嘴馋又胆大的男娃子，有时还会设法捉来鼹鼠——我们俗称“瞎瞎”的，又肥又大，摔死了，用牛粪粑粑包着烧烤，待到熟了撕剥抢吃，肉香便飘了半个山洼，女娃子只远远闻着，多不参与。

地里长的，山上跑的，素的荤的，似乎没有娃娃们不敢吃的。

6

还有天上飞的。

北方的冬天萧瑟，山村里只剩下一片荒败。除了有时能在河湾里滑冰时溻了掰块冰吃，我们实在是馋极了的。

我们便常常盼着落雪。雪落得走上去扑通扑通地响的时机，最好不过。那时，可怜的雀子被逼到了山穷水尽的地步，实在无处觅食，才肯到各家的小院里来寻生计。我们早严阵以待，恭候着雀子们上当。

那些蓬松着羽毛瑟缩在墙头和树枝上的麻雀，现场看着我们为它们布下阵式：在院子中央扫开面积不大的一方积雪，找来筛子和拉麦子用的扎绳，折一根小木棍，拿绳头绑了当撑竿，支起筛子，筛子下面撒上一层秕谷，再在筛子的外围象征性地撒些秕谷，最后将拴了撑竿的绳子慢慢拉直了，塞进我们待的房子的木窗眼。一切准备就绪，孩子们在土炕上挤成一堆，躲在窗户后面凝神屏气，急切地等待着雀子们自投罗网。

那雀子们本也不傻，陆陆续续试探着从墙头、树上扑棱着翅膀下来，慌里慌张地将撒在筛子外的谷子啄食几粒，又慌手慌脚地飞上去了。我们抱怨这些家伙是有些小聪明的，但再怎么敏感谨慎，却耐不得饥肠辘辘。雀子们小心翼翼，如此这般试探数次，无奈雀多谷少，筛子外面的谷子很快被抢完了，它们最终不得不算计那筛子下的美食。先是有一两只胆大的，蹦跳着在筛子的边缘抢几粒出来，慢慢地便掉以轻心了。领头的安心地吃着，好多雀子便麻痹了起来，一只一只要么跃跃欲试，要么一头钻进筛下也安安心心地吃起来……我们早憋足了劲儿，见已经进去了好多雀子，便呼啦一下猛拉绳子，筛子瞬间倒下，贪食的麻雀全军覆没！我们欢呼雀跃着，都是有经验的罩雀儿老手，顺带抱了炕上自己的破被子去抓捕“战俘”。我们用棉被将筛子的四面捂严实了，由一个不怕雀子啄的伸手进去，任凭那一伙胆战心惊的“囚徒”惊恐地惨叫着，一只一只地将它们按住，小心翼翼地只揭开筛子的一点小缝，巧妙地抓出每一只被扣住的不幸者。

摔死雀子，炉火中、炕眼里烧雀儿的那些情节，现在想起来着实有些残忍。只是那烧熟的雀肉，特别是雀子膀子上的那一疙瘩精肉，当年参与其中的娃娃，后来怕是再也没有吃过那么香的肉了。

长大了才明白，那些因为我们的馋嘴而难逃一劫的雀子们，真正就叫“鸟为食亡”。

要说，山野的味道之所以鲜香，总括起来不过因为一个“馋”字。是那种彻头彻尾的馋，是一个人想独吞一根煮熟了流油的猪尾巴的馋。那些因嘴馋而养成的“惯偷”行为，也是一直被默许了的，是村庄里的“潜规则”。

村庄里的娃娃，再没啥好解馋的了，唯有山野之味，鲜香生脆，且能自给自足。渴极，掬一捧山泉，掰一瓣冰块，饮之嚼之。馋极，采摘些山蔬野果，吮吸啃咬。更有甚者，在邻家地里掐一把葱叶，拔几个萝卜，掰一块葵花，一年四季里生吞冷饮，肠胃竟也安然无事。

眼下，我们这些当初的孩子，衣食丰足，味蕾麻木，也老成矜持了，不再馋了，更不去“偷”了。

倒是手边的果蔬盘里，一年四季摆满了跨省、跨国和反季的果子：草莓、桃子、芒果、菠萝和其他种种。这些果子，个个面目光鲜，又不尽然像我们所看到的那样。至于那些摆在餐桌上的大鱼大肉，早成了多数妈妈和那些体弱挑食的孩子之间讨价还价的对象。我们这些主妇也无从计较，那些被批量宰杀，摆在肉铺街头的鸡和猪，因何比那时我们村子里喂养的鸡和猪生长得更凶猛、更膘肥体壮呢？

只有山野的味道时时弥漫在儿时的梦里，是缠绕在心底的泥土的馨香。

五台山的性情

树点千家小，
天围万岭低。

与县境内其他山相比，五台山显得低调了些。以至于像我这样倾心于大自然的人，登临其山也不过一两回。甚至第一回并不是特地冲它去的，而是去五台山脚下看庙戏。醉翁之意不在酒，我只模糊地记得，那是好陡的一座小山！戏台坐落在山根下，看戏的场子朝着山腰斜劈了上去，不小的坡度，所以一折戏下来，看戏的人像是在倒行，几欲扑落下来。给人的印象，用我们当地的方言形容，就是这山太陡扎了。

当然，我今晨特意去五台山再考证，五台山照样陡扎。多大点山呢？无非像哪个庄子里稍宽大一点的崖背滑坡罢了。

山是小，却有气势，个性尤为显明。山上都是些什么树啊？山桃、山杏、白杨，一眼就认出来了，还有些张牙舞爪、惨绿愁红的树木，因为植物学知识过于欠缺，我实在叫不出名字。可不管是认识的还是不认识的树，一旦在五台山落脚，性情自是与别处不同。先是一个“挤”字了得。最是占山为王的白杨树，自以为是草，长得那叫稠密。因此不知长了多少年，仍细脚伶仃的，差不多分匀了小小的地盘斜立着。细而高的个头，一个一个傲然扎向天空，挤是挤，却从不相互勾肩搭背。至于那些叫不出名字的野树，长得更是密了，叫人看着心里透不过气来，也是彼此相安。拙莽，只能用拙莽来形容五台山的树。和那些种得整整齐齐的树木相比，我更喜欢自然生长的。它们七倒八歪，是不是自斟自饮，灌醉了自个儿？但说实在的，我很不喜欢去那些栽种整齐的树林中消闲。这话说起来带了些返璞归真的意味儿，却是真性情，因为在今天，我们已经很难见到和原生态有关的东西了。五台山的草木则处处显露着原住民的姿态。

拙莽而热情。山任性地陡，树任性地长，花任性地开。一棵不知怎么才长到五六十厘米高的小杏树，居然满身繁花，花直接开到了地面，以为自己是狗尾巴花吗？一棵经年的老杏树，左半边不知干枯了多少年，右半边开的花却喧闹而嚣张。一棵缀满花瓣的小杨树，枝枝杈杈的，像刚学画画的小孩子的信手涂鸦，丝毫不考虑造型的美丑。记得有谁写过父亲的菜园里，玉米棒想结几根就结几根，同样的，在五台山上，树想咋长就咋长，花想咋开就咋开。树木只要扎进土里，就会抽出繁茂的枝叶，春风只要掠过枝头，那些会开花的树就会绽放出热情的花朵。一切是那么自主自在。

别看它是这么一座不起眼的小山，自有它的博大处。抬眼望去，山上有不少庙宇。从历史渊源来说，五台山的历史不短，它是一座人文之山，个中详情，暂且不去细究，否则倒是无趣了。小小的五台山，香火绵延了几百年，从不拒绝任何一个弱势群体。其实，何谓神灵？在我看来，只不过是人自身有迷惘、奢望、惧怕与祈盼，借以神说事而已。设置了各种束缚，无非是人在虚妄之中，又给自己加上了沉重的精神枷锁。小小的五台山，庙宇棋布，任人自由来去。雁过长空，影沉寒水，雁无遗踪之意，水无沉影之心。信仰与不信仰，开通与不开通，尽在自身。我喜欢这样有着人间烟火的五台山，无所禁忌，开放包容。

我对五台山甚有好感，还因为它的名字。静宁县五台山与中国佛教名山——山西省的五台山同名。山西五台山由一系列大山和群峰组成，其中五座高峰峰顶平坦如台，故名五台。据传，静宁五台山始得名也有同因。与世界佛教圣地的五台山相比，我县境内的五台山虽是小巫见大巫，但山不在高，有仙则名；水不在深，有龙则灵。静宁县小小五台山的香火，也是自有宋以来绵延至今的。戏曲及民间传说中的人物，金刀老令公杨业的第五子，叫杨五郎的，官封宣威将军、殿前司马、步军都指挥使。金沙滩一战中，只剩下他自己单独应战，最后寡不敌众，逃过追兵，往五台山为僧。后战事危急又出山，终饮血疆场。出世又入世，都为人间情长。不管位居何处，一旦听到“五台山”这个名字，总会让人将其与献身、血性等联系起来。

在这花事烂漫的春天，登临小小的五台山，虽然意犹未尽，因为出现在眼前的并非想象中的阵势，但我依然兴味盎然。五台山上的景致触目可见，我们并不急着看尽所有的风光。山天相接的地方就是思想的天堂，最聪慧的行人总能看到最美好的风景。因为在偌大的城市，自然和原生态的东西原本就少得可怜，所以才要用这些有限的山石树木来弥补我们的缺憾，来丰盈我们贫乏的精神。一座或大或小，历史或长或短的山，对我们来说，又有什么关系呢？山有呼应，路有回转，树有枯荣，云有沉浮，一座山就是一片可赏可游、可亲可近的天地，置身其间，我本来只有耳朵，现在却有了听觉；我本来只有眼睛，现在却有了视力。

我将自己最欣悦的视听，留给了大自然，包括五台山。因为我相信自然可以改变人的某些特质，就像五台山的拙莽与开放含有一些唤醒人心的东西。

仙人已去峡犹在

1

让我惊喜的仙人峡啊！

仙人峡位于静宁县雷大镇东南，之前叫麻峡或葫芦河峡。20 世纪 80 年代，静宁县打造伏羲文化，以威戎镇境内的仙人桥衍生出“仙人峡”的名字，并无史证，但渐成人们的习惯称法。仙人峡各段也有各段的名字，如麻峡、程峡、高家峡等。

我几乎曾走遍成纪大地的每处山川，心里大概是有谱的。去仙人峡之前，我以为它也不过是一处小小的景观罢了，不会有太大的旅游价值。只是由于有知遇之恩的前辈盛情相邀，就随便去看看吧。因此，在雷大程峡的山梁上下车，我心绪懒懒的，脚步散散的。最初俯瞰仙人峡，除了重峦叠嶂，也无甚惊奇。七拐八弯，山路愈来愈陡，动了大工程劈出的石径小路，外围拉着铁链防护，愈来愈动人心魄。及至半崖，脸面渐觉湿润，天地间开始有些异常，充斥周际。眼前的景象愈来愈与众不同，浑身骤起一种莫名的紧张。我抖抖索索，一身冷汗，终于站在了状如大脚印的所谓龙马城前，一方不规则的长方形土堡，古朴而苍远。

到了谷底，深入仙人峡，竟有太多的震撼。

我开始意识到，眼前这片绵延重叠的黛青峡谷，与外围远离它的那些山谷截然不同。黄土与山石随时交融渗透，土中有石，石中有土。山坡上随处裸露着大大小小光秃秃的青色岩石，遗世孤绝，一根草也没有。而在那些岩石的周边，满山满坡都是地毯般的野草，在初冬的凋零里色调灰白，和谐统一，单纯明晰，把种种芜杂都抹去了，气韵开阔。干旱的土坡上也好，坚硬的岩石罅隙间也好，都铆足了劲儿长着的这些矮小但显然曾经生机勃勃的花花草草，骄傲地宣示：无论怎样的生存方式，植物都能适应。仙人峡的与众不同在于它的色调，它的质感，它的硬度，它的时而裸露的嶙峋石崖，它的遍布长峡的幽深气息，它的五步一观、十步一景。走进仙人峡，你很快会察觉它的老成和固执：显然，它慢条斯理地承受了一次又一次巨大的自然变迁，不动声色地展露着自己野拙的面容。

初冬的仙人峡，逗弄着云天间的光色。时而开阔，揽进了不少蓝天白云；时而有天墙一样的山峰把天际堵严了，烟岚缈缈，弥漫成一种铅灰色。

在蜿蜒幽深的峡谷里，和我们一起前行的，是喧闹奔腾的葫芦河。葫芦河，《水经注》称为陇水、瓦亭川（瓦亭水初称娲水，其得名与女娲有关）、长离水、新阳崖水。以后又有武延川、长源河、苦水河的称谓。《静宁州志》载："长源河，味苦，俗名苦水河。"源于西吉县月亮山的葫芦河，从八里镇的闫家庙流入，在县境内流经七峡八川，忽放忽收，因状似葫芦而得名。在仙人峡，葫芦河伸拓出这个千回百转的峡谷，两边的崖壁簇拥在她的身边，深情地目视着她挥洒流转。她欢腾踊跃着喧嚣的生命，节节延伸，在地面和地底下，筑造了另一座万里长城。她一路奔着，遇到河中的大石头，"豁"的一下裁割为二，直蹿出去；遇到一个崖湾，立即乖乖地转身改向。有时她又对自己的驯顺有点恼怒了，猛地翻卷咆哮，但越是这样，越是显现出一种更壮观的驯顺，很快随地势复归于平缓。

置身峡谷水际，再玩味"仙人峡""龙马城"这些神奇的地名，一股奇异的暖流淌过心田，令人神清气爽。它们的名字温柔神秘，不似人为制定的那些萧索的信条规章。季节更迭、草木荣枯，这些自然法则比人类的条条框框更显渊博。在这个深邃悠长、蜿蜒曲折的峡谷里，你会不由得生发奇思异想。你会猜测：那些芦苇花、野鸭和崖壁上的野草会有怎样的思想？你会琢磨：是什么力量将整个大峡谷的色彩不断改变、景致不断切换？

仙人峡的崖，怪石嶙峋，突兀陡峭；仙人峡的谷，水壑纵横，花草遍野；仙人峡的水，曲折蛇行，千回百转。仙人峡谷长百里，谷中无径，须涉水、踩石、攀崖、跃壑而进，惊心动魄，又充满愉悦。

山拥水，水依山。眼前，这个峡谷里瑞气升腾，祥云盘旋。自然终究是自然，不欢悦，不敞亮，安然地在茂盛之中积淀，一眼望去，意味隽永，不知深浅。

如果我们的双脚没有踏在大自然坚实的土地上，那我们的脸色一定是苍白的。在一个懂得欣赏自然之美的人眼里，没有任何一种事物可以伤害和剥夺生活之美。就像树木、花草这些美好的植物一样，它们从不会让人绝望，给人们的只有欣喜。

在仙人峡，我欣喜着仙人峡的欣喜。

2

仙人峡是自然的。

自然总是神秘莫测的，惊叹则是我们给自然的回应。葡萄牙古代诗人卡蒙斯说：

> 大地在此结束，
> 沧海由此开始。

自然界有霎时毁灭的情景，例如地震、海啸、火山爆发等。在我们采风组一行即将离开仙人峡时，同行的知三老师发现了一块遗落在地的奇妙的石块：灰褐色的石头上，布满了形似柏树叶子的深黑色图案。王老师惊奇地说："是柏树化石！"他急切地拍照后，让同行者把这块石头带了回去。步行上山时，给我们做向导的崖湾社的社长程学明，又在今年新开的路上的推土机铲下的碎石中，指引我们捡到不少柏树化石的碎片。在仙人峡意外发现柏树化石，是最让我惊喜的事，对之一探究竟的兴致浓到痴迷。

我在网上特意聊及此事，曾在静宁县水泥厂工作的朋友告诉我，以前他们厂在麻峡有个石料厂，石料厂在那里采了几十年石头。后来，地质勘探队的工作人员发现这里有个柏树化石带，带厚三米。柏树化石带证明，仙人峡在史前是原始森林。地方志书有载：静宁曾一度"以森林和森林草原区为主体"。

当我仔细打量手中的柏树化石碎片，重新翻检手机中随意拍下的仙人峡内的那些岩石时，果然惊喜地发现有一些面积成百平方米的裸露岩石，一眼望过去，就是一棵一棵活生生的柏树密匝匝地烙印在灰色的石头上！这，就是朋友说的柏树化石带吧。而那些碎石片上的柏树叶子，比高妙的丹青手摹上去的还逼真灵动。

罗马庞贝古城的毁灭是由于火山灰的堆积，当时被火山灰掩埋的人群，留下了他们死亡前的挣扎形体，火山灰冷时形成了这些形体的铸模硬壳。骨肉很快腐烂，但铸模硬壳还在。当时庞贝古城挖掘工作的主持者费奥莱里发明了一种办法，用一根管子把石膏浆缓缓灌入铸模硬壳，再剥去模壳，就看到了一个活生生的人。假如有类似的技术，仙人峡柏树化石带就会复原出一棵一棵站立的活生生的柏树来，复原出成片成片的林带来。

朋友还说，在仙人峡他曾捡到彩陶片，残破的灰陶则随处可见。据此可以推断，这里可能有遗失的古村落暂未被发现。

闲聊间，我又将拍摄的化石图片传给一位学师范专业的同学，这位同学委托他在四川大学的亲戚将图片传给本校的考古专家鉴定。同学发来川大教授的观点，说这种化石很有保护价值，并建议让我联系中国科学院古脊椎动物与古人类研究所进一步研究鉴定。

柏树化石带，龙马城，未被发现的古村落。仙人峡究竟向我们隐藏着多少自然和历史的秘密？

仙人峡的深奥，成纪大地的深奥，不允许我们草率地把问号删去，急急地换上感叹号或句号。我们的自然史和文明史还远远没有到彻底解读的时候，我们现在翻来覆去讲述的一些话语，只是一些热心的学者、专家在自然遗迹和文明的废墟间努力爬梳剔抉的结果，与早已毁灭和尚未爬梳出来的部分比，只是冰山一角，远远不及。文化学者余秋雨说：“历史是坎坷，历史是幽暗，历史是旋转的恐怖，历史是秘藏的奢侈，历史是大雨中的泥泞，历史是悬崖上的废弃。因此，不能太轻易地进入。”静宁人整体内敛，像仙人峡厚积的岩层般实沉。静宁人为人温厚，然不善于与人接触和向外求助。仙人峡为静宁自然和人文历史之久远提供了一个新的佐证，它的自然科学和历史文化意义甚为宏大和开阔。仙人峡要快速地进入官方更关注的视野，升格为自然古迹和历史文化保护区，需要更多更权威的专家学者来勘探、发现、考究和证明。

仙人峡需要，成纪大地更需要一本属于自己的完整的自然史和历史文化史——当人们在看到这本记录的时候，会由衷地觉得收获了自己想要的东西。

3

仙人峡是人文的。

孔子云："智者乐水，仁者乐山。"

水，看似柔顺无骨，却能变得气势滚滚，波涌浪叠，滴穿坚石；看似无色无味，却能滋养茫茫绿野，幻化万紫千红，催成累累硕果；看似自处低下，却能蒸腾九霄，为云为雨，为虹为霞。大河文明视野开阔，通达远近，崇尚流变，由这样的文明产生的机敏、应时、锐进、开通等品质也就是所谓的"智"。

与此相对应，山地文明则会以敦厚淳朴、安然自足、万古不移给我们带来定力，这就是所谓的"仁"。

水边给人喜悦，山地给人安慰。水边让我们感知世界无常，山地让我们领悟天地恒昌。水边的哲学是不舍昼夜，山地的哲学是不知日月。不舍昼夜，不知日月，最容易孕育天地间最恒久的情与爱。

……

于是屏翳收风，川后静波。冯夷鸣鼓，女娲清歌。腾文鱼以警乘，鸣玉鸾以偕逝。六龙俨其齐首，载云车之容裔。鲸鲵踊而夹毂，水禽翔而为卫。于是越北沚，过南冈，纡素领，回清阳，动朱唇以徐言，陈交接之大纲。恨人神之道殊兮，怨盛年之莫当。抗罗袂以掩涕兮，泪流襟之浪浪。悼良会之永绝兮，哀一逝而异乡。无微情以效爱兮，献江南之明珰。虽潜处于太阴，长寄心于君王。忽不悟其所舍，怅神宵而蔽光。

于是背下陵高，足往神留。遗情想象，顾望怀愁。冀灵体之复形，御轻舟而上溯。浮长川而忘返，思绵绵而增慕。夜耿耿而不寐，沾繁霜而至曙。命仆夫而就驾，吾将归乎东路。揽騑辔以抗策，怅盘桓而不能去。

中国远古时代的神话传说中的女神宓妃，又称洛神。她因迷恋洛河两岸的迷人景色，降临人间，来到洛阳。诗人曹植在洛水边与美丽绝伦的洛神邂逅，人神相恋，却终因人神道殊，含情痛别，终成《洛神赋》。再看西子湖畔，蓬莱仙山，天地山水间，总是时间长河中美丽神话传说的孕育和诞生的灵感之地。

《隋书·地理志》一书有成纪县辖龙马城、仙人峡的记载，仙人峡与成纪水、成纪城一山之隔，三十里之遥。仙人峡因伏羲、女娲降生成纪而神秘幽远。男人如山，女人如水。仙人峡的隆隆崖壁，难道不是伏羲的伟岸身躯？葫芦河的湍湍激流，难道不是女娲的柔美身段？人类始祖伏羲和女娲就是生活在古成纪仙人峡一带而孕育了他们的子孙后代的，静宁的民间传说不乏这样的故事：

伏羲和女娲

静宁古时叫成纪。相传在很远的上古时代，在成纪的仙人峡生活着一个没有名字的女子。她不怕水，不怕火，不怕狼虫虎豹，常常一个人钻进大树林里去游玩。大树林里有一条蜿蜒曲折的小河，状似葫芦，叫葫芦河。这女子总要到葫芦河去洗澡。一次她洗完澡，看见河滩上有一个很大很大的脚印，便好奇地睡在上面晾身子。过了一阵儿，她觉得头晕恶心，肚子里边胀起来了。她正要挣扎着起身，不料生下一个男娃娃来。这个男孩便是伏羲。

伏羲降生后，还没张开眼睛，这女子便羞得不想活了，一头跳进了小河里。谁知小河里又钻出了一只大蛙，后世叫她“女娲”。女娲有七十二般变化，她看见睡在河边大脚印里的伏羲，立即变成和伏羲长得一模一样的人。因为同生在一个地方，就成了亲兄妹。

他们兄妹俩不知道生活了多少万年，两个人都老了，很孤单，女娲就对哥哥说：“我看咱们用黄土捏些人，让他们繁衍后代。”伏羲点头同意，他俩便开始挖黄土，舀河水，一个捏男人，一个捏女人，一边捏，一边放在河边的那个大脚印上。说也奇怪，放在大脚印里的泥人一个个都活了，围在伏羲和女娲跟前叫“大大”“娘娘”。后世传说他们兄妹婚配，生儿育女，实际是他们用黄土捏人。

从此，成纪的仙人峡一带人就多起来了，一代接一代，繁衍生息，直到今天。

正如余秋雨所说：“民间的世俗故事历来不讲严格逻辑，所以天真烂漫，所以稚拙怪诞，所以强蛮有趣。”因此，字里行间透露出来的自由和粗犷让人快乐。伏羲、女娲抟土造人的神话传说，使仙人峡获得了精神和灵魂。

仙人峡的山，有男人的气质：深沉、内敛、稳重和刚毅。仙人峡的水，有女人的灵动：神奇、隐秘、浪漫和深情。

仙人峡有仙侣们玄幻神秘的万古不移的爱情，也有世代生活在这里的山民们土生生、热辣辣的情与爱。有情郎唱给尕妹的成纪民谣：

红红的辣子油泼蒜，

辣辣地吃上顿搅团。

尕妹妹坐到我跟前，
喝一碗凉水也喜欢。

我今夏去了烟波浩渺、势连天际的白洋淀，游艇激荡在茫茫水域。撑一叶扁舟，终生生活在水上的渔翁渔婆，在泊定的小木船上正搭晾衣服，正生起炊烟……忽然间有一种强烈的愿望：若偕一爱人，远离尘嚣，隐居水云间，那该是怎样一种自然恬淡的人生？范蠡与西施，里应外合兴越灭吴的传奇篇章中的两位主人公，在“吴王亡身余杭山，越王摆宴姑苏台”的举国欢庆之时，谋士急流勇退，美人隐姓埋名。一对情侣，一叶扁舟泛五湖，从此翩然隐逸而去，给后人留下多少美好的遐思妙想。

何况白洋淀和所谓的五湖，仅有水而已，仙人峡却是有水有山。

而今在仙人峡，若有爱人，执子之手，与子偕老，那该是喧嚣尘世中的情侣所神往的一种浪漫吧？“群峭碧摩天，逍遥不记年。拨云寻古道，倚石听流泉。”吸天地之精华，摄山水之灵气，饥餐渴饮，天人合一，也不失为奔波劳顿的今人精神的一种美好去处。

先有生态而后有文化，无数神话传说和传奇故事被自然山水铺陈为动人景观。像我等后辈子孙，能够幸运地穿行仙人峡，是一种莫大的幸福。不管是文人墨客还是寻常百姓，一旦有缘走进仙人峡，就该一边享受它的自然与神韵，一边为这块原生态的土地而心怀感恩，热情吟唱。

4

仙人峡保留着自己的细节。

历史的风烟不再，我们在今天的仙人峡，遇到了它的许多原住民。

行至峡深处，邂逅一群肥大的绵羊，有四五十只。这些年封山禁牧，基本上看不见羊了。即便在村野里偶尔见到一只，也是谁家刻意养的奶羊，是专为孩子老人做羊奶的。常常在庄子附近随便一个山洼上，钉根木楔，将那羊拴了起来，那羊只吃得着拴它的绳子所在圆弧内的草。那还叫羊吗？放羊放羊，就是放养的羊啊！在空旷寂静的仙人峡，偶遇这么一群大肥羊，不见牧羊人，羊们对我们这一群突然的入侵者也是带着“物以稀为贵”的眼光，先是远远地观望，待靠近，马上仓皇地向山崖高处逃去。我们已经忘了它们，峰回路转，在另一个拐弯，却再次不期而遇——大绵羊们已经爬至半山腰的羊肠小路。这回，它们不但镇定自若，而且简直是有组织地在山腰上一字排开，站成一列整齐的长阵，俯视着我们。同行的乡人说，这群羊是毗邻的庄浪县赵墩乡的村民的羊，羊被赶到仙人峡，成天没人看护也不丢一只。不知天黑了，羊是自个儿回去还是主人来赶，这只是我好奇的念头罢了。庄浪的羊吃着两县的草，想到这点，我心里多么欢喜！也只有在仙人峡，羊们与我们彼此检阅，彼此相安，甚至彼此相爱。

我愿做一只小羊，
跟在她身旁。
我愿她拿着细细的皮鞭，
不断轻轻打在我身上。

这么一群羊，是仙人峡最后的土著。我们需要有那样优美的歌声在仙人峡情侣谷的上空飘扬。何况，偶尔离开稠密的人群进得仙人峡，有很多人或许跟我一样，有着暂时做一名牧羊女的浪漫想象。

仙人峡也有不轻易现身的野猪。我们只见到它们的蹄印和它们在草地上蹭痒痒时团起的草皮，不禁好奇，那些野猪该是怎样狂野的样子？

我们野餐时啃剩的骨头之类，同行的乡人说，不必当垃圾带走，会有野生动物来将它们享用殆尽。

至于仙人峡的芦苇荡，那一路的气势，那氤氲与飘逸，完全不逊于水乡之韵。还有那些不知名的树木，各种各样的野草花，都随意散漫地长在各处。

当不被打扰时，仙人峡的每一棵草木，每一块石头，每一缕空气，每一只动物，都自己做主，悠然着自己的悠然。

5

仙人峡的今生来世，多么需要被人认真地关注和呵护。

祖祖辈辈的麻峡人，在血脉和骨子里，浸透着对他们的麻峡、他们的仙人峡深沉痴迷的爱。

我们此行的向导，崖湾的程学明社长即是其中一位。这个从小在仙人峡里放羊、玩水、打猎，长大后又不曾离开仙人峡一步的汉子，对仙人峡的熟悉与亲近，就像孩子对母亲的熟识与亲昵。程社长又像仙人峡的崖壁一样厚道可靠，像葫芦河的水流一样古道热肠。我们一行过了七次河流，为帮我们过河，这位热心的汉子自己掉进河里两三次，全然不顾初冬的河水灌满了鞋袜，浸湿了裤管。

仙人峡文化研究会会长，雷大镇程峡村人张锋，对仙人峡的过往和未来更是说个不停，一路上给我们宣讲关于仙人峡的神话传说和未来开发的百年大计。直到踩到石头，一不小心跌进河里浑身透湿，他打着哆嗦还在宣传，让人忍俊不禁。

仙人峡文化研究会副会长，雷大镇程峡村人张荣，甚至不愿意他的老乡程社长给我多摘几只路边已经干枯的地瓢瓜——我们叫“驴奶头”的。我有几十年没有在山野见过从小最爱吃的“驴奶头”了，便有些贪婪，伙同程社长沿途摘了好多棵带着干果子的枯苗，想拿回家插在瓶子里看。结果这张副会长很生分地拦挡说：“摘些好了，留些明年咱们吃！”如此“小气”，惹得我差点笑出声来。挚爱乡土风物到这种程度，真不多见。

不但土生土长的乡人们迷恋着他们的仙人峡，像民俗学者王知三老师这些相对的“外人”，多少年里，足迹竟也无数次留在了仙人峡。20 世纪 80 年代末和 90 年代中期，王知三老师就已经组织县内一些热衷本土历史文化的人士两次考察仙人峡。最近，一场大病初愈，这位乐观通达的老人又闲不住了，继续为仙人峡的历史文化考察奔走做事。

当地政府在仙人峡附近的山上已然补充了不少植被，几位乡人更是热衷仙人峡的旅游开发事业。对仙人峡的关注和关爱似乎已然被唤醒。

但是，本着对自然和历史负责的态度，乡人也好，官方也好，若要涉及对本土自然古迹和历史文化资源的保护和开发，必须怀着谨慎与虔诚之心。不去破坏，不去伤害，小心翼翼地呵护仙人峡，是我们对自然和历史最好的交代。

我是一个喜欢行走的人，脚阅河山，曾无数次面对大自然的瑰丽壮阔而心醉神迷。黄山的奇秀险峻，西湖的风情万种，九寨沟的鬼斧神工，西藏的纯净广袤……这些都是大自然这位伟大的艺术家的大泼墨、大写意，而我们蜗居一隅的仙人峡，则是大片留白的枯笔山水，它默默蛰伏在黄土高原的深处，将大西北的古朴苍凉和深沉冷峻展露无遗。多少次我们舍近求远，却从不曾在意成纪大地上还有这么一块未被开垦的处女地，深藏不露。我们自己来到仙人峡，免不了会感慨和欣喜，若是江南水乡的思慕者到此游历，那些身居灵秀之地的人们，难道不会有一种从未审视和体验过的冲击？

他日，仙人峡若能够成为当地人休闲娱乐的佳境和外来者的旅游胜地，也许要求我们做到的并不太多：让山崖不再被毁坏，让河水澄澈纯净。保持仙人峡的本色与野性，也不需要添加太多，干涉太多。开发者只需要“明修栈道”，给人们指一条通往仙人峡的去路——至于进入其中，爬山或者涉水，那便是这野性神秘的峡谷与心向往之的人们之间的私密对话了。

我想说的是，对于自然主义者，其实开发者所做的好多添枝加叶的事都是徒劳无功的。清代学者袁枚在《随园诗话》中说："天籁不来，人力亦无如何。"如果来了，则"不着一字，自得风流"。可惜我们现在在好多地方看到的，多是人力，多是雕琢，多是理念。

人们历来对自然的态度缺少一种融通和谐的视域，冷落时让其过于孤苦，倾心时让其过于热闹。但自然若承担太重，装扮太累，就不称其为自然了。人为与自然两者之间要协调得非常妥帖安稳，就要让人成为百物的淡淡的背景，作为适宜的陪衬；让自然力量成为主题，把握局面。

我很反感那些自以为热爱自然，却又在损害自然的别墅和度假村。很多人不知道，当他们"回归自然"的时候，实际上正在蚕食自然的美学生态。要回归自然，首先要把自己回归了，回归成一个散淡的村野之人，如雨入湖，不分彼此。

如果要享受大自然，人迹的收敛是必要的理智。在那些我们神往的去处，人的痕迹更要隐潜，只让自然力全姿全态地出现最明智不过。万不得已的亭台屋舍，可以是原木色，可以是黑褐色，甚或是深黑色。在形态上也要追求原生态，最好是建筑看上去就像是山民的板屋和茅寮，绝不炫华斗奇，而甘愿被自然掩埋。

人类只有收敛自我，才能享受最完美的自然。自然界所有的一切都符合发展规律。各种树叶在凋零的前一刻都会尽情释放自己的魅力，当然生长在潮湿角落里的苔藓也不例外。就算是伸手不见五指的夜晚，天空的黑色也是不单调的——有一种蓝在它的深邃里。透过地球的剪影，我们知道，白昼在遥远的地方等待。因为在那里，阳光正跳着欢乐的舞蹈。

晒黑的皮肤是大自然给予人类最珍贵的礼物。对于那些居住在山野里的人而言，粗粝的皮肤比苍白的更美丽，更令人尊崇，也更和谐。

野性就像一个标杆，越是狂野的就越是生机勃勃。在仙人峡，我们完全可以不在乎自己身处荒野。以天为被，以地为席，我们的手中只要有能够抓住的可以向上攀爬的藤蔓，我们的脚下只要有可以踩稳前行的土地，自己也就是这荒野中的一部分了。

风紧川有个叫梁偷偷的快乐人

我总算见到了梁偷偷。

我整整记挂了梁偷偷三年。梁偷偷、梁偷偷，三年里，这个名字像楔子一样钉在我的心里，我一想起就要出一口长长的气，以缓解心里的沉重。好在今天我终于见到了梁偷偷，那个大家都昵称他“偷偷”的人。见到了才明白，原来是自己那要命的想象害我杞人忧天一般，为他白白担心了三年。

三年前，腊月。界石铺镇联盟村的风紧川。我和同事小何作为指定的帮扶干部第一次进到梁偷偷家。偷偷家的院门和小时候我娘家那破烂到千疮百孔的木大门堪有一比，风和飞尘无孔不入。吱嘎嘎掀开偷偷家的破大门，院子里更是一派萧瑟。因为柴草坛罐之类过于零乱，一时不辨眉目。满院是鸦雀无声的寂，左一排矮屋，右一排低舍。瞄了半天，我们总算发现有半截破烟筒若有若无地冒出几丝黑烟，一个用无数片碎布头拼凑缝成的破旧门帘，门帘底下的一角拴了个螺丝帽，在门槛上被风撩拨得正咣当咣当响。我和小何试探着揭开门帘——屋子里黑咕隆咚的。我适应了半晌，才发现一位老婆婆，她正在炉子上捣鼓着什么，不知是半碗猪油还是肥肉片子。到底是炼猪油还是炒肥肉，我到离开既没有想明白也没方便问，实在因为炉火太不争气了，一时半会不能让铁碗里的东西有任何反应。她是梁偷偷的娘，说是八十四岁了，和她的小儿子偷偷一起生活。我们问偷偷干啥去了，她说到地里干活去了。和谁？一个人吗？再不用追问，老婆婆索性给我们说个清楚。原来这偷偷是个傻娃，有智力障碍。说是娃，其实也是要奔五十岁的人了。智力有障碍的人很难找媳妇，好在大姐生的一个女娃，过继给了偷偷，由姐姐养着，正在城里念书。这一家之主梁偷偷，差不多也算是个上有老下有小的全活人了。

总之，三年前，我这个城里的帮扶干部，没有见到户主梁偷偷，只见到了他八十四岁的老娘。后来两年吧，我的帮扶对象又换人家了，我多次进村，也无缘再去这娘俩家里。但我对梁偷偷娘俩的记挂，自此却一直在心头盘旋着，像解不开的疙瘩。我一直在想，那个叫梁偷偷的“傻娃”，究竟傻到了何种程度？一个八十多岁的老母亲，一个近五十岁的傻儿子，要怎样相依为命，还是要怎样的帮扶救助，才能好好地生活？三年里，我一旦想起这些，心里就替这未曾谋面的梁偷偷愁肠百结。我甚至自觉不自觉地凭空为“傻娃”梁偷偷塑造了不少愁苦相——要多愁苦有多愁苦！结果就在今天，其实一直不愁苦的风紧川的梁偷偷，终于将替他担心的我彻底解放了！这次进村，仍是我和同事小何，与同系统长期驻村干部慧霞一起年终入户帮扶。梁偷偷现在是小何的帮扶对象了，我因为暗地里的一份纠结，主动一起去的。我都忘了梁偷偷家和我娘家有一比的破大门究竟在哪个山坡上了。结果到了一户红彤彤的大铁门前，慧霞啪啪拍着门，老熟人似的喊着："偷偷，开门来哎！""欸，来了！"只听欢快的一声，门在里头拉开了，先是露出两颗大长牙来。我的妈呀，我从没见过这么长的两颗前门牙！再是一张粗犷的汉子脸，满脸笑着，就露出了比松鼠还夸张的两颗大龅牙。

谢天谢地，这就是梁偷偷？表现得多喜庆的一个"傻娃"！"偷偷，干啥哩？"慧霞不是一般的亲切。"暖着哩！屋里暖和得很！"不光是屋里暖和，一院砖房子新噌噌的，漂亮得紧。炉子里的火也噌噌地蹿，屋子收拾得那叫整齐和干净，炕上的一只肥猫蜷在铺盖前头，正睡得旁若无人。

"哇哦，偷偷，这房子太漂亮了！"我跟着慧霞，立马改口叫他偷偷，这"傻娃"本来长我几岁的，但我要好好喊他的名字"偷偷"——难得我白白操心了他这几年。

才隔了两三年，镇政府已把这娘俩的茅舍破屋修得如别墅一般。一排三间平房，十几万的造价，危房改造资金加上精准扶贫贷款，余下的缺额，镇政府也千方百计地筹措资金兜底了，偷偷家一个子儿也不用出。乡邻韩应祥和韩应武等一干匠人，用最低的工价认认真真地干了两个多月。镇上包村的刘镇长和村支书，驻村帮扶的耀华、小姚和慧霞几个干部，也频频进出工地察看。多少关心偷偷的人，就这样一天一天瞅着偷偷家最亮眼的房子盖起来了，大门也甚是阔气，俨然一派高门大户的气势。这梁偷偷，原本就没有“傻娃”的丁点愁呆相，一看他家的房子成了村里最亮丽的，两个大龅牙更是藏不住了。不管是谁，只要一见偷偷老是笑得藏不住的大龅牙，多愁的人，忧愁立马飞得不知去向。

已经八十七岁的偷偷老娘，越发老当益壮，说这娃爱这院子爱这房子，每天收拾得老干净了。

我问偷偷除了爱打扫卫生，还爱干农活不？偷偷又呵呵笑着，亮出了他的两个龅牙，说：“爱干时就干，不爱干时就不干。”惹得我们也都露出了各自的牙花子一起笑。

我和慧霞要给娘俩在新房子前拍个照，偷偷赶紧用狠劲抿住了他的嘴，正经站了入镜。娘俩精精神神、快快乐乐的，八十七岁的老娘不像八十七岁的，五十岁的“傻娃”也不像五十岁的，我们没啥多说的，准备离开。尤其是我，白担了几年心，看偷偷的快乐劲儿和他老娘的精气神，终于释然了。偷偷的娘在门口微笑着送我们，偷偷主动领我们去下一户人家。慧霞一路和偷偷说说笑笑。

半道上开过来一辆黑色轿车，我们局机关驻村的姚锋队长在车窗里喊：“偷偷，记得把尹镇长的微信加上！”慧霞原在乡镇工作过，大家都习惯了叫她镇长，想必偷偷平时也一直叫她尹镇长的。一听小姚队长叫他加尹镇长的微信，偷偷的两颗长牙又飞出来了，哈哈地笑，慧霞也哈哈地笑。原来这偷偷先前加了小姚队长的微信，有时闲了无聊，不管白天黑夜，动不动打通了姚队长的微信视频，小姚队长瞌睡得应付不了，就开玩笑让偷偷以后但凡见了“上头”来的女干部，一定要申请加上她们的微信视频聊天。偷偷听了，只是露出两颗大龅牙笑，从来也没敢申请加哪个女干部的微信。我一听这典故，见偷偷原是这等腼腆的，就故意说要和偷偷合个影，这“傻娃”一听，一下子紧张起来，立马又狠命抿了他的嘴藏了长牙，正经八百地和我拍了一张——其实我更希望看到偷偷露出他的两颗长牙的快乐的样子。

一路上，偷偷很快和我们都熟络了。快到村部了，慧霞说偷偷的舞跳得相当好，要邀请他到村部去给我们跳舞。偷偷一听又羞又笑的，说是要先回去准备一下的，没带音乐。音乐准备好了，一会儿就来。他红着脸，笑着跑回去了。我没等到偷偷来村部跳舞，也没等到进村入户的小姚队长给我讲关于偷偷的更多趣事。因老天爷阴沉沉的，快要下雪的样子，我们得趁着下雪之前赶回。偷偷的舞蹈和偷偷所有快乐的轶事将带给我们的快乐，且等下回进村再分享。

今天也是我生病手术之后第一次下乡工作。风紧川偷偷的快乐感染了我，难得的开心。有谁说过，疯子的眼里，正常人全是疯子。那么偷偷的眼里，我们这些心事重重的聪明人，怕才是真的傻吧？偷偷的娘，问起她的年龄时，不知自己活到了几十几岁，不论甘苦也是一脸安详地活到这个时候。而傻傻的梁偷偷，活到五十岁了，在他的新房子盖成之前，怕也一直是快乐的。即便有一天，他的高寿老娘撇下他，我想，他的两颗长牙一定照样会常常露出来，很彻底地冲着人笑。偷偷一直自己快乐着，爱他的人们更使偷偷的心里成了快乐的宝藏。一直快乐的人，生活会永远眷顾他们。

罗曼·罗兰说过："一无所有的人是有福的，因为他们将获得一切。"我们之所以有诸多苦恼，是因为我们拥有的东西太多。

城市的电锯声

除了没有鸡的清唱和牛的酣叫，城市里有许多声音都是不足为怪的。

一场细细的暖雨之后，就在山乡的野兔穿过田地、蛇在洞里蠢蠢欲动、小草拱破土皮和柳笛刚刚鸣过之时，春天的现象也以极小的规模在城市发生。街道的树木开始懵懵懂懂地冒出嫩生的芽尖，酝酿着下一步该怎么舒枝展叶。也就是在这个时候，“滋滋”的电锯声忽然在城市的心脏长长地拉响。这个春天，整个城市便因这呜咽的声音疼痛了起来。

树木是城市的灵魂，竭尽所能为生硬的钢筋水泥和一切僵化的事物加上一些生气。要是没有了树木，这城市就会像白化病人和得了恶疾化疗脱了眉毛的不幸者，会是瘆人的白和死亡的冷。

但即便这些树木给城市带来了难得的妩媚，城市仍不甘心，总是视这不多的树木为敌，时时与它们争夺生存之地。

人们不会探究这些树木曾是谁亲手植下的。也不会注意，树木脚下的土地怎样一再地被蚕食，直至仅剩一方灌水的小穴。那不断缩小的水穴，早已不辨土地本来的颜色，被各种来路不明的尘埃碎屑所掩盖。也从没见到有哪一根城市的水管浇灌这些遒劲的树木，只有有限的水穴里的那一点大自然的雨水时不时地浸润它们，让它们照样毫不吝啬地蓊郁。树木的身子被各种坚硬的东西蹭着：从一边拦住它们的铁栅栏，木头做的或水泥做的各种电线杆，随意蹭靠在它们身上的自行车、电动车。树木的身边是涌动的车流和人流。树木的天空是另一种森林：水泥和钢筋的森林。凌驾在树木头上和搭架在树木身上的是沉甸甸的错综复杂的缆线。树木被围追堵截，这样一来，不但旁逸斜出的枝丫，甚至它们的主干在春夏秋冬里也总会被随意砍伐。但只要不被斩断根基，树木也就保住了生命的底线。无论是怎样的逼迫，这些树木都宽容地适应，从来没有听到它们换不过气来的喘息声。

如果人们每天清早揉着惺忪的睡眼，沿着城市相同的街道行走，看到那些一年四季镶在眼里的一成不变的建筑，看到前一天的愁闷苦肠依然沉淀在街角墙根，看到每一天差不多的污物又堆满了垃圾台，看到那些彼此不想打招呼的熟人又迎面走来，他们一定会厌倦这些而把目光投向别处——幸好，路边还有那些树木在每个季节里，甚至在每一天里轻微地变化着，他们也就能忍受这始终没有变化的生活了。

人们从街头走过，当闻到树木身上散发着大自然的味道时，这种味道对他们而言，比擦肩而过的那些男人女人身上渗透的烟酒气、汗腥气、脂粉气和各种不明真相的气味更令人舒服。

至少，树木理解人们的心意，在他们需要阳光的时候留出间隙，在下雨时为他们遮风挡雨。除了冬天会枯萎外，它们的叶子一直变换着色彩，柔柔地飘逸在人们的视线里。人们疲惫的双眼看到驶过街道的车子，穿过绵延数里的树木，他们有时竟然会产生幻觉，想象着有一垄一垄的苗圃种植在色彩单调的心田，也贯穿于整个城市。

同样，那些在校园里的孩子们，难得与大自然交朋友。他们获得最多的色彩来自黑漆漆的黑板，白森森的墙面，城市视窗里暧昧的玻璃和夜晚炫目的霓虹灯。那些用来进行色彩教育的颜料盒实在太单调、太匮乏了。他们每天途经的路上，街道上的这些树木就是城市唯一告诉他们的关于生命的原色。

就是这样一些必需的树木，在城市从不间断的空间争夺战中，却一再地被逼到绝路，直至彻底溃败。就在这个春天，城市的电锯声响了，为了给愈来愈拥堵的城市让路，只有奏起树木们的丧葬之曲。

电锯声不绝于耳，人们涌上前来目睹这场悲剧。当巨树轰然倒下，有谁觉察，那些高大的树木难道会像它们倒下那样瞬间再拔地而起？有谁关注那些卑微的生命，而能够深情转身与不动声色的自然倾心交流？这些树木曾是那么美好热情，没有死神愿意早早地来收割它们的生命。只可惜城市的电锯不会顾忌这些，它们忙着大开杀戒。这让人心酸，美好的事物总是廉价得叫人忽视。那些扎根大地，不惧挫折和风雨的树木颓然倾倒。这个春天的电锯声，将好多城市人的心脏锯出一条伤心的沟壑。除了电锯自己猖狂的杀戮声，自始至终一声不吭的树木们最终带着它们还没有来得及长大的嫩芽，静静地趴在凌乱的街道上，被锯断的伤口渗着浓稠的汁液。路过它们的人们被锯锉的心头渗出的是不出声的疼。

电锯声歇下，城市的长街一下子寂静得近乎空旷，是瘆人的枯白。城市的童话里仿佛到处是光头强，没有熊大和熊二。

树木站立时，人们几乎忘了它们最简单的名字。现在树木趴下了，人们想起了这些卑微的柳槐的深情。想起了它们春天的柔和，夏天的浓荫，秋天的灿烂，冬天的深刻。

清朝袁枚的书中有载，贵州有楠树，有人要砍伐它们，树神求情，说其中两株性格比较柔顺，可以砍；另外一株，性格倔强，不要砍。结果，三株都被砍下，但运输途中，性格倔强的那株自沉江中，“万夫绁之不起”。而今这城市街头倒下的弱柳刺槐，它们的“尸身”将运往何处？ 它们可否还有残存的性灵？

现在，树木不在了，人们可曾想到，燥热的夏夜，蟋蟀将栖居在哪个枝头上唱歌？又误撞到城市里来的麻雀，它们的翅膀太小，一口气飞不出一条长长的街道。这途中，它们该暂时飞落在哪个枝头上歇息？城市又该怎样面对这些虫鸟的指责？

当人们再掀开窗帘，树木的华盖不见了，整个窗口框住的只有楼房、缆线、车辆和潮动的人流，就连天空都所剩无几了。树木带走了我们对大自然唯一的一点念想，绝望的人们还会贪恋窗口吗？

那些外来的乡人，他们更会四处碰撞，越发满腹疑问。他们无法将城市的各个地方区分开来，连那些在他们脑子里本来觉得清晰的东西都混淆起来了。

这个时候的人们，会发现他们引以为豪的城市，只不过是一个既无止境又无形状的废墟，其荒败已经扩散到远非权杖所能救治的程度，而抢占土地的胜利反而使人自己承袭了一种深远的祸害，从而陷入窒息。

因为一个呼吸困难的城市，需要树木和草地穿插其间或成包围之势来缓解它的窘迫。有草木的城市不仅适合培育生命本身，还能给城市带来思想的光芒，培育出诗人和哲学家，而不仅仅是商人和政客。因为神话就诞生在人们还未离开的土壤里，只要原始的活力没有消失干净，人们就还有幻想和希望的能力。只要能在树叶的缝隙里仰望星空，人们就还能够构想神话，思想就还能够绽放光芒。

能费多大事呢？人们只要在春天来临的时候，草草地将种子塞进泥土里，或将小树苗插进泥土里就可以了，大自然会将自己的色彩均匀地分给每一株植物。植物再将每一抹色彩和气味送给人们的眼睛和鼻子。人们不仅要在当下种植草木，更要为他们的子孙后代留一片可供养眼和缓解身心疲惫的色彩啊！

然而，统治城市的绝不是树木和草地，城市从来都是水泥和柏油的天下，来往横行的是人和他们的创造物。人们创造的这些东西，反过来又将他们自己挤压得走投无路。作茧自缚的人们转而又怪罪这些树木，怪它们竟然还占据着城市有限的一线空间。

所以，被逼无奈的城市从不会轻易承认自己的错误和改邪归正，更不会明晰地泄露自己曾经的罪恶和现在做的手脚，只会把它们像手纹一样朝里藏着，尽量不向外展示。那些过往的错误只被默写在街巷的角落、窗格的护栏、楼梯的扶手、避雷的电线和屋顶的太阳灶上。而眼前的罪恶更被抹除得一丝不留，每一道抓挠、锯锉、刻凿、猛击留下的痕迹，很快就被粉饰得干干净净。像这样被移走而不知所终的树木，连大地也用不了多久就会把它们彻底忘却了，何况人们？

城市的电锯声里，那些倒下并被吊车很快移走的树木，只让眼下的人们忧伤，像一口气飞不出长街的弱小的鸟儿。但是很快，他们也就忘记了这些。

成都火锅之好吃与“俺也一样！”

在讲成都火锅好吃之前，先讲一个真实的故事。

我曾经有一位极熟悉的中学校长，姓刘。老熟人刘校长若干年前与一干同行因公务之便旅游，一路上定是看到好多好山好水好风光的，感慨不少，这个自然。

先是，刘校长见到了泰山，这老人家抬头一望，只说：“啊！大呀！”

再是，刘校长见到了大海，这老人家极目远眺，只说：“啊！大呀！”

接着，刘校长进入了大都市，看着直插云霄的幢幢高楼，这老人家头晕目眩，只说：“啊！大呀！”

然后，刘校长分别又见到了万年古柏，千年古刹，百年老校……这老人家只是一个劲地感叹：“啊！大呀！”

按说，句句是大实话，难道泰山不大，大海不大，万年古柏不大？问题是，回到本土小城后，一干同行自此私下里见了这位刘校长只管改叫“刘大”而不叫别的了，原因嘛，还用说吗？

现在专说成都火锅。要我说成都火锅，不是开玩笑，我只能说：“好吃！”要多说一个字，也只能如同刘大校长一样说：“啊！好吃！”要是非要多说几句不可，那我也只能继续说：“啊！好吃好吃真好吃！”

总之，成都火锅，好吃！

2018 年 9 月，第一次送我家小子去上海读大学，我们一家三口故意提前出门，在成都愣是逍遥了四天。目的是要好好逛逛成都，结果却是好像大吃特吃了几顿火锅。

落户成都的老乡关总请我们吃了第一顿成都火锅。俗话说：“老乡见老乡，两眼泪汪汪。”我们和在成都发迹了的关总见面，却只是笑脸来，笑脸去。关总是我老公好友的好友，我们临行前，老公的好友就跟他的好友关总电话嘱咐了，到了成都要如何如何接待我们一家。果然，关总的盛情令我们一家好好承受了一番，重点体现在吃火锅上。关总请我们去的是成都极有名的火锅店之一，叫什么名来着？呃，去年做过一个全麻手术后，我的忘性更是好极了。死活记不起名字来，也罢。总之，是一个仿古建筑，是一个艺术感满满的大店，我们还以为是到了美术馆，极雅。

关总点了好多看着极新鲜的菜品。除了环境极其幽雅，火锅本身似乎看不出更特别的地方。但一旦吃起来，完全就不是那么回事了。那究竟是怎么一回事呢？难点就在这里。我只是默不吭声地从头吃到尾，连我家一贯极其挑食的小子也是自始至终一本正经地吃着。至于我家那馋嘴的家长，早和关总与正好来华西医院进修的我们的好友小罗，一边大口吃肉，一边喝着什么原浆扎啤，嘴都吧吧地咂着，享受极了。那么一桌子菜和肉，最终叫我们五个差不多风卷残云了。回到宾馆，我家家长情不自禁地说："成都火锅，就是好吃！"小罗说："好吃！"我说："好吃！"我家挑嘴的小子也说："好吃！"对于第一顿吃到的上品的成都火锅，我们四个，中专生也好，大学生也罢，好像除了"好吃"二字，再无别的话说。

再说与华西医院进修的老乡小罗相遇成都一起吃火锅的事。我们最好的朋友小罗，兰州大学第二医院核医学科医生，一位极其帅气和热情的同志。我们一家到成都的当天，小罗也恰好到成都华西医院报到，准备开始三个月的进修。关总请我们一家和小罗领教了成都最知名的火锅风味之后的第二天，小罗开启第一天翘班模式，随同我们一起兴冲冲地去了都江堰和青城山浪荡一天。返回成都后，我们自然是找了宾馆附近一家名不见经传的火锅店，继续火锅伺候。

前一天被关总请吃火锅，毕竟拘谨了一些。轮到我们一家和多年的好友小罗在一起，熟得米汤气汩汩的，只剩自在了。小罗先前在都江堰和青城山各处就拍了我们各种开心的样子，现在又对着火锅各种拍，且嗖嗖地都张扬到了自己的朋友圈。容我先讲讲小罗此处的"事故"吧。这娃才到成都第二天，按说是规规矩矩在医院上班的第一天，却硬是被我们一家“勾引”着游山玩水去了，且又忍不住跟亲朋好友们晒一下。

小罗后来跟我们说，为了对上级表示工作认真，他原是只把科室主任们屏蔽了的，其他人统统可见。可游玩和吃火锅的照片发布后，不见一个朋友点赞吆喝。小罗纳闷，第二天微信提示科室同事是羡慕嫉妒恨了吗，结果同事说压根儿没见他晒什么吃喝玩乐之类的。小罗赶紧查看微信发布设置，这才发现自己把所有的亲友、同事屏蔽了，所发动态只有几位科室主任可见……这样一来，小罗发微信将要屏蔽的人搞反的糗事，和好吃的成都火锅一样，都成了我们最开心和最美好的回忆！小罗跟我们发誓说，以后要么不发动态，要么发了啥人也不再屏蔽了。至于成都火锅，待了三个月的小罗自然比我们一家得到了更多的享受。小罗还跟我们说，华西医院见习的几名医生，在成都待了三十天，吃了二十九天火锅，离开时仍后悔没有三十天全吃火锅。

峨眉山熊猫基地，杜甫草堂，宽窄巷子……在川地各处游荡的其他时间，我们一家三口又走街串巷吃了两次串串小火锅。仍是两个字：好吃！我们准备奔赴上海的前一晚，又与至交好友豆儿夫妇在成都相遇。两口子也是送孩子去重庆上大学，返回时，我们提前商定在成都会合了一下。两家的小孩自小在一个院子里长着，是一起和泥尿、玩响炮的发小。两家的大人当然也是极亲近的。好友们相聚天府之国，自然又不容选择地一起吃了火锅。两个男人又是大口吃肉，大口咂着新鲜的扎啤，醉了似的。两个女人在西北变得干燥的脸到了潮湿的成都也润和了些，只顾和我家小子一起埋头大吃特吃火锅。豆儿小两口说重庆的火锅好吃，成都的火锅也好吃。我没有去过重庆，当然吃不到地道的重庆火锅，只是一边吃着成都火锅一边只会说："好吃，好吃！"好像我这个向来说话不算迟钝的人词穷了似的。

无独有偶，成都四日，经历的尽是他乡遇故知。所以，在成都就像在自家。当然，悠然自得的成都人也没把我们当外人。蜀地多难，川人不易。仅凭初次印象，成都人与别处的人相比，于生活间的张力貌似故作松弛。成都街巷的男人们趿拉着拖鞋，穿着大而宽的裤子，摇着个性的蒲扇，随便纳他们九月的凉；女人们自然地行走在各处，是小巧玲珑的精致。

也是有意，成都四日，几乎顿顿吃的是火锅。名店，无名店，街巷里弄的小店，成都所有的火锅，总是好吃不可言传。在成都吃火锅，我就像视频中疯传的桃园三结义中的张飞。关云长对刘备说："从今往后，关某之命就是刘兄之命；关某之躯即为刘兄之躯。但凭驱使，绝无二心！"张飞赶紧说："俺也一样！"关云长对刘备说："终生相伴，生死相随！"张飞赶紧说："俺也一样！"关云长对刘备说："有渝此言，天人共戮之！"张飞赶紧说："俺也一样！"

张飞虽是言钝口拙，"俺也一样"的简俗之言却不输意味深长。真水无香，至交无言。要是行走江湖，要结交侠客义士，我必交前面言及的刘大校长和张飞这样的至简至真之人，好不直白爽快。什么咿咿呀呀、袅袅娜娜，简直啰唆。

就像面对成都火锅，我只想说“好吃”二字。成都火锅的神奇之处，在于顿顿吃却顿顿不腻。要是在我们本地，别说顿顿，两天内吃两顿火锅，差不多已经受不了了。且在当地吃一顿火锅，浑身就叫火锅串味了，整个人好久一股火锅味。成都的火锅却单单入口入胃、入脾入心。成都火锅的好吃，大概就在于它的说不出的好吃。要是能说出子丑寅卯怎么怎么个好吃法，那可能倒不是地道的成都火锅了。大道至简，能轻易就叫你说出来的，大概只能流于肤浅了。

所以，对于成都火锅，我是彻底词穷了，只能坚持打两个字的免费广告：“好吃！”至多，再加一个字：“啊！好吃！”但你千万别像前面故事中那些不厚道的人，私下里叫我“吕好吃”，也算是我不侵刘大校长的权了。

但愿你去了成都，吃了成都火锅，也能如猛张飞一般，听我说“好吃”后，立马随一句说：“俺也一样！”

深圳的树木

初来乍到，葱郁扑面！走在深圳的大街小巷，就像走进了郁郁苍苍的林带。要是在深南大道，往左，看不到行驶的车辆，往右，看不到旁边的建筑，是直接进入森林之中了。你根本不会想到，寸土寸金的深圳，居然会这么舍得给树们如此阔大的疆域。

深圳的树木，随处长着。到处是它们浓妆淡抹总相宜的姿容。有在街边密匝成行的，有从路桥的洞口里斜探着身子的，有在一块土丘上簇拥张望的，有在一块石碑前随意站着的，有在高楼的窗户前任性张扬的。树与路、与车、与楼、与水、与人……各占地盘又彼此交融，平分秋色又彼此相安无事。树木与城市所有的物象构成一种静中有动、动中有静、你中有我、我中有你的绵延交响的旋律。树在城中，城在树中。

深圳的树木，随意长着，各有各的性子，不像许多别的城市，没有谁非要它们齐头齐脑。它们浑然天成，或质朴简单，或枝繁叶茂，且充满灵性。这些风情万种的树木，有开花的，有不开花的。开花的要么是一树的花，色彩纷呈，造型各异，风姿绰约；要么花叶相间，各种高调的旖旎与柔媚。大多数不开花的，就在枝干和叶片上极尽艺术造型之能事，要么野趣盎然，要么诡谲灵动。总之，大自然将自己不可穷尽的神奇均匀地分给了这些树木。就算是最伟大的自然学家，也无法读懂这其中的奥妙。看看自然女神是怎样的繁复和灵巧：她拿多么奇特的垂饰分别来做榕树的帘幕和根枝！又拿多么规律的线条来做椰子树的手指！

深圳的树木，有高比危楼的。深圳的楼长得迅猛，深圳的树长得更生猛，你追我赶似的。深圳的楼长得快、长得高，深圳的树，会比深圳的楼长得更快更高吧，就像壮志在这些树木心中生根，要直指云端。深圳的树木，也有挺拔赛过修竹的。大王椰动不动直挺挺地满世界站着，连天生驼背的人见了也不由得想挺一挺腰杆。

深圳的树木，像南海的碧波，一层一层，层层叠涌；像珠江的支流，一道一道，道道幽远。有多少条曲里拐弯的路，就有多少棵姿态各异的树木。这些树木，高低错落，有像老寿星一样厚实慈蔼的，有像小娃娃一样昂扬勃发的，且老少相依相偎，共享着天伦之乐。有时冷不丁又会冒出一个两个盆景般娇小秀丽的身影，融在这些洋洋洒洒、落落大方的树木之中，竟一点不觉得突兀，反是画龙点睛般的微妙奇巧。

深圳的树种实在是太多了，若是异乡人，你根本不知道这些五花八门的树木都叫什么名字，连三个以上的名字都叫不出来吧。可有什么关系呢？你只要看见这些树木本身就已经足够了。

因为无论浮华将世界变得怎样喧嚣，都没有什么可以削减树木给人带来的神奇魔力。“一夜城”的深圳将年华老去的棕榈和香气四溢的桂花，将蓬勃蓊郁的大树和生机盎然的小树，铺陈在海边、街道、楼群、公园、庭院等各处。人们的心闪过漫无天际的碧绿和星罗棋布的姹紫嫣红，似乎听到在田间地头的狗尾巴花上停留着的蜜蜂，正不断地默默低声吟唱；似乎看到欢快的溪流遇到一个崖坎停下来小憩。神思游离，人们因树木带来的这一切冥想得以在行走的时光里感受自然的脉搏，所有喧闹的勃发气势也暂时沉浸在心灵的静谧中。思维幽幽地变得开阔，山雀和布谷鸟鼓舞人心的鸣叫亦在耳畔响起，故乡的山岚似乎在眼前隐现……乡野在他们精神的家园里永远活跃。就像他们注定待在城镇，并和那些来自五湖四海的朋友握手言欢一样。面对树木，这些城市的居民就像渔夫。在渔夫的梦里，也常常出现鱼的身影。他的梦里有一个鱼潭，而他最喜欢做的，莫过于将鱼潭中的鱼搬入家中。树木即是都市的人们主动迁来城池的旷野与乡土。

是啊，树木给所有的建筑带来色彩，让人类精心策划的艺术都黯然失色。环视各处，深圳树木的色彩是多么震撼人心！不必关心它们的叶子是否完整，枝干是否遒劲，不用关心它是否舒朗或者密集，也不用关心它是否开花，你只要观察那些深绿、翠绿、浅绿、深红、猩红、浅红、深黄、鹅黄、浅黄……的调子就好。就在此时，多数树木还没有换去夏日的盛装，但通体已透露出秋天的光芒和信息。它们层叠起伏，高低错落，欢乐热烈地站立着，用轰轰烈烈的色彩从骨子里散发出震慑人心的魅力。任何一位画家都不要指望将这些树木的风神气韵描绘得淋漓尽致。而观者只需要等每一方美景完全呈现在眼前时，在心里给它们加上实木画框。这些树木带给人们的愉悦感和欢欣感，城市里的人们从不流露，但它们无与伦比。这些树木站立在街头巷尾，散发着绚烂的色彩。无需烟火庆祝，无需礼钟奏鸣，已经形成一种盛大的典礼。因为每一棵树都是一个自由的标杆，每一棵树上都飘扬着色彩艳丽的旗帜。

你甚至不得不打心眼里相信，树木在任何一种环境中都会努力地成长，无论是旷野还是城市，无论是白天还是黑夜，无论是风平浪静，还是暴风肆虐。大自然的酸甜苦辣是旷野的专属，也是万物必须要经受的洗礼。深圳的树木曾经和未来要经受怎样的暴晒、暴雨和暴风，有多少你能看得见呢？甚至才刚刚席卷了深圳不久的台风“山竹”，留在这些树木身上的伤害，都已经不那么明显了。大自然既然给了台风猖獗的机会，必然也不会过于亏待这些坚忍不拔的树木。

南岭村、马蹄山村、泥岗村、蔡屋围村……深圳没有农村，深圳尽像是农村。就像深圳没有森林，却到处是树木。

单就这些树木，深圳会让你的内心温暖而良善：种植着自己独一无二的美丽。愿这些缤纷的树木越来越美好。

蚕一样的文明人

一只松鼠，肯定是爱着它的洞穴的。它的洞穴的位置，是它权衡所有后精心选准的崖畔，一旦选准开挖，轻易是不会变动的。它的洞穴，是它自己一爪一爪刨挖出来的。它的洞穴，既是它的日常居所，又是它的粮仓，同时也是它防御各种敌害的避难所。冬天的时候，洞穴里温暖如春；夏天的时候，洞穴里凉爽如秋，就像天然的气调库。一只松鼠，在这样的洞穴里是非常安心的，安心地去觅食，安心地过日子。

一只麻雀，肯定是爱着它的巢穴的。它的巢穴的位置，是它权衡所有后精心选准的屋檐，一旦选准搭建，轻易是不会变动的。它的巢穴，是它自己一根柴一棵草衔来搭建的。它的巢穴，既可以为它遮风，又可以为它挡雨，让它休憩，让它孕育。按照它的水平，它精心选择和建造的巢穴，也是不容易会被哪个淘气的孩子发现、捣毁的。一只麻雀，在这样的巢穴里是非常安心的，安心地去觅食，安心地过日子。

甚至一只小猪，一定也是喜欢主人给它随便搭的一个窝棚的。一个随便搭的窝棚，刮风下雨的时候，小猪可以钻进去躲避风雨；艳阳普照的时候，小猪可以倚在窝边接受阳光的沐浴。

可能很少有哪种动物，会不喜欢它自己的家。

可人呢，人会始终不渝地爱着他们自己建造的家园吗？

在乡野的时候，多数人会非常坚决地丢弃身后的茅屋瓦舍，去朝拜城市，去“打劫”城市，去蜗居城市。

但是憋屈久了，富人们会在乡野里再造别墅，穷人们则会在高楼的罅隙里梦想一米阳光。

粘带泥土的时候，一些奢侈的乡下人会用水泥橡胶之类的将泥土的气息封埋。

脚不沾地的时候，一些奢侈的城里人会从田间地头将土运到高楼的顶楼，造一方根基浅薄的虚假的田园。

乡村的青瓦屋舍里，会供养一盆金贵的兰花。

城市的高楼脚跟下，会栽培一畦弱黄的韭菜。

丈量乡村的人们，渴望拥有灯红酒绿的喧嚣。

在城市打拼的一族，怀念乡野的一草一木与恬静。

经受悖论的文明人，是最朝三暮四和出尔反尔的动物。

儿童小说《猫武士》中，猫将人称作“两脚兽”。再怎么骄傲的人，其实也不过是一种两脚兽而已。这种两脚兽，到头来不会如一只松鼠、一只麻雀，甚至一只小猪那样生活得单纯和心安理得。因为，一只松鼠、一只麻雀，甚至一只小猪总是直接而简单地追求和享受生活，而不会是像蚕一样的文明人，一边在为自己作茧，一边又要拼命地破茧而出，最终陷入一种无法解脱的自我沦陷的怪圈。

就像一只鸽子为了找到它喜爱的东西，需要的仅仅是一个自由的天空，以及振动它的双翅的意志。人类却都在为繁荣、舒适、长寿、掠夺、占有、地位等一系列的安全而谋划和奋斗着。不过，大多眼前的安全似乎产生的是长远的危险。

就像狼的嗥叫中隐藏的内涵，只是对原始荒野的占据，它是被群山所理解的。所以，喜欢作茧自缚的复杂的人类最终需要领悟的，也许只有这么一点：你简单了，世界也就简单了。